秘密のお料理代行②

真冬のマカロニチーズは大問題！

ジュリア・バックレイ　上條ひろみ 訳

Cheddar Off Dead

by Julia Buckley

コージーブックス

挿画／青山京子

それぞれの物語の勇気あるヒロインである姪たち
——アナ、キャシー、ケイティー、パムへ

謝辞

いつものようにアメリカ探偵作家クラブに――とくに、ミステリ作家たちの成功のために尽力してくださるMWA中西部支部と、その花形職員のクレア・オドノヒューとロリ・レイダー＝デイ、そして、いつも快くわたしの疑問や不安に答えてくださるマージェリー・フラックスとMWAニューヨーク支部に感謝します。

バークレー・プライム・クライムのミシェル・ヴェガとベサニー・ブレアのやさしさと見識に、そして、この本の販売促進に努めてくれたダニエル・ディルにお礼を言います。いつもながらわたしを導いてくれる賢明なエージェント、キム・リオネッティに感謝しています。

少人数だけどたよりになる作家仲間、エリザベス・ディスキン、シンシア・クアム、マーサ・ホワイトヘッドにも、ありがとう。執筆の助言者にしてつねに応援団長でいてくれる親友のキャシー・バロンには、感謝の思いでいっぱいです。〝友だち自慢〟をしてくれるリディア・ブラウアーにも。

ライラ・ドレイクのことを広めてくれた、友だち、家族、同僚、読者のみなさん、ありがとう。

このシリーズについてとても思いやりのあることばをかけてくれた、シーラ・コナリー、スー・アン・ジャファリアンに、もう一度感謝したいと思います。

そして、夫のジェフと息子のイアンとグレアムに――いてくれるだけで、ありがとう。

われわれ人間は
夢と同じもので織りなされている、はかない一生の
仕上げをするのは眠りなのだ。

——シェイクスピア『テンペスト』
小田島雄志　訳

真冬のマカロニチーズは大問題！

主な登場人物

ライラ・ドレイク……………………秘密のケータリングをしている
ミック………………………………ライラの愛犬。チョコレート色のラブラドール
キャメロン（キャム）・ドレイク……ライラの兄
セラフィーナ…………………………キャムの妻。イタリア人
ジェイ・パーカー……………………警部補
ジェニー……………………………ライラの親友。小学校教諭
ピーター……………………………小学校の音楽教師。ジェニーの同僚
ロス・ピーターソン…………………小学校教諭。ジェニーの恋人
デイヴ・ブレント……………………小学校教諭。ジェニーの同僚
ブラッド・ホワイトフィールド……役者。サンタクロース役
クレオ・ホワイトフィールド………ブラッドの妻
タビサ………………………………舞台関係者。メイク担当
ディラン・マーシュ…………………役者
イザベル・ボーシャン………………役者
クローディア・バーチ………………役者
エンリコ・ドナート…………………元マフィア
トニー・ドナート……………………エンリコの息子
ジョヴァンナ…………………………エンリコの孫娘
エスター・レイノルズ………………ケータラー。ライラの雇い主
ジム・レイノルズ……………………エスターの夫
マーク・レイノルズ…………………レイノルズ夫妻の息子。ブラッドの親友
ウェンディ・バンクス………………巡査

1

ビング・クロスビーが甘い声で〈ホワイト・クリスマス〉を歌うなか、わたしはチョコレート色のラブラドール・レトリバー、ミックの大きな頭にサンタ帽をかぶせようとしていた。でも、彼は協力的ではなかった。

「ほら、ミック。クリスマスカードにする写真を撮るんだから」鼻面をなでてやさしく言い聞かせた。「一分だけがまんしてくれる？」

ミックはうなずいた。これはミックの特別な才能だが、多くの愛すべき点のひとつにすぎない。彼はこの人間のような身振りひとつで、同意と、なんなら満足さえ伝えることができた。ミックのようにうなずける犬には一度もお目にかかったことがない。

あごの下で帽子を固定し、ミックがぴかぴかの銀色のストーブのまえに座っている写真を、急いで三枚撮った。プレビュー画面ですばやく画像を見る。

「完璧よ！　すごく温かみがあって家庭的な感じ。ありがとう、ミック！」

帽子をはずして耳をかいてやった。生皮の犬用ガムを与えると、彼はじっくりとそれを調べようとキッチンの隅に持っていった。

手を洗って特大冷蔵庫（一年間ためたお金で最近買ったもの）のところに行き、砕いたポテトチップスをのせて焼いたマカロニチーズの巨大なトレーふたつを取り出した。キャセロール料理はとてもいいにおいで、思わず空腹を覚えた。これを届けたら、自分でもランチに食べてみよう。でもそのまえに、ジョン・F・ケネディ小学校にマカロニチーズを届けなければ。三年生を教えるジェニー・ブレイドウェル先生（わたしの大学時代のルームメイト）は料理上手と評判で、学校行事の際にはかならず子供たちがよろこぶおいしい料理を提供しており、たいていの場合、学校がその経費を出してくれた。それというのもJFK小学校のみんながジェニーの料理を気に入っていたからだ。だが、ジェニーの秘密兵器のことはだれも知らなかった。彼女の大学時代の友人が、けっこうな金額の報酬と引き換えに良質な料理を提供し、スーパー・ティーチャーという評判を高めていることは。

いま現在、わたしは顧客全員と秘密の契約を結んでいるが、これは顧客のニーズに合わせたものだった。この二年でわたしは驚くべきことを学んだ。自分で料理を作る時間や才能はないけれど、料理上手と思われたい人はたくさんいるのだということを。そういう人たちがわたしを見つけるか、こちらが彼らを見つけるかして、今ではわたしの手帳は顧客の連絡先でいっぱいだ。父はこれをふざけて〝秘密の料理代行〟ビジネスと呼んでいる。

古いボルボの後部座席に料理を慎重に押しこみ、玄関ホールに戻ってミックを呼んだ。「いっしょに配達に行く？」ときく。いつもなら護衛を務めてくれるミックだが、今日は生皮のガムしか眼中にないようだ。ガムをかむ音と、満足げにうなる声が聞こえた。ビングが歌い終わり、iPodとつながっているステレオは、シャッフルされたプレイリストから、あらたな曲を選び出した。エルヴィスによるオリジナルの〈ブルー・クリスマス〉だ。クリスマスソングだろうとなかろうと、悲しいラブソングは絶対に聴きたくなかった。もう出かけよう。

「わかったわよ、ミック。ノリが悪いんだから。またあとでね」わたしはカウンターから小さな赤いリボン形の髪飾りを取って、三つ編みの髪に留めた。いつかのクリスマスにジェニーが作ってくれたものだ。クラスで母親やおばさんや姉妹のためにリボン飾りを作成したときに。ジェニーとクリスマスに敬意を表してつけていこう。小さな家——実は大邸宅の裏にある管理人用コテージ——の戸締まりをして、車に乗りこむと、チーズの天国のようなにおいがした。こんなお楽しみが待っていることを、子供たちはまだ知らない。

シートベルトを締め、ラジオをつけて、長いドライブウェイの先のディケンズ・ストリートに向かった。〝軽〟音楽を流すシカゴの放送局の女性が、鎮静効果のある声でクリスマスについて話していた。彼女は十二時六分だと告げ、「今日は十二月十六日です」と釘を刺した。「クリスマスのお買い物はもうすべておすみですか？　もしまだでしたら、〈ダルビーズ〉のお惣菜売り場の横に、至れり尽くせりのギフトショップがあることをお忘れなく！」〈ダルビーズ〉はシカゴ地域に展開する食料雑貨店チェーンで、わたしもよく利用していた。もし準備が段取りよく進まなかったら、クリスマスの買い物をすべて食料雑貨店ですまさなければならなくなるだろう。そう思うとちょっと悲しくなったので、あごを上げてクラシック専門局に替えた。クラシックの局はシカゴではひとつしかないが、とてもすばらしい曲を流す。ちょうど『くるみ割り人形』のなかの曲が演奏されていて、ハンドルの上で想像上の指揮棒を振りながら、ブレヴィル・ロードにはいって北に向かった。通りの左側に〈ダルビーズ〉があって、ラジオで聴いた宣伝文句を強調していた。ある不快な出来事のせいで足が遠のき、その店舗にはほぼ一カ月のあいだ行っていなかった。

十一月の終わりのある夜、わたしは顧客の料理の材料を仕入れるために〈ダルビーズ〉に寄った。四種類をブレンドしたコショウ——たいていいつでも売り切れている——を求めて、スパイスの棚のまえを歩いていると、通路の先をダークヘアの男性がカートを押して通りすぎるのがちらっと見えた。スパイスの棚に張りついて、ことなきをえた。わたしが一夜の出来事をともにした刑事、ジェイ・パーカーだった。あれは火遊びとも呼べないだろう——ただ情熱的なキスをして、将来をともにすることになるのかもしれないと期待させただけだ。その後パーカーはわたしを捨てた。わたしが彼にうそをついたからで（とても複雑な事情で）、何もかもが屈辱的だった。彼は二度と会いたくない人だった。

コショウは見つけたが、リストの残りのものはあきらめた。ひそかにうしろを振り返ってパーカーがいないことを確認しながら、会計の列に走った。

レジの女の子は異常におしゃべりで、寒いのは好きか、クリスマスに何か楽しい計画はあるのかと尋ね、わたしがぶっきらぼうな返答をしておざなりに微笑んでも、のんびりと手を動かしながらおしゃべりをつづけた。首を絞めてやろうかと思ったとき、ようやく小さな袋に入れたコショウを差し出して言った。「〈ダルビーズ〉のご利用、ありがとうございました。よい一日を」

ふだんならひと言だけで——あるいは目で合図しただけでレジ係から解放してもらえることはないのだが、とにかく早く出ていきたかったので、運命が味方をしてくれたのだ。だが、袋をつかんだとき、「ライラ」と呼ぶ声がした。

わたしは凍りついた。パーカーの声だ。ちらりと背後を見ると、カートふたつぶんうしろに彼が並んでいた。驚いたような青い目が見つめている。相変わらずの高電圧だ。

「あら、こんにちは、ジェイ」

「元気？」彼が尋ねてきた。

わたしたちのあいだで、小柄な白髪の老婦人とレジ係（名札には〝ハイ、ボニータよ〟と書かれていた）が、驚いて口を開けながら、イケメンのパーカーを遠慮なく見ていた。

「ええ、元気よ。ただすごく忙しいの。だからもう行かないと。でも会えてよかったわ」わたしは言った。やけに早口になってしまい、自分に腹が立った。白髪の老婦人はおもしろがっているようだ。

「ちょっと待ってもらえないかな？」彼はきいた。「せめて駐車場で話さないか？」

パーカーを見るのはもう耐えられなかった。彼のカートに目をやると、生野菜や脂身の少ない鶏胸肉のような健康的な食材——そしてミントチョコチップアイスクリームの大きな筒形容器でいっぱいだった。「そうできたらすてきなんだけど、急いで帰ってミックを外に出してやらなきゃ。何時間も閉じこめられてるから」

あえて顔を上げた。冷たく青い目に不信の色が表れていたので、わたしは言い添えた。

「それに、長距離電話がかかってくることになってるのよ。お客さんも来るし」

「ライラ――」パーカーは言った。白髪の老婦人の買い物を袋詰めするために十代の少年がやってきて、袋を取るのにじゃまなので、わたしをそっと押した。

「あら、たいへん――わたしったらじゃまみたい。会えてうれしかったわ、ジェイ！」とやたらと大声で言ったあと、急いで〈ダルビーズ〉を出て駐車場に向かった――文字どおり走っていた――たとえあと一秒でもジェイ・パーカーといっしょにいたくなかった。ドアに突進したとき、もう一度彼に呼ばれたような気がしたが、振り返らなかった。

今〈ダルビーズ〉を通りすぎながら、わたしはため息をついた。あの日以来パーカーには会っていなかった。あれからは〈ジュエル〉でだけ買い物をしている。

わたしは、生まれ変わるべく、楽しいクリスマスと新年に目を向けていた。わたしには、パインヘヴン一のケータラーのところで働くという、新しい仕事があるし、すばらしい家族といい友だちがいるし、今もそのひとりを訪ねようとしている。ジェニーにも十一月以来直接会ってはいなかった。彼女は学校行事でいつも忙しいし、わたしはいつも秘密の料理を作ったり配達するのに忙しかった。だが、フェイスブックにまめにコメントをつけたり、気持ちがいいほど辛辣な電子メールやショートメールでやりとりしてはいた。パーカーとの短い交際について彼女は何も知らないし、知らせるつもりもなかった。セックスがらみの複雑さなどみじんもない――すてきなキスをたくさんして、やさしいことばを交わしただけの交際だった。そんな浅い関係は幻想だったことが証明された。あの屈辱を知る人は少なければ少ないほどいい。

ＪＦＫ小学校の駐車場に車を入れると、粉雪が降りはじめた。レースのように繊細な、スノードームのなかにあるような雪だ。気分が高揚する。わたしはジェニーにメールを送って、料理が到着したことを知らせた。彼女は〝あなたって最高〟と返してきた。それから〝すぐに行く〟と。

車のなかで待ちながら、天から地へと繊細な旅をつづける雪片を見ていた。いま思えば、フロントガラス越しに雪を眺め、もうすぐクリスマスだなあと思いながら、何を考えていたのか思い出せない。人生にはときどきそういうことがある。日々のこまごましたことに心地よく身をまかせて、生や死、宇宙の広大さ、理解を超えた地球の謎といった、自分にはなんの責任もない大きな問題についてじっくり考えることが。思い返せば、雪片と無人の車たちのなかにいたあの静かな時間こそ、最後の無邪気なひとときだった。

すぐにジェニーが、シャツにネクタイ姿の若い男性をともなって現れた。ガリ勉風で、ちょっとオタクがはいっているものの、それなりにキュートだ。黒っぽい緑の眼鏡をかけ、髪はくしゃくしゃだが、おしゃれでやっているのではないようだった。ジェニーは彼とのやりとりを楽しんでいるらしく、彼が身を寄せて何やらジョークを言ったあとは、うれしそうに顔をピンク色にしていた。やがてふたりはわたしの車までやってきた。ラジオはクリスマス専門局にしてあり、この局でも〈ブルー・クリスマス〉を流していたが、エルヴィスではなくマイケル・ブーブレのカバーだった。ボタンに手をやってラジオを消した。

ジェニーの同僚のことを考えて、プロのモードにはいった。つまり、うそをつかなければならない。「こんにちは、ジェン。あなたが用意したこの料理、家のなかで場所を取りすぎるからって、あなたのママから預かってきたわ。わたしはすぐ近くに住んでるし、ちょうどここを通るついでがあったから、届けましょうって言ったの。これからあなたはこれを焼いて、クリスマスパーティーでみんなに食べさせるんだって、あなたのママは言ってた。そうなんでしょう？」実は、ジェニーの母がどこに住んでいるのか、わたしは知らなかった。

ジェニーはうなずいた。「どうもありがとう。ロスといっしょになかに運ぶわ」

ロスはわたしではなくジェニーに微笑みかけていた。その目は彼女をむさぼるように見ている。あらまあ。早くもウェディングケーキが目に浮かぶ。おめでとう、ロスとジェニファー。

「あなたも先生ですか？」運転席から降りながらきいた。

ロスが手を差し出してきたので握手をした。「ええ。ロス・ピーターソンです。五年生を教えています。低学年のクリスマスパーティーを企画したのはジェニーとぼくなんです。ジェニーのおいしい手作り料理とピエロの登場で、子供たちは大興奮でしょう。伝統にのっとって、ちゃんとサンタクロースも来てくれますからね。すばらしいパーティーになりますよ」

「クリスマスにピエロ？」車の後部ハッチを開けながら、わたしはきいた。

「ああ、ぼくらが見つけた女性芸人ですよ。みんなとクリスマスの歌を歌ったり、ちょっとした手品やジャグリングや漫談をするんだ。とてもかわいらしくて、おもしろい演《だ》し物です。それからサンタクロースが来て、プレゼントを配る。実は今、ピエロは子供たちと体育館にいるんです。サンタがまだメイク中なので、あと一時間はそうしてもらうことになります。サンタ役の男性は役者なんで、いつもすごく見た目にこだわるんですよ。だからあとからの登場になる。今はピエロの芸が終わるのを待っています。子供たちの興奮は最高潮ですよ」

「おもしろそう。サンタクロースはどこで見つけたの？」わたしはきいた。

ジェニーがトレーをひとつ引き出して、慎重に抱えた。

「スタッフのだれかの友だちってことで選ばれたの。名前はブラッド・ホワイトフィールド。ロスが言ったように、役者でね。ここ数年サンタクロース役を演じてもらってるの。役者はもらえるならどんな仕事でもやらなきゃいけないんでしょ？」

もうひとつのトレーはロスが持っていたので、わたしはハッチを閉じた。「じゃあ、おふたりさん、パーティーを楽しんでね」

「ありがとう」ジェニーはわたしに向かって投げキスをして言った。「そうだ、ライラ、うちのママ宛てのメモがあるの。今日ママに会ったらわたしてもらえる？　カードに書いてまえの座席に置いといたから」

もちろんわたしへの報酬のことだ。さりげなく代金をわたすために、みんないろいろ独創的な方法を思いつく。「わかったわ。楽しいクリスマスを」

大きな深皿ののったトレーを抱えて、慎重に歩いていくふたりを見送った。深皿は二週間以内に返してほしいとジェニーに言ってあった――この季節には大勢の人たちがパーティー料理を〝作り〟たがる。たいていの日はフルタイムでケータリングの仕事をするようになったので、作る時間はひじょうにかぎられていた。職場のボスはこのちょっとした秘密の理解者なので、シフトにはいるまえに配達してもたいていたい大目に見てくれる。今日は午前中まるまる休みをもらっていた。

車に戻ろうとしたとき、校舎の脇のドアから突然サンタクロースが現れた。手袋をしていない手に持ったｉＰｈｏｎｅを見ている。サンタの様子をうかがいながら、わたしの気分は高揚した。

サンタクロースはそれらしい格好をしていたが、衣装は明らかに詰め物がされていた。学校の駐車場でサンタクロースを見たせいで気まぐれを起こしたわたしは、近づいていって、自分でも気づかないうちに声をかけていた。

「こんにちは」わたしは言った。「メリークリスマス、サンタさん」

「やあ」サンタの声は若かった。せいぜい三十代というところだろう。ひげがあるので判断するのはむずかしかったが。どういう種類の役者さんなの？　レギュラーの仕事を持っている人？　それともいつも無職の人？　彼が顔を上げたので、携帯がわずかに傾いた――一瞬、携帯の画面に精巧なグラフィックアートのようなものが見えた。いちばん上には〝王国《キングダム》〟らしきことばがある。すると、彼がまた動いたので、見えなくなった。

「パーティーの料理を届けにきただけなんだけど、ちょっと声をかけてみたくなって。サンタクロースと話すのはずいぶん久しぶりだから」やけに親しげになってしまい、人づきあいに飢えていたのだろうかと思った。相手は知らない人なのに。

彼はようやく携帯から目を上げてわたしを見た。「こんにちは。きみは――？」

「ジェニー・ブレイドウェルの友だちです。同じ学校だったの」

「ジェニーって――赤っぽい髪の人？」彼はきいた。

わたしはうなずいた。すると、彼はまた携帯に目を落とした。「サンタはお気に入りのゲームをしてたんだけど、そろそろメールを見ないと」彼は淡い日差しに目をすがめながらわたしを見た。そして、クリックして別の画面を出し「かんべんしてくれよ。おれだってやることがないわけじゃないのに！」と言った。

「じゃあ、もう行くわ」わたしは言った。

彼が悲しげな笑みを向けてきた。「ごめん。失礼なサンタだよな？　でも、すごくいらいらするんだよ、みんなが勝手に――」携帯がブザー音でメールの着信を知らせ、彼はそれを読んだ。不安そうな顔になる。「急ぎの用事がはいった」

「パーティーに出ないといけないんじゃないの？」

彼は腕時計を見た。「あと一時間は無理だ。用事をすませてから戻ってくるよ」無理して人懐こい表情を作る。「車まで送ろう。そうすれば、クリスマスに何がほしいか、サンタに伝えられるだろ？」

わたしは笑い、おとぎ話のような雪の降る駐車場をサンタクロースと歩いた。奇妙なクリスマスカードに使われる写真のように見えたにちがいない。

「それで？」急に本物のサンタクロースらしくなって彼は尋ねた。銀縁眼鏡の奥の目はまるくて茶色い。口元は半ば笑みが浮かんでいた。「ジェニーの友だちは、クリスマスに何がほしいのかな？　きみの夢をかなえるにはあと一週間しかないけど」

「第二のチャンス」よく考えずにわたしは言った。

彼は偽物のグレーの眉を上げた。「むずかしい注文だな」ふざけて両手をまえに出し、それは無理だとばかりにあとずさりしはじめた。「おれがほしいぐらいだよ。実際、手に入れようと思っている。コツは他人をあてにしないことだ、たとえサンタでも。自分の運命は自分で切り開け——それがおれの学んだことだ」

「自分の運命を？　それを新年の目標にしろってこと？」車のキーをつかみ、手のひらにその形を感じた。

「そのとおり。日々の目標にするんだ。おれは禅サンタだ。望むものについて瞑想すれば、啓発へと導かれる。逃避するための小さな島を見つけるんだ。〝われわれ人間は夢と同じものので織りなされている、はかない一生の仕上げをするのは眠りなのだ〟」

「シェイクスピアね！」

「このセリフについてずっと考えているんだ。人生は幻だ、そしてまちがいなく短い。なあ、サンタがギャンブラーでなかったらなんだと思う？　クリスマスにすべての家に行くことに賭けなくちゃならないんだぜ――不可能なことなのに、どういうわけか毎年やってる！」彼はわたしにウィンクし、ひげをはずした。こうして見ると、彼は若かった。三十代前半かもしれない。「だからおれたちもギャンブラーになるべきだ。自分に賭けるべきなんだ――そうすれば第二のチャンスは手にはいる」

「すごく興味深い考え方だわ」わたしは言った。

一瞬空を見あげた彼の顔に、ほこりっぽい雪片が落ちた。彼は笑って顔をぬぐった。

「夢は追いかけるものだろ？　おれも自分の夢を追いかけてる。島での暮らしだ。メインランドはもうおしまいにする」右手の小指にはめた指輪にさわった。ダークグレーの金属――おそらく赤鉄鉱《ヘマタイト》――でできたただの輪っかだ。「きみへの贈り物はこれだ――人生の短さに気づき、現実に導かれるままに選択すること」

「思っていたよりずっと深淵だったわ」

「まあね」彼はわたしに微笑みかけた。やさしい茶色の目をした慈悲深いサンタクロース。わたしは笑った。「ありがとう。会えてよかったわ、サンタさん」

彼はわたしと握手した。寒さにもかかわらず、手袋をしていない彼の手は温かかった。

「こちらこそ。楽しいクリスマスを。もう行くよ」

小学校の駐車場は幅も長さもあり、ずらりと車が並んでいた。通路のひとつは校舎の壁に面していて、別の通路からはブレヴィル・ロードを走る車を見ることができた。わたしは校舎に面した通路をシルバーのトヨタに向かって歩く彼に手を振った。やがて背を向け、自分の車へと歩いた。来客用スペースのなかで唯一確保することができた、入口近くのスペースへと。キーを挿しこんだとき、入口から一台の車が駐車場にはいってきた。通りすぎる青い色が見えた。ピエロが到着したのだろう、とわたしは思った。いやちがう——ピエロは子供たちが全員集まった体育館でもう演技をしていると、ジェニーとその友人は言っていた。

運転席にジェニーからの封筒があった。手を伸ばして拾いあげ、ジェニーが添えたメモを読んだ。車の窓がおろされる音がかすかに聞こえた。だれかがサンタ姿の男性とおしゃべりしようとしているのだろう。やがてサンタクロースの声がした。

「ああ、来たのか。こっちから行こうと思ってたんだ——本気か？　おい、返せよ！」

そして、パンという大きな音が聞こえた。不気味な静寂がおりた。

すでに車に乗りこんでいたが、まだドアは閉めていなかったので、すぐにまた降りて駐車場の奥を見た。Uターンした青い車が、こちらに戻ってくるところで、わたしの車とすれちがう瞬間にスピードを落とし、すぐに加速した。わたしは通りすぎる車を見つめた。フロントガラスがぎらりと光る。車に乗っているのがひとりだということしかわからなかった。一瞬ののち、キーッというブレーキの音がして、車は駐車場を出て走り去った。「運転免許証を持つ資格がないドライバーっているわよね」わたしはつぶやいた。ナンバープレートを見ることは思いつかなかった。そしてこのとき、視界の隅で、いるべきでない場所にいるサンタクロースを見た。彼はうつ伏せに倒れ、薄く積もった雪の上で赤い斜線になっていた。

すぐに駆け寄って、彼のまえにひざまずいた。目は開いているが、焦点が合っていない。体の下に広がりはじめている血だまりと、スーツの胸の裂け目が見えてはいたが、「大丈夫？」と声をかけた。「サンタさん？」

首の脈を調べた。見つからない。あたりを見まわしたが、駐車場にはだれもいなかった。急いで車に戻ってバッグを探した。電話を見つけようとして貴重な時間を無駄にしたあと、震える指で三ケタの番号を押そうと試みた。

緊急通報用電話のオペレーターが、どうしましたかときいた。

「男性が撃たれました。ブレヴィル・ロードのジョン・F・ケネディ小学校です」

電話越しに相手の緊張が感じられた。「発砲者は敷地内にいますか？　児童に危険は？」

「いいえ――大丈夫です。発砲者は車で走り去りました。男性が倒れているだけです――死んでるみたい」

救急車を呼び、サンタクロースだった男性を見張るために戻った。

さっと風が吹いてひげが持ちあがり、生きているかのような錯覚を起こさせたが、その肌はあたりに降る雪と同じくらい白かった。

2

こっちは軟禁状態よ、と校舎内からジェニーがメールしてきた。危険が迫っているわけではないようだが、最近の警察は安全面に慎重を期す。子供が関係するとなればなおさらだ。たちまち駐車場に青と赤のライトがあふれ、ブラッド・ホワイトフィールドはストレッチャーに乗せられて、救急車に運びこまれた。

「助かりますか?」わたしはきいた。

救急隊員は驚いた顔をしたあと、首を振った。

わかっていたことだが、事実を目《ま》の当たりにしてぞっとした。

「ここにいてください」警官がいかにもそれらしくわたしのまえに現れて言った。「すぐに事情聴取をさせてもらいます」

わたしは震えながらため息をつき、ドアを開けたまま自分の車の運転席に座って、脚を外に出した。うちに帰りたかった。またジェニーにメールした。〝何があったか子供たちに話しちゃだめよ。パーティーはまだやるの?〟

返信メールが来た。子供たちは、少なくとも小さな子たちは、パトカーの点滅するライトをおもしろがっていて、サンタクロースに扮したホワイトフィールドが届けることになっていた贈り物は、ピエロが配ることになったらしかった。

だが、かわいそうな子供たちはみんな遅かれ早かれ知ることになるだろう。そして、小学校時代の思い出のタペストリーに織りこまれるのだ。サンタクロースが学校の駐車場で撃たれて死んだときのことが。

車が続々と到着した。駐車場に非常線が張られ、ブレヴィル・ロードはオレンジ色のコーンが置かれて一ブロックにわたたって通行止めになった。児童の保護者たちがぽつぽつと現れて、子供たちに会わせろと訴えた。警察は保護者たちを駐車場の敷地内に留め置いた。その任務を与えられているらしい女性警官が、子供たちは無事で、現在校舎内で保護されていると、繰り返し言い聞かせている。雪は降りつづけていたが、今では起こったばかりの不幸な出来事の不気味な副産物のように見えた。

人影が太陽をさえぎった。顔を上げると、目のまえにジェイ・パーカーがいた。驚いて青い目を見開いている。「ライラ？　きみが目撃者なのか？」

わたしは肩をすくめた。「目撃者じゃないわ。別のおまわりさんに言ったけど、わたしが背を向けているときに起こったの。駐車場にはいってきて出ていった車は見たわ。青い車だった。メタリックブルーっぽいやつ」

パーカーはまだ呑みこめずにいた。「もう一度経緯を説明してくれないか？　どうしてまた殺人を目撃することになったんだ？」

わたしは立ちあがり、寒さに身をすくめた。「わたしが殺人を見物できるようにわざわざ手配したとでも言いたいの、パーカー刑事？」

彼ははっと息を吐いた。「いや、そうじゃないよ。ただ、こんなことが起こる可能性は天文学的――」

「じゃあ、わたしは運がよかったってことね」声が震えてしまった。パーカーもそれに気づいたらしく、態度が変わった。

「ライラ、聞いてくれ。またこんな目にあってしまって、気の毒だと思っている。たいへんなショックだっただろう」

「わたししかいなかったのよ、ジェイ。それなのに彼を助けられなかった。彼は邪悪なクリスマスカードみたいにサンタの衣装で雪の上に倒れていて、血が――」

彼はわたしをすばやく引き寄せて抱きしめた。「わかったから。さあ――ここは寒い。家まで送るから、そこで話を聞かせてくれ。いいかな？　ちょっと待ってて」

パーカーは制服警官の群れのなかに消えた。急に膝に力がはいらなくなって、わたしはまた座席に座った。隣の席にミックがいればよかったのにと思った。

やがて、ウィルソンと名乗る警官にやさしく車から引っ張り出され、キーをわたしてくれと言われた。彼がわたしの車を運転して帰り、わたしはパーカー刑事の車に乗せられるのだ。

当然だと思った。男性の死を目撃したあとで車を運転できるとは思っていないのだろう。その取り決めに異を唱えることはできなかった。やがてパーカーが現れ、彼のフォードのところに連れていかれた。助手席に乗ってシートベルトを締めた。パーカーがエンジンをかけてヒーターを調節してくれたので、すぐに温かくなってきた。車はゆっくりと人混みを抜け、駐車場から出た。彼はわたしの家を知っていた。何度か来たことがあったからだ。そのため行き方を指示せずにすんだ。

ブレヴィル・ロードを二ブロック進んだところで、パーカーは咳払いをした。

「あの、ライラ――」

わたしは彼をさえぎった。「先月、食料雑貨店では話をしなくてごめんなさい。あなたとふたりきりになりたくなかったの。怖かったというか」

彼はため息をついた。「わかるよ」

さらに二分、沈黙がつづいた。頭のなかでは、怒りながらも美しい旋律で歌うリンダ・ロンシュタットが、わたしはいつ愛されるの、と問いかけていた。ようやくわたしは言った。

「わたしと何を話したかったの？　一度も電話してくれないわけを説明するつもりだったとか？　最初からはっきりしてたものね。わたしは不正直な人間だから、そんな人間を好きになったりしたら、自分に泥を塗ることになるんでしょ」

パーカーは目をすがめたが、道路を見たままだった。「ぼくを悪者扱いするつもりか」

「それなら何を話すつもりだったの？　自分はそんな人間じゃないってこと？」

ディケンズ・ストリートにはいり、彼はまたため息をついた。「この話題はひとまずおいておこう。まずは捜査だ。きみに対しては先入観がないとは言えないから、ほんとはマリアにたのむべきなんだが、彼女はたまたま休暇中でね」

「ふーん」わたしは不機嫌に窓の外を見た。マリアはパーカーのパートナーだ。ダークヘアのエレガントな女性で、わたしの知るかぎり彼女に恋人はいない。

「でも、これだけは言わせてくれ」パーカーは明らかにむっとした様子で言った。「話をして、会いたかったと伝えたかったんだ。店で見かけたきみはきれいだった。以前の関係を取り戻したかった。だから声をかけたんだ。だが、きみはぼくに腹を立てているようだね」

十月の出来事はもう終わったこととして見事に乗り越えてきたのに、思い出が一気によみがえった。ペット・グランディという名の教会ボランティアの女性のために、わたしは鍋一杯のチリコンカンを作った。ペットは、ビンゴ大会の夜に参加者が競って食べる名高いチリコンカンを作ったのは自分だとみんなに思われたがり、十月のあの夜もそうだった。だが、だれかがチリコンカンに毒を入れ、ひとりの女性が死んだ。作ったのがわたしだとはだれにも言わないでくれと、ペットにたのまれた。いけないことだと知りながら、わたしはペットの見え透いた芝居につきあい、何度か機会があったにもかかわらず、チリコンカンを作ったのがわたしだということをパーカーに言わなかった。

自分の感情の激しさに驚きながら、彼のほうを見た。「ええ、怒ってるわ。どうしてだかわかる？　わたしも気になっていたからよ。それに、まったくうそをつかない人なんていないわ。たとえ高潔な警察官のあなたでもね。たしかにわたしはうそをついたし、それは悪いことだけど、ペット・グランディのために正しいことをしようとしていたのよ。彼女はいい人で、とてもまずい状況に陥っていた。だから最初は罪悪感に悩まされたけど、もしあなたがほんとうにわたしを好きなら、許してくれるだろうと思ったの。だってわたしは殺人犯じゃないもの」

ほとんどひと息にこれだけのことを言い、殺人犯ということばが出たとき、逆上しただれかが、かわいそうなサンタクロースを至近距離から撃ったことを思い出し、わたしは泣きだした。

ジェイ・パーカーの顔が、なんらかの感情――怒りか恥辱か――のせいで赤くなった。

「ライラ、悪かったよ。泣かないでくれ」

「泣いてない」わたしはしゃくりあげ、上着の袖で涙をぬぐった。

「さあ、着いた。愛しのわが家だよ」彼は気むずかしい子供をなだめるように、無理やり明るく言った。長いドライブウェイに車を入れ、見るたびにうれしくなるわたしの家、小さな管理人用コテージまで進む。十月にパーカーはこの小さな家を何度か訪れ、最後の夜にはわたしにキスをして長い髪をもてあそび、彼の人生にはわたしが必要だと思わせたのだ。

パーカーの車から降りたとたん、ウィルソン捜査官がわたしの車を隣に停めた。ウィルソンはわたしにキーを返し、パーカーに短く手を振ると、警察車両が待っている公道に向かって、ドライブウェイを走っていった。パーカーはしばらくわたしの車をじっと見た。後部のハッチにまわってリアバンパーを凝視する。何を見ているのだろうと、わたしも移動してみた。バンパーにへこみはなく、比較的きれいだ。そこには〝ヘヴン・オブ・パインヘヴンのことならわたしにきいて！〟と書かれた新しい目立つステッカーが貼ってあった。

「なんなの？」わたしはきいた。

「なかにはいろう」彼は言った。わたしたちは無言で家の正面階段をのぼった。同じ敷地内の大きな家に住む大家のテリーが、大きな金のリボン飾りがついた、本物のマツのリースをプレゼントしてくれたので、わたしの家の正面の壁には今それが飾ってある。ドアには、小さな金のオーナメントがぶらさがった、もう少し小さいマツの飾り《スワッグ》が掛かっていた。窓には金のライトの綱が張られていたが、今は光っていなかった。

「きみの家、いい感じだね」パーカーは言った。「コーヒーを飲ませてもらってもいいかな？ふたりで話ができるように」

「殺人について、それともわたしたちについて？」いまだに洟《はな》をすすり、鍵に手こずりながら、わたしはきいた。

「両方だ」

「いいわ」ふたりで家にはいると、小さな玄関ホールで、ミックがパーカーの胸に大きな二本の前足を置いて彼と向かい合った。ミックの魅力にやられない人はいない——パーカーも例外ではなかった。彼は笑顔でミックを抱擁すると、頭をかいてやり、ぱたぱたする耳で遊んだ。

「やあ、きみ」彼は甘い声で言った。「久しぶりだね」

わたしはキッチンに行って裏口のフックにコートを掛け、コーヒーを淹れはじめた。冷蔵庫を開けると、二日まえの両親の結婚記念日に、わたしが作ったケーキが半分残っていた。バニラクリームでお化粧し、けずったナッツとシュトロイゼルをトッピングした、アーモンドトルテだ。冷蔵庫からそれを出してトレーにのせ、四等分すると、小さなリビングルームが見わたせるキッチンカウンターに置く。パーカーはこれまでに二回そのカウンター席に座って、わたしが作った料理を食べたことがあった。

いま彼は、まだわたしが洟をすすっていることを明らかに気にしながら、家のなかをぶらついて、わたしのコートの隣にコートを掛け、手を洗った。わたしはミックが用事をすますことができるよう、裏庭に出してやった。二分後、ミックはパーカーとわたしに合流するため、ドアのまえに戻ってきた。

コーヒーがはいるのを待ちながら、わたしはカウンターのまえのスツールに座ったパーカーと向かい合った。彼はノートパソコンを持ちこんでおり、カウンターに置いてメモをとれるようにした。「いちばん大事なことをきいていいかな？　このブラッド・ホワイトフィールドという男性のことは、以前から知っていたの？」

「いいえ。サンタクロースの格好をしてないときはどんな見かけなのかも知らないわ」

パーカーはそれをパソコンに打ちこんでから言った。「きみが学校にいたのは――」

「ジェニー・ブレイドウェルは大学時代のルームメイトなの。今はＪＦＫの教師で、たまたまわたしの顧客のひとりなのよ」

「ほう」さらに打ちこむ。「それで、きみがいたのは――」

「学校でパーティーを開くことになって、ジェニーはそこに料理を提供したかった。でも料理はからきしダメ。そこで、わたしが代わりに作って、そのお代をもらうことになった。ご存じのとおり、秘密の料理代行人だから」

「公明正大なケータラーでもあるんだろう」

わたしは洟をすすった。「だれに聞いたの?」

「もちろん母さ。母ときみはいい友だちで、ぼくは無礼で融通のきかない息子だってことを、ほぼ毎日思い出させてくれるよ」

エリー・パーカーへの温かい感謝の気持ちが胸に広がった。そもそもわたしとパーカーをくっつけようとしたのは彼女だった——が、惜しいところでだめになった。幸い、エリーとわたしは今も友だちのままだ。

パーカーはまだわたしを見ていた。「ところで、このあいだの日曜日に母のために作ってくれたキャセロール——兄弟たちはまだ母が作ったと信じてるけど——おいしかったよ」

「ありがとう。新しいレシピよ。ザワークラウトとキャベツでドイツ風にしてみたの」

「みんな夜じゅう絶賛してたよ。きみはとても腕のいい料理人だね」

「もうわかったから、早く事情聴取したら」

彼はため息をついた。「つまり、ジェニー・ブレイドウェルのために料理を作ったんだね?」

「そうよ。マカロニチーズを大きな深皿でふたつ。子供たちに人気なの。ジェニーはロスという同僚といっしょに出てきて、ブラッドという名前の人がサンタクロースを演じることになっていると教えてくれた。ほかのこともいろいろ話したわ。クリスマスのピエロもいるって話だった。ピエロは見かけなかったけど、サンタは見たわ。わたしが帰ろうとしたら、携帯電話の画面を見ながら校舎から出てきたの」

パーカーの背筋が伸びた。「携帯電話？」

「わたしと話してるあいだにメールが来たのよ。頭にくる内容だったみたい。彼はそれを読んで、急ぎの用事がはいったと言ったの」

「待ってくれ」彼は自分の携帯電話を出して、いくつか番号を押し、出た相手にきびきびと言った。「フィンか？　ドレイクさんが、被害者は携帯を持っていたと言っている。そうだ」彼はわたしを見た。「種類は？」

「ｉＰｈｏｎｅだと思う。黒のね。でも、奪われたみたい」

「なんだって？」パーカーは伝言を中断してわたしを見た。「だれに奪われたって？」

「車に乗ってた人。サンタが『おい、返せよ』と言ったあと、銃声が聞こえたの。何かを奪い取ったあとで発砲したんだわ」

パーカーはスツールから立ちあがって廊下に出ると、好奇心旺盛なライラには聞かれない場所で、フィン捜査官に何やら伝えた。しばらく静かに話をつづけている。コーヒーがはいったので、ふたつのカップに注ぎ、切り分けたケーキの皿の横にひとつ置いた。パーカーが戻ってきて席に着き、何を見ているのかもわからない様子で皿を見つめた。

「サンタが言ったことをすべて教えてくれ」彼は食べ物を押しのけてノートパソコンをカウンターのまんなかに移動させながら言った。

「ええと――そうね。彼は携帯電話を見ながら校舎から出てきた。最初はゲームをやっていたわ――ビデオゲームみたいなものを。騎士とかそういうものが出てくるやつ。だれそれの王国だったかしら、タイトルはよく見えなかった。でも、なんとか見ようとしたのよ、画像がきれいだったから」

パーカーの唇が引きつった。

「とにかく、彼はその画面を消してメールを読みはじめたの。声に出して文句を言ってたわ、『かんべんしてくれよ』とかなんとか」

「受け取ったメールに動揺していたんだね」

「そう。メールを送ってきた人が彼を撃ったんだと思う」

「どうして？」

「車が停まったとき、『こっちから行こうと思ってたんだ』と言ったから。呼び出しのメールだったんじゃないかしら。だから犯人は携帯を奪っていったのよ」

パーカーはそれについて検討した。警察の仕事をするとき、彼の目はいつも輝いて見える。わたしは爪を見るふりをしながら、その青さを堪能した。

「名前は口にしなかったんだね？　身元がわかるようなことは何も――」

「ええ、言わなかったと思う。とにかく、彼が校舎から出てきたとき、わたしは近づいていって――」

「それはなぜ？　知り合いじゃなかったんだろう？」

「そうだけど――第一に、サンタクロースというものが好きなのよ。愛と調和のシンボルだし」

パーカーは何も言わなかった――あの目で見つめるだけで。

「第二に、ちょっと淋しかったの。それで、どうしてだかわからないけど、サンタクロースと話せば元気になれると思ったのよ。小学校でサンタの格好をしてるだけの人だとしても」

「なるほど」パーカーはいくつかの単語を打ちこんだ。おそらく〝ライラは変〟と。

「あなたが話せと言ったのよ」

「つづけてくれ。ほかには何を言った？」

「彼はそう――ひどくいらいらしてた。やることがあるのに急ぎの用事がはいったと言ってたわ。そのことをすごく気にしてるみたいだった。それから彼は駐車場に向かいはじめ、いっしょに歩くことになったの。クリスマスに何がほしいかきかれたわ。そして彼は――やり直すことについて意見を述べた。シェイクスピアを引用してね。自分は第二のチャンスをつかもうとしているとか、他人をあてにしないで、自分の運命は自分で切り開かなければならないとか、そんなようなことを」

パーカーはそれも打ちこんだ。「第二のチャンスって、どういうこと？　彼はなんの話をしていたんだ？」

「相手はサンタ姿の初対面の人よ。何か言うたびに意味を問いただしたりはしないわよ。ちょっとことばを交わしただけ。そのあとわたしは彼に背を向けて自分の車に戻ったの」

「そして、別の車がはいってきたときも、振り返らなかったんだね？」

「ええ――そうよ――考えごとをしてたから。それに、あの学校で知り合いはジェニーだけだし、彼女は校舎のなかにいた。だから気にしなかったの。ちらっと見て、青い車だってことはわかったけどね。いま思うと不気味なんだけど、その車が出ていくとき、フロントガラスに日光が反射したの。それがなかったら、運転してた人と目が合ってたかもしれないけど――」

パーカーはノートパソコンを押しやって、黒髪を手で梳《す》いたあと、レーザー光線のような鋭さで青い目をわたしに向けた。「ライラ、もし目が合っていたら、きみは死んでるよ。正直驚いてるんだ、犯人が目撃者のきみを消そうとしなかったことに」

「あら、目撃者じゃないわ――だって、おそらくわたしは見られてないわけでしょ？　車数台ぶん離れてたし、フロントガラスには日光が反射していたんだから。こっちが光って見えなかったってことは、向こうも光ってたはずよね？　乗ってる人は見えなかったわ、シルエットしか。ひとりだった」

彼は立ちあがってわたしの手をつかんだ。「顔色が悪いよ。こっちにおいで。座るんだ。ちらとも思わなかったの？　見られたかもしれないとは？」

「ええ。変な日だったわ」わたしはスツールに座った。パーカーはカウンターからコーヒーカップを取ってわたしてくれた。

「これを飲みなさい。そうだ。ぼくを見て、ライラ」

わたしは彼のまじめな顔を見あげた。「ぼくはときどき唐突すぎるんだ。こんなふうにきみを驚かせるべきじゃなかった。今はまちがいなく安全だよ、もう危険は去ったから」

「たとえ見られてたとしても、犯人がわたしを見つけることはできない」

「そうだよ――でもひとつだけ気になることがあるんだ。車が通りすぎたとき、運転手がきみのバンパーステッカーを見られるくらいのスピードだった？」

「〈ヘヴン・オブ・パインヘヴン〉のステッカーのこと？　どうして？　あなたは――ああ、なるほどね」ステッカーを見れば、わたしがどこで働いているかわかってしまう。あのとき犯人がひどく急いでいたとしても、どこを捜せばわたしが見つかるか、ヘヴンのステッカーは示していたのだ。「わからない。ステッカーを見られたかどうかも」

「おそらく見てはいないだろう。あっという間の出来事だったときみは言ってたし。それに、犯人は多大なストレスを感じていたはずだ。細かいことに気づくだけの時間はなかっただろう」

彼はそれをまったく信じていないようだったし、わたしも信じていなかった。サンタを殺した人物は、わたしが手がかりを思い出さないうちに、探そうと思い直すかもしれない。犯人は急いで去っていったが、戻ってこないともかぎらない――フロントガラスに日光が反射したとき、通りすぎる車に向かって目をすがめているわたしを見ているかもしれないなら、なおさら。

パーカーはわたしの隣に座って、自分のコーヒーをひと口飲み、満足そうな声をあげた。「まだ熱い」そしてアーモンドケーキをフォークで口に運ぶと、小さくうめいた。「うーん、やっぱりきみは料理上手だな」

「ありがとう」

彼はすっかり食べてしまうと、もう少しコーヒーを飲んでから言った。「もう行くよ。今はやることがたくさんあるんだ」

「わかった」

「ライラ？」

「なあに」

「クリスマスには何がほしいとサンタに言ったの？」

うそをつこうかと思ったが、運を天にまかせることにした。ブラッド・ホワイトフィールドは自分に賭けてみろと言った。そして、人生は短い、とも。ほどなく彼は、それが正しいことを身をもって証明した。「第二のチャンスがほしいと。だからさっきみたいな話になったのよ」

彼は意味がわからないふりはしなかった。わたしに向かって何度かうなずき、視線をあちこちに向けながらそれについて考えていた。そして、わたしを見て視線を受け止めた。「ぼくも第二のチャンスがほしいよ」

わたしは肩をすくめた。「もう遅いのかも」彼を怒らせたくてそう言ったのだが、かすかに笑みが浮かんでしまい、パーカーの鷲のような目はそれを見逃さなかった。彼も微笑んだ。

「そうとはかぎらないよ、ライラ」彼はわたしの鼻の頭に触れて言った。「冷たい鼻だ」

わたしはうなずいた。冬じゅうずっと鼻が冷たいのだ。

「この事件が解決したら、ここに来て話し合ってもいいかな？　第二のチャンスについて」

いつものように、青い目がわたしに催眠術をかける。「いいわよ」

すると突然、パーカーは仕事モードになった。「これから電話をしてほしい——お兄さんか、ご両親に。しばらくだれかにここに泊まってもらうんだ。おそらく、そう長くはかからずに真相をつきとめられると思う」

「あの、でもね——みんな仕事があるのよ。わたしもね。そうだ！　職場に電話して、このことを報告しなきゃ」

「よければぼくが話すよ。何があったか説明しよう。でも、ほんとに大丈夫なのか——」

「はじめたばかりの仕事だし、休めないわ。クリスマスシーズンだし」

「わかった」パーカーは納得していない様子だった。「でも、だれかがここに来てくれるとわかるまでは、ぼくが送り迎えをする。危険は冒したくないからね、まだ——」彼はことばを切り、新聞の切り抜きがマグネットで留めてある冷蔵庫に歩み寄った。「これは？」

「ああ——友だちの記事よ。アンジェロは知り合いだって言ったでしょ、覚えてる？　彼、ケーブルテレビで番組を持つようになったのよ。地元限定だけど、アンジェロのことだから、いずれスターダムにのしあがるわ。これは一週間ほどまえ〈トリビューン〉に載った記事なの」

パーカーが顔をしかめた。これまでのなりゆきから、彼はわたしとアンジェロが以前つきあっていたことを知っていた。「たしか、殺人事件の容疑者だったよな」

「ちがうわよ。真犯人はもうわかってるじゃない。とにかく、彼がこれを送ってきたから、ここに貼ったの。誇らしいと思ってほしいのね」

彼は目立つ写真入りの記事をさらに見つめた。これ見よがしな写真だった。黒のロングコートに青いウールのスカーフをつけたアンジェロが、クラーク・ストリート・ブリッジに立っている。背後にはシカゴ川を忙しく行き来する船。黒い巻き毛が肩までたれ、黒っぽい目があの並外れた目力でカメラを見つめていた。シカゴじゅうの女性たちが彼に恋をするだろう（そしてグーグルで検索するだろう）。パーカーは何か言いたそうだったが、携帯電話が鳴ったので、きびきびと応答した。電話を切って、わたしを見た。「行こう。まずはきみを仕事場に送っていくよ。そのあとぼくは現場に戻る」

わたしはうなずき、キッチンに行った。ふたりでふたたび冬用の装備をする。パーカーはアンジェロにいらだっていないふりをしながら、小さなクリスマスツリーのオーナメントを眺めた。そして言った。「仕事場というのはどこ？　ヴィレッジホールの隣にあるあの小さな店かい？」

「そうよ。〈ヘヴン・オブ・パインヘヴン〉」

「わかった」

車のなかではふたりとも暗かった。パーカーの場合はおそらく、また殺人事件の捜査をしなければならないから。わたしの場合は、（a）サンタクロースが血で汚れた雪の上に倒れている光景が忘れられず、（b）パーカーが二度目のチャンスについてあれ以来何も言わず、今はとくにわたしに好意を持っているようにも見えないからだった。それ以外にある？

パーカーは沈黙に耐えられなくなったらしく、ラジオをつけた。オーストラリアのシンガーソングライター、ゴティエが失恋ソングの〈サムバディ・ザット・アイ・ユースト・トゥ・ノウ〉を歌っていた。拒絶され、ひどい仕打ちを受けたように感じる恋人の心情にはまったく同感で、ゴティエの悲痛な声は車内に響きわたった。パーカーは手首をひねってラジオを消した。「クリスマスキャロルでもやってるかと思ったのに」彼はわたしのほうを見ずに言った。だが、その曲はわたしの頭のなかで流れつづけた。わたしの脳は音楽をとらえ、取りこみ、再生するからだ。たとえ眠っているときでも。

目的地に着くころにはけわしい顔になっていたので、パーカーのほうを見ずに言った。「送ってくれてありがとう」ドアを開けて歩道に降りた。雪はやんでいたが、地面には七センチほど積もっていた。

「気をつけて。すべりやすいから」パーカーが言った。

肩越しにこっそり見ると、パーカーも車から降りていた。

「どうしたの？」

「雇い主と話す」

二カ月たらずまえにも、わたしとパーカーは同じような状況にあった。不気味な事件がたてつづけに起こり、だれかがわたしに毒を盛るのではないかと恐れていた。また同じことが起ころうとしているのだ。外からの脅威に生活を左右され、安全という名のもとに行動を制限されるのだ。足かせをされた囚人のような気分で、パーカーのあとから雪の上を歩いた。

3

パーカーが先に着いてドアを開けた。ドアを押さえてくれている彼の横を通って、ブーツの足で入口のマットを踏んだ。

「ああ、ライラ――ちょっと遅かったんじゃない？」エスターが声をかけてきた。白髪は乱れ、オーブンのせいで顔が赤い。ホタテのベーコン包みのトレーの上にかがみこんでいた。今夜ある家庭で行われる結婚披露宴の準備をしているのだ。

エスターの夫で、グレーの頬ひげをたくわえたブルージーンズ姿のジムは、その横で働いており、冷静な顔つきで手際よくイチジクを半分に切ると、それにリコッタチーズを詰めて、ハチミツをたらしはじめた。プレッシャーを受けてエスターが緊張すればするほど、ジムは冷静になっていくようだった。過密スケジュールでてんやわんやのときなど、彼はわれわれ全員にいい影響を及ぼした。

広い作業スペースの反対側には、実習生としてここで働いている料理学校のふたりの生徒、ギャビーとニコルがいた。ふたりの黒い頭は、エスターがマッシュルーム・ファンタジーと呼ぶもの――バターとシェリーで炒めたマッシュルームとセロリに、カリカリの三角トーストを添えたものの上に覆いかぶさっている。部屋のなかはすばらしいにおいがした。

わたしがエスターに声をかけようとすると、パーカーが手を上げて制した。「パインヘヴン警察のジェイ・パーカーです。ミセス・レイノルズとミスター・レイノルズにお話があるのですが、できれば別の部屋で」

全員が刻んだり詰めたりするのをやめ、何かを待ち受けるようにわたしたちを見あげた。やがてエスターが言った。「何があったんですか？　うちの子供たちのだれかに？」

それは母親がつねに気にすることなのだろう。

「ああ、エスター、ちがうの！」わたしは半泣きで言った。「ただちょっと――今日、事故があって――」そしてまた泣きだしてしまった。

エスターの目が恐怖に見開かれた。パーカーが言った。「別の部屋は？」

四人はドアを通ってエスターとジムの自宅部分に行き、残された気の毒なギャビーとニコルは、口を開けたままそれを見送った。きっとまっすぐ携帯電話のところに行って、グーグルでパインヘヴンの事故のニュースを検索するのだろう。わたしたちはエスターの家のリビングルームのソファに座り、パーカーが今日起きたことを簡潔に伝えた。わたしの配達のこと、不運なサンタクロースのこと、わたしが運悪く犯罪現場に居合わせてしまったこと、そして危険な立場にいることを。

「ライラにかならずしも危険が迫っているわけではありません。さらに情報がはいれば、もっとはっきりすると思うので、わたしは戻ります」パーカーはいらだちに近いものを見せながら腕時計に目をやった。「ですが、今日はなんとかしてライラに店内で作業をさせておいてもらえないかと思いまして。彼女は配達やパーティでの給仕も手伝っているそうですが、それ以外にここでできる仕事もあるでしょうし――」

「本気じゃないわよね？」わたしはあきれてパーカーを見た。

ジムが冷静な声で割ってはいった。「ライラ、彼の言うとおりだよ。披露宴の手伝いにはギャビーとニコルを連れていくから、きみはここで電話番をしながら明日のスフレを作りはじめてくれ」

エスターは〝殺人〟ということばを聞いてから、何も耳にはいらないようだった。わたしのそばに来て隣に座り、両手を取った。「ああ、ライラ。とても怖かったでしょう」

わたしは彼女を抱きしめた。エスターはいつもきびきびとしていて有能だが、必要なときはとても母親らしくなるのだ。

「もう行かないと。今夜ライラを迎えにまた来ます」パーカーは言った。「家族に迎えにきてもらうわ、パーカー」

彼は立ちあがった。手にキーを持っている。「家族と連絡がついたら電話してくれ。そうでなければ、きみのシフトが終わるころに、ぼくが迎えにくる。終わるのは何時ごろに――？」

「今日ですか？　八時ごろですね」ジムが言った。

「わかりました」パーカーはわたしに向かってうなずいた。「では、失礼します」そして、青い目ですばやく部屋のなかを一瞥《いちべつ》したあと、大股で三歩歩くともうドアの外に出ていた。

「無口な男だな」ジムが言った。

わたしは何も言わなかった。

「彼が例のお相手なのね？」エスターがわたしにきいた。「あなたが失恋したっていう」

わたしはたいしたことではないというふりをした。「その説明に当てはまる人は彼だけじゃないわ」

「つらかったでしょう、そんなことがあったのに、彼といっしょにいなくちゃならなかったなんて」

「大丈夫よ。彼は節度があったから」わたしはまだエスターに両腕をまわしていた。それをそっとはずして言った。「仕事に取りかかったほうがよさそう」

ジムが立ちあがった。「少しいいかな、ライラ。きみはこの一カ月半でここに欠くことのできない存在になっているし、ここでの仕事と副業のせいで少し働きすぎている。そこに座って、深呼吸をしなさい。そして、準備ができたら仕事場に行って働きなさい。そのまえに、だれに迎えにきてもらうか決めるんだ。きみさえよければ、いつでもここに泊まっていいからね」

「ありがとうございます、ジム。ほんとうに、ありがとう」彼は近づいてわたしの頭をぽんぽんとすると、イチジクのチーズ詰めを仕上げるために出ていった。

エスターはわたしの片手を取ってにぎった。「正直に言って。いま仕事をしたい気分？」

わたしはうなずいた。「何かほかのことに意識を向ける必要があるの。仕事を与えてもらったほうが、ずっと楽になるわ」

「かわいそうに。なんてことかしら！　教会のあのビンゴ大会の夜の出来事からまだ二カ月もたっていないのに！」

わたしはひるみ、エスターは申し訳なさそうな顔をした。「思い出させちゃったわね」彼女は言った。

「いいえ、大丈夫よ。今回の被害者は知ってる人ってわけじゃないし――友だちのジェニーが教えている学校で、サンタクロースに扮していた人というだけだもの。料理を届けたのはその友だちのところなの。今日は大きなクリスマスのイベントが開かれることになっていたから。彼は地元の役者で、名前はブラッド・ホワイトフィールドだってジェニーは言ってた」

エスターが身を硬くした。「ブラッド・ホワイトフィールド。どうしてその名前に聞き覚えがあるのかしら？」

わたしは肩をすくめた。

「彼の歳は？　三十ぐらい？」

「おそらく。サンタのひげと帽子のせいでよくはわからなかったけど、若い人みたいだった」

「そう。マークに電話しなくちゃ。その人を知ってるかもしれないわ」

マークはエスターとジムの長男だ。シカゴのコンピューター会社で働いている。ときどきここに立ち寄っては、食べ物をつまみ、ギャビーやニコルやわたしをからかった。恋愛感情はないが、彼のことは好きだ。

「できれば、電話は明日にして。スケジュールが遅れるといけないから」

エスターは腕時計を見ていた。「わたしたちなら大丈夫よ。心配いらないわ。ジムが言ったように、あなたはここで休んでいて」

彼女は立ちあがり、かがみこんでわたしの額にキスをした。「あなたと向こうにいる女の子ふたり——あなたたちはみんなわたしの娘みたいなものなのよ」

「ありがとう、エスター。やさしいのね」

彼女は少し動揺した様子で出ていき、わたしは静かな心地よいリビングルームでソファに頭を預け、目を閉じた。ここで飼われている猫たちの一匹であるペネロープが、ソファに飛び乗ってきて、力になろうとするかのようにわたしにすり寄った。やかましくのどを鳴らすのでわたしが笑うと、小さな白い顔で目を細めて見あげてきたので、気分が落ちついた。しばらく頭をかいてやってから目を閉じた。眠りこみそうになったので、ぶるっと身震いしてから携帯電話を取り出した。母と父を動揺させたくなかった——今日はもう充分ひどい場面に耐えてきたのだ。両親の反応をみるのは明日にしよう。代わりに、たよりになって、電話口で泣いたりしないと確信できる、兄のキャメロンに電話した。

「もしもし？」気もそぞろな声で彼は言った。キャムはいつも気もそぞろなのだ。とんでもなく美しい恋人のセラフィーナのせいで。

「キャム、わたしよ」

「やあ、ライ。ちょうどおまえの話をしていたんだよ。思ったんだけど――」

「キャム、聞いて。実は――事故があったの」

「なんだって？　おふくろかおやじにか？」

「ううん、ちがうの。わたし、また殺人事件を目撃しちゃったみたい」

「おれをからかってるんだよな！」キャムは大声をあげた。

「ううん。そうだったらよかったんだけど」

セラフィーナが早口のイタリア語で兄を問い詰めるのが聞こえた。キャムは電話を離すと、イタリア語で何かどなり返した。キャムはロヨラ大学で、外国語としてイタリア語を教えている。セラフィーナはアメリカ在住のイタリア人で、シカゴ大学で化学を勉強していた。

ようやく兄が電話口に戻ってきた。「それで、どういうことなんだ？　おまえは大丈夫なのか？」

「うん、大丈夫。でも――パーカー刑事が――」

キャムがののしりことばを吐くあいだ、電話を耳から離した。やがて彼は言った。

「どうしてあの男と関わらなくちゃならないんだ？　別の警官と話したいと言えばいいじゃないか」

「そういうわけにはいかないのよ、キャム」兄の保護本能にちょっと温かい気持ちになった。

わたしたちが築いた束の間の関係をパーカーが解消したとき、キャムは彼にひどく腹を立てた。

「そうか。それならおれが話をつける。おまえにあいつと口をきいてほしくないからな」

「とにかく、最後まで聞いてくれる？」

「ああ、なんだ？」

「彼はだれかといっしょにいるべきだって言うの。ひとりでいちゃだめだって。心配してるのよ、わたしが……犯人にねらわれるんじゃないかって」

「どこかで聞いたような話だな。十月にもそんな目にあったばかりじゃないか。それでおやじとおふくろのところにいなきゃならなかった」

「まあね——ひどい話でしょ。クリスマスが台無し」

「いや、そうはならないよ、シスター《ソレリーナ》」やさしいことを言うとき、キャムはついイタリア語が出る。「おれたちは楽しくやれるさ」

「まあいいけど。だから、仕事終わりにパーカーがわたしを迎えにくるのがいやなら——」

「いやに決まってる」

「兄さんたちがわたしを迎えにきて、二、三日泊めてくれる？」

「もちろんいいさ。どっちみちセラフィーナにそうしろって言われるだろうし。家主が新しくなったから、でかいあほ面の犬も連れてきていいぞ」

「よかった。ママとパパにあの子の世話をたのもうかと思ってたんだけど、そうするといろいろ説明しなくちゃならないし……」

「それはあとでもいいだろう。何時に行けばいい？」

兄に時間を教えた。兄からはリラックスしろと言われた。キャムはいつもそうだ。何回か深呼吸をすれば、どんなことでも解決できると思っている。

それでも、何度か深呼吸をしてから、厨房にはいった。忙しそうな四人にこっそり様子をうかがわれながら、家庭でのクリスマス用のグリュイエールとチャイブのスフレの材料とボウルの準備をした。

卵を泡立て器で混ぜはじめると、エスターがわたしに向かって言った。「ライラ、それをオーブンに入れたら、サラダ用のクルミを刻んでくれる？」

「了解。キッチンでサラダの準備を手伝えるように、明日は早めに現場に行くわ」

エスターとジムが顔を見合わせた。「そうだな」ジムが言った。「今夜のうちにデザートの生地も準備しておいてもらえると、さらに都合がいいだろう。そうすれば、現地のオーブンで焼くだけでいいんだから。きみは明日もここにいてくれ。もし必要になったら電話するよ。ご両親の家に行くつもりかい？」

「いいえ――街にいる兄のところに行きます」

「なるほど――それだと明日時間どおりにここに来るのはたいへんだろう、アイゼンハワー通りの渋滞もあるし。デザートの下ごしらえをしておいてくれれば、現地で焼くのはギャビーとニコルにやってもらうよ」

デザートもスフレで、一人前ずつラムカンに入れて焼き、クレーム・アングレーズを添えてテーブルに出すことになっていた。〈ヘヴン〉の人気メニューのひとつで、リピートするお客も多かった。

「ジム、あなたがほんとにそれでいいなら……」

「いいよ。そうしてくれると助かる。明日は女の子たちが手伝ってくれることになってるし。そうだね、きみたち？」

いつもならゴシップに夢中のギャビーとニコルは、いかにも同情していますという顔で、黒っぽい髪をポニーテールにした双子のように、熱心にうなずいていた。「現場で働けることになって、興奮してるわ」頰についたマッシュルームのかけらを手の甲でぬぐいながら、ギャビーが言った。

エスターが腕時計を見た。「きれいにできたわね。ギャビー。ニコルとふたりで給仕用のユニフォームを着ていらっしゃい。そうしたらみんなでヴァンに乗りこみましょう。料理はジムとわたしで梱包しておくわ」

みんなが行動に移るより早く、またドアが開いて、バート・アンダーセンがいつもの得意げな表情で、ぶらりとはいってきた。バートは〈ヘヴン〉で皿洗いをしている高校一年生だ。エスターがいくら払っているのかは知らないが、彼はまだ十五歳なのにお金を稼いでいることに充分満足しているようだった。いい子なのだが、重度の自信過剰と十代特有のナルシシズムをわずらっており、わたしたちは彼のいるところでそれをジョークにした。前述の性質のおかげで彼はまったく気にしなかったが。

「やあ、バート。今夜もきみの仕事はとってあるぞ」ジムが言った。

「なんでもどうぞ。グレートなぼくなら十五分ぐらいで終わらせちゃうよ」バートは言った。

〈ヘヴン〉で働きはじめたばかりのころは、バートは皮肉屋なだけで、ちょっとした皮肉のつもりで言っているのだろうと思っていたものだが、バートはいつでも自分を賛美するのが好きだった。彼が自分を褒めれば褒めるほど、わたしはこらしめてやりたい気分になった。妙なことに、彼はそれを楽しんでいるようだった。

「そのあごの三本の毛はひげのつもり？」わたしはきいた。

バートは件《くだん》の赤い毛をなでた。赤い巻き毛とマッチしている。「ご婦人方から苦情はないよ」彼は言った。

厨房にいる全員が笑いはじめたが、いつものようにバートは嘲笑されてもわれ関せずだった。「ぼくの王国に行くことにするよ、農奴のみなさん」彼はそう言うと、ぶらぶらとシンクのほうに向かった。

「あいつは大物《ファー》になるな」ジムがしぶしぶ賞賛してつぶやいた。

「そうは思えないけど」エスターが鼻を鳴らして言った。

「遠く《ファー》に行ってくれたらなおいいわ」わたしは言った。「わたしは一日じゅう彼といることになるのかしら？」

エスターは首を振った。「大丈夫、二時間ぶんのバイト代しか払ってないから」

「それは楽しくなりそう」

エスターは笑い、ジムとともにオードブルを包む作業にとりかかった。三十分後、エスターとジムと女の子ふたりは、給仕用の黒服を着て、ヴァンに荷物を積みこんでいた。

「あとはたのむわ」エスターはわたしの手をにぎって言った。「バートを殺さないようにね」

わたしは笑顔で手を振ると、スフレ生地を冷蔵庫に入れた。汚れた皿をカートに積んで、自称王のところに持っていく。

彼はシンクのまえに立ってせっけん水のなかに両手を浸しており、iPodを聴いているせいでわたしが近づいたことに気づかなかった。わたしは彼のブルージーンズに包まれたお尻に接触するまでカートを押した。彼はにやにやしながら振り返り、片方の耳からイヤホンをはずした。

「持ってきてよ、ライラ。集中してて気づかなかった」

「どうしてそんなに上機嫌なの？　いらいらするんだけど」

彼はにやりとした。「休暇だからだよ！　それに、ぼくの母校で事件が起きたって聞いたから！　あ、誤解しないでね、あの男の人は超気の毒だったと思うけど、こんな興奮することは今までなかったから――それも、ぼくが通ってた学校で！」

「ＪＦＫに通ってたの？」

「うん。去年卒業した」

「じゃあ、知ってるの？　ホワイトフィールドさんのこと」

彼はわずかにまじめな顔つきになった。「まあね。ぼくがいたころも何度かサンタクロースをやってたよ。いい人だったけど、間抜けでもあったね。役者かなんかだったんだよね？でもぱっとしなかったみたい。だって、小学校でサンタクロースの仕事をやんなきゃいけないんだよ」

「ふん」

「たまたまうちのママは彼の家族と知り合いなんだけど、家族にもできそこないと思われてるみたいだよ」

「どういう意味？」

バートは皿からせっけんを洗い流してラックに置くと、完全にこちらを向いた。「ぼくが四年生のとき、彼はすごくいかす女の人と結婚したんだ。ぼくの家族は教会での結婚式のほうに招かれて、ママは実際に行った。すごくきれいでロマンティックだったとかなんとか言ってたな」

「それで？」

「ぼくが七年生のとき、彼が奥さんとうまくいってなくて、別の人の家で暮らしてるってうわさになった」

なんだか話があやしい。「どうしてきみのママにそんなことがわかるの？」

「ゴシップ好きだからさ。女の人はみんな競うようにママに電話してきては、そういうことを話すんだ。ママの友だちのベティは、ホワイトフィールドさんの奥さんの友だちでもあるからね、それでわかったんだよ」

「じゃあ彼は離婚したの？」

「ううん。奥さんとよりを戻した。でも、彼はうそつきだってママは思ってる。ママがうそつきだって言ったら、そいつは絶対うそつきなんだ」

「それじゃ証拠にならないわ」

「まあね。ほかにもいろいろ耳にしてるってだけ。でも、いやなんだよね、ほら、死んだ人のことを悪く言ったりするのは」

「もう言ってるじゃないの。間抜けなんて呼んだりして」

「まあ、そうだけど。いい人のときもあったんだよ。八年生のとき、サンタを演じてた彼が五ドルくれたんだ。八年生はプレゼントをもらう列に並ばないんだよね、低学年の子のためのものだから。ぼくたちは両脇に並んで、低学年の子たちのためにキャロルを歌ったり手拍子をしたりしてたわけ。そのあと飲み物コーナーに行ったら、サンタの衣装のホワイトフィールドさんが帰るところだったんだけど、大きい子たちも何かもらうべきだって言って、五ドルをくれたんだ」

「へえ」

「クリスマスに棚ぼた《ウインドフォール》を手に入れるには、先払いしておくといいんだって。うちに帰ってから〝ウィンドフォール〟を調べちゃったよ」

「すてきだこと」

「そりゃどうも」バートはそう言うと、シンクに向き直った。

「バート」わたしは彼がまたイヤホンを装着するまえに言った。

「何？」

「あなたが耳にしたほかのことって――浮気のことだけ？　奥さんを裏切ってたってこと？」

「ちがうよ。パパの話だと、ホワイトフィールドさんはギャンブルにのめりこんでて、すごい借金があったらしいよ」

「どうしてパパはそれを知ってるの？　やっぱりギャンブラーなの？」

バートはにやにやした。「パパはなんだってやってるよ」

何やらよからぬ響きだが、そっちの領域には踏みこみたくなかった。「話してくれてありがとう」わたしは言った。

厨房に戻って二件のメールを送った。ジェイ・パーカーには〝JFK出身の少年からの情報によると、ホワイトフィールドは妻を裏切っていて、ギャンブルの借金がかなりあったもよう。あと、今夜は兄のところに泊まることになったので、迎えにきてもらわなくて大丈夫です〟と送った。

ジェニーには〝大丈夫？　事態は落ちついた？〟と。

すぐに返事が来た。〝会って話す。いつならいい？〟

わたしは〝二日ほどキャムのところに行くことになったの。たぶんそのあと〟と打ちこんだ。

〝ＯＫ。わたしは大丈夫――あなたは？〟

〝持ちこたえてる。子供たちが全員無事だといいけど〟

返事が長くなるので、ジェニーはメールではなく電話で話すことにしたらしい。

「お疲れ」わたしは言った。

「どうも。子供たちは無事よ。うまく対処できたと思う。たいしてトラウマになることもなく家に帰せたから。全員の無事を確認したしね。低学年の子たちには事件が起きて警察が来たとしか言わなかったけど、何もかもうまくいった。高学年の子たちには発砲事件があったことを伝えて、生徒も先生も巻きこまれなかったと言っておいた」

「とんでもないことになったわね、ジェニー」

「ええ。もう行かなきゃ――あとで電話して」

近ごろはだれもが急いでいる――わたしも家族も友だちも。これではクリスマスらしい気分になれない――この日の悲劇的な出来事のせいでもある。クリスマス精神が感じられるようになるには、あと二日ぐらいかかるのかもしれない。キャムのところにいれば、リラックスして呼吸ができるし、クリスマスの街の光景を楽しめるし、事件の全体像もつかめるだろう。セラフィーナはヨーロッパ風のセンスで住まいを飾りつけているだろうし、ふたりはわたしを歓迎してくれるに決まっている。何も心配はない。

気分がしゃきっとする冷たい空気や、クリスマスの平和や、楽しい新年の計画に思いを馳せるのだ。

そして男性が死ぬのを目撃したことは忘れよう。

4

八時には木曜日のイベントのための料理の準備をすべて終えていた。サラダの材料は刻んで保存容器に入れてあるし、スフレ生地はチーズのもチョコレートのも冷蔵庫のなかだし、ラムカンは移動に備えて慎重に包んである。バートはもう仕事を終えて帰っていた。翌日のイベントのためにジムが選んだワインは、ジムとエスターの見事なワイン棚で見つけておいた。二〇一〇年のコート・デュ・ローヌと、二〇一一年のオレゴン・ピノ・ノワールで、どちらもジムが最近試飲して、チーズが含まれるメニューにぴったりなことがわかっていた。

携帯電話がうなり、見るとメールが二件来ていた。一件はパーカーからだった。〝情報をありがとう。また連絡する〞いつものパーカーだ。ターザン風のぶっきらぼうなメールは、彼の人との接し方とそうちがわなかった。長身で色黒な彼はたしかに無口なタイプだが、警察業務から逸脱した内容のメールを送るのも気恥ずかしいらしい。本来ならパーカーはロマンティックなこととは無縁だという結論に達しているところだが、わたしはそうでないことを知っていた。パーカーにはまだまだ知られざる部分があるのだ。

もう一件のメールはキャムからで、〝そちらに向かっている。着いたらクラクションを鳴らす〟というものだった。

クラクションが聞こえたのは、エスターとジムが戻ってきて一分後だったので、下ごしらえしたものを見てもらう時間はあった。ジムは兄が待っている通りまで送ってくれた。「そんなに用心しなくてもいいですよ」と言ったものの、暗くて寒い通りに出たときは、肩を抱いてくれるジムの腕がうれしかった。

こうしてわたしは、イタリアのテノール歌手、アンドレア・ボチェッリの静かなセレナーデが流れる、キャムの暖かい車に乗りこみ、セラフィーナからシカゴの有名チョコレート店〈フランゴ〉のミントチョコの箱をわたされ、愛犬ミックが頬に鼻をすりつけてくるのを感じた。

「ミックを連れてきてくれてありがとう、おふたりさん！」わたしは言った。

「わたしたちに会えてうれしかったみたい」セラフィーナが言った。「あなたの服も少しバッグに入れてきたわ。まあ、チョコレートでも食べて。今日研究室で友だちからもらったの」

「彼女に恋してるやつらしい」とキャムが言ったが、嫉妬している様子はまったくなかった。

「今ごろ遅いわよ」セラフィーナはそう言うと、キャムに抱きついて、いつもの熱烈なキスをしたので、車が道線からはみ出しそうになった。

わたしは身をこわばらせ、さらに強くミックにしがみついた。「ちょっと！　兄貴たちはわたしを守ることになってるのよ、殺すんじゃなくて」まだ八時半なのに、夜中の二時のように感じられた。それぐらい疲れていた。

セラフィーナは大きな茶色の目で、左の肩越しにわたしを見た。「ごめんね。あなたのお兄さんが好きすぎて、もうがまんできなかったのよ。だから、結婚したの」セラフィーナはきれいな白い歯を見せてにっこりしながら言った。

わたしは「そう」と言ってから、まえの座席に身を寄せた。「待ってよ――どういうこと?」

セラフィーナが左手を突き出した。美しいダイヤモンドの指輪と細い銀の指輪がはめられている。「先週キャメロンにプロポーズされて、イエスと言ったの。それで、わたしたちは行動的だし、いま結婚すればわたしは永住権の申請ができると気づいたから――結婚したのよ!! 市役所で。とてもロマンティックだったわ、雪が降ってて」

「うそでしょ――キャム! セラフィーナ! わたし、すごくうれしい! ママは大騒ぎするわよ!」

「もうしたよ。おまえを迎えにいく直前に電話したんだ」兄はバックミラーでわたしと目を合わせながら言った。

「たいへん。じゃあふたりはハネムーン中ってこと? それなのにわたしったら、愛の巣に泊めてくれなんて言ってじゃましちゃったの?」

「ちがうわよ! あなたにいてもらいたいの、だってクリスマスだもの!」セラフィーナはそう叫ぶと、うしろに手を伸ばして、チョコレートをひとつつまんだ。彼女はたいへんな甘党なのだ。わたしはその手をつかんで、指輪をしげしげと見た——キャムは趣味がいい。大きなセンターカットのダイヤモンドが、暗い車のなかではシルバーのように見える指輪の上にのっていた。

「これはプラチナ？」

「そうよ。あなたのお兄さんはすてきな人ね。彼が選んでくれたのよ」

わたしは彼女の手を離した。さすがは兄貴。また兄と目を合わせると、幸せそうだった。

「やるじゃない、キャム」わたしもチョコレートをひとつ食べ、突然クリスマス精神がちょっとだけ戻ってきたのを感じた。車のなかは暖かくて楽しく、雪がほのかに降っていて、兄は既婚者になった。

「結婚パーティをしなくちゃ！」わたしは叫んだ。ミックがうなずいた。うなずくという彼の特技は、おやつをもらおうとしてでたらめにやっているのではなく、人間との会話における返答に当たるものなのだと思えるときがある。

セラフィーナはくすくす笑い、キャムはにっこり微笑み、わたしはふたりの幸せのオーラに包まれた。それでも、たびたび振り返って、ひそかに尾行されているのではないか、だれかが追突してわたしたちの車を道路からはじき飛ばそうとしているのではないかと、たしかめずにはいられなかった。

アパートの部屋に着くと、セラフィーナはわたしのコートを受け取り、ミックのためにボウルに水を入れてやった。そして、紅茶を淹れてクッキーを見つけるためにキッチンに消えた。キャムは、一本電話を入れなければならないが、おまえはくつろいでいろと言った。

兄の——今では兄夫婦の——アパートメントは、いつもわたしのお気に入りの場所だった。天井が高いし、湖が見える。ベッドルームはふたつあったが、キャムもセラフィーナもそれぞれ仕事のための書斎が必要なので、本来ならウォークインクロゼットになるはずのスペースにツインベッドが押しこまれていた。そのため、ふたりが眠る場所は、ちょっと広めの寝台車のようだった。それでもどうにか、居心地のよさとロマンティックさをあわせ持つ空間になっていたし、全体的に個性的な住まいにはぴったりだった。

キッチンはほぼ手つかずで、いちばん汚れていなかった。ふたりとも忙しいし、料理好きでもないので、出前をたのむことが多いのだ。美しいステンレスの調理器具や、赤いタイルのカウンターとアイランドテーブルを眺めては、このすてきなスペースで食べ物が調理されないことが、いつも残念でならなかった。弾む黒い巻き毛をワイルドに背中にたらし、まだ夢見るような目をしてシンクでやかんに水を入れている今、セラフィーナはさらに美しく見えた。

ミックがキッチンのラグの上にお気に入りの場所を見つけ、何度かぐるぐるまわってから、まるくなってラブラドールのボールになると、わたしはアイランドテーブルのスツールに座って言った。「教えてよ。キャムはどんなプロポーズをしたの？」

セラフィーナは愛に満ちたおだやかな顔でわたしを見た。「彼の帰りは遅かった。十二月十一日のことよ。とても寒い夜だった——覚えてる？」

わたしはうなずいた。あの夜はホットチョコレートを作り、暖を取るためにミックと向かい合わせに座って、『ザ・デイリー・ショー』（政治風刺番組）の再放送を見たのだった。

「わたしは疲れていて、お風呂上がりだった。フランネルのパジャマの上にだぶだぶのガウンを着て座っていたの。全然見栄えのいい格好じゃなかったわ」

「セラフィーナ、文句を言わないの。あなたがすてきに見えないシナリオなんてないんだから」

セラフィーナはアイランドテーブルをまわってくると、彼女のトレードマークのひとつである、包みこむようなハグをした。いつものように、花のようなにおいがした。「あなたってほんとにやさしいのね、わたしのライラちゃん」

セラフィーナはわたしが十歳も歳下であるかのようにふるまうが、わたしたちの歳の差はおそらく二歳だ。彼女は三十歳にもなっていないのではないだろうか。

彼女はわたしの隣のスツールに座ってつづけた。「とにかく、キャムは帰ってくると、凍えてしまったから、体が温まる飲み物を作ると言ったの。そして、お祝いしなくちゃならないようないいニュースがあるんだ、きみもいっしょにどうだいとわたしに言った。ええ、いいわね、とわたしは言った」

わたしは微笑んだ。キャムは実の兄だし、いまだに多くの点でおバカだと思っているが、婚約に関してはうまくやったらしい。

「彼が明かりを消し、わたしたちは夜景が見える窓のそばのソファに移った。星は見えなかったけど、白波を立ててたゆたう湖が見えた。なんのお祝いなのかときくと、恋に落ちたんだ、とキャムは言ったの」

驚いたことに、セラフィーナの目に涙があふれた。「わたしは彼を見つめた。ほかの女性に出会ったということではないだろうと思ったけど、どうして恋に落ちたなんて言うのかわからなかった。そのことばならもうお互いに伝えていたから。ずっとまえに」

わたしは彼女の手をぽんぽんとたたいた。

「どういう意味ってきいたら、おれは恋することに恋してる、永遠にきみを愛したい、と言ったの。きみへの愛のぬくもりを感じられないほど寒い夜などない、きみの瞳ほど美しくきらめく星空などないと。そして、ダイヤモンドのはいった箱を差し出して、結婚してほしいと言ったのよ」

今やわたしの目もうるんでいた。「すてきね」ぶらぶらと部屋に戻ってきたキャムに言った。「いいプロポーズだわ」

「ありがとう」キャムは肩をすくめた。「もう待てなかったんだ」

セラフィーナがにっこりと兄に微笑みかけたところで、わたしの携帯が鳴った。見ると、電話をかけてきたのはパーカーだった。「どっちかの書斎で電話に出ていい？」わたしはきいた。

「いいとも」キャムはわたしの背後から携帯を見て、パーカーの名前に気づくと、顔をしかめた。「おれが代わりに話してやろうか？」

「遠慮しとく」

そそくさとその場をあとにしながら、キャムをとっちめるセラフィーナの声を聞いた。

「人の恋路をじゃましちゃだめよ、キャメロン！」

そっとセラフィーナの書斎にはいってドアを閉め、電話に出た。「もしもし？」

「ライラ。出てくれてよかった。今どこ？」

「シェリダン通りにあるキャメロンのアパートよ。兄が教えてるロヨラ大のすぐ近く」

「セキュリティーは万全？」

「ええ。部屋は階上だし、ブザーを鳴らさないと入れないの。そっちはどう？」

パーカーはため息をついた。「きみが教えてくれた負債の線を調べたら、ホワイトフィールドはエンリコ・ドナートに借金していたことがわかった。ビッグ・リック・ドナートとして知られる男だ」

「それで？」

「ドナートはギャングとのつながりをうわさされている。でも、実際のところはあまりよくわかっていないんだ。目立たないようにしていて、パインヘヴンに住んでいるのかどうかもわからない。シカゴ界隈にほかにもいくつか住まいがあるらしくて」

「ギャングとのつながりって、どういう意味？　マフィアなの？　ベッドに馬の頭を置くような？」

「明日FBIの人間に会うことになってるから、もっと情報がはいると思う。これだけ教えてくれ。きみが見た車は――リムジンみたいに大きかった？」

わたしは目を閉じて、今日一日忘れようとしていた瞬間のことを思い起こした。「いいえ――もっと小さかった――たぶんツードア。さっきも言ったけど、メタリックブルーよ」

「運転手の顔を見なかったのはたしかなんだね？　身元がわかりそうなものも？」

「見てないと思う。あのときはひどく混乱してたけど、何か見たとは思えない。振り向いたときには、走り去っていたから」

「そうか。わかった。明日は仕事？」

「いいえ。エスターとジムが休みをくれた。でも、永遠にここにいるわけにはいかないわ、もちろん」

「ひとりでいることになるのか？」

「いいえ。木曜日だけど、クリスマスで大学は休みだから、キャムとフィーナもいてくれる」

「住所を教えてくれ」わたしは椅子に座ってセラフィーナの散らかったデスクを見つめながら教えた。デスクには、コンピューターグラフィックのプリントアウトから、試験管から、大量の筆記用具まで、ありとあらゆるものがあった。片側には巨大なガーゴイルの形のペンホルダーが置かれていて、口から青いペンが出ていた。わたしは鉛筆やペンを集めて、ガーゴイルに付属しているグレーのカップのなかに戻しはじめた。またチョコレートの小箱を見つけ——セラフィーナにいい歯医者がついているといいけど——それを片側に寄せた。気づかないうちに、彼女のスペースを片づけながら、不安でびくびくしていた。

「パーカー——どうして無職の役者が、マフィアと言われる人にお金を借りることになったの？」

「どうして彼が無職だと知ってるんだい？」

「ああ——小学校でサンタをやるくらいだからそうなのかなと思って。よくは知らないけど」

「とにかく、みんなが楽しいクリスマスを迎えられるように、早く事件が解決することを願うよ」

「ほんと。じゃあ、もう切るわね」

「外には出るなよ、ライラ」

「わかった」

「怖がらせるつもりはないんだよ。ただ——心配なんだ。いいね？」

わたしは無関心を装いながら、ガーゴイルを見つめた。恐ろしい形相でにらみ返された。

「わかったわ」

「持ちこたえられそう？」

「大丈夫だと思う。でも、こんなことになるなんて」

「すぐに終わるよ。がんばるんだ」

「おやすみなさい、パーカー」

「おやすみ、ライラ」

通話を終了した。セラフィーナのデスクは整頓されていたが、背後のテーブルと椅子は、本、脱ぎ捨てられた服、郵便物、そしてまたもや実験機材で覆われていた。そこを出てちらっとキャムの書斎をのぞくと、こちらは打って変わってありえないほど片づいていた——本棚の本は整然としているし、窓敷居を守るように立つルネッサンス時代の騎士のコレクションは、びっくりするほど優雅に陳列されている。茶色い革製の大きなデスクチェアの上にがらくたは皆無で、キャムが来ればすぐに座れるようになっていた。彼はそこで試験を採点したり、すでにいくつか論文を出版しているほどお気に入りのイタリア人作家、アレッサンドロ・マンゾーニについて調べ物をしたりするのだ。

ぶらぶらとメインルームに戻って座った。「パーカーが言うには、被害者の男性——ブラッド・ホワイトフィールドは、ビッグ・リック・ドナートとかいうマフィアに借金があったんですって」

セラフィーナは鼻を鳴らした。「これだからアメリカ人は！　イタリア人はみんなマフィアだと思ってるんだから。『ザ・ソプラノズ』や『ゴッドファーザー』の見すぎなのよ」

キャムも彼女に賛成らしくうなずいている。やかんが鳴って、セラフィーナが紅茶を淹れにいくと、キャムがわたしを見た。「つまりパーカーはマフィアの銃撃だと思ってるのか？」

彼は声を落として言った。

「わからない。〈ヘヴン〉の皿洗いの子が、ホワイトフィールドに借金があったとうわさで聞いたらしくて、わたしがそれをメールでパーカーに伝えたの。それで調べたらこれが出てきたってわけ」

「彼が――捜査を担当しているのか？　もう容疑者がいるなら、一日かそこらで解決できるだろうに」

「ええ、そうね。それにしても、彼の死はほんとうにマフィアがらみなのかしら。腹を立てた同僚かもしれないわよ」

「ああ、たしかにな」キャムは心ここにあらずで、疲れている様子だった。

セラフィーナが紅茶とシナモントーストを運んできた。「わたしに作れるのはこれぐらいなの」彼女は言った。

ふたりの結婚とクリスマスに乾杯し、幸せな日々が訪れますようにと願った。温かい紅茶を飲んだあとは、セラフィーナが同じくらい温かい寝床をソファに作ってくれた。キャムはミックを連れて下の舗道に降り、急いで短い旅をした。やがて走って戻ってくると、ミックはソファの近くで、満足げにまるくなった。

最後に目にしたのは、兄が明かりを消して、わたしに手を振ったあと、妻の待つ悦楽の洞窟へと向かう姿だった。

アデルの曲が頭に浮かんだ――女性が自分を捨てた男性に、あなたみたいな人を見つけるから別にいいの、でもやっぱりまだあなたを愛してる、と告げる曲だ。哀愁ただよう不思議に心満たされる曲で、アデルが歌うとよけいにそう感じられる。

目を閉じて音楽を追い払い、楽しいことを考えようとした。想像のなかのわたしには自分の悦楽の洞窟があり、そこにジェイ・パーカーを誘いこんでいた。彼は青い目を輝かせながらわたしとそこに収まり、ラジオからはシナトラの歌う〈今宵の君は〉が流れている。パーカーは「きみが心配なんだ」と言い、わたしに身を寄せてキスするが、ドアがさっと開いて、そこには銃を手にして立つ人物のシルエットがあった。

おまえはおれのしたことを見た、と見知らぬ人物は言い、わたしはぱっと目を開けた。

5

十二月十七日木曜日の朝、目覚めると頭のなかではまた〈ブルー・クリスマス〉が流れていた。小さなマツの木を抱えて、玄関からはいってこようとしているセラフィーナが見えた。髪には白い星がちりばめられ、クリスマス精神で目を輝かせている。

「雪が降ってるの？」わたしはしわがれ声で言った。

「すばらしく美しい雪よ！　すごく軽くて、ゆっくりふわふわ落ちてくるの。まるで天からのちっちゃな贈り物みたい。外に出て、雪で遊びましょうよ、ライラ！」セラフィーナはマツの木を壁に立てかけてわたしのところに走ってくると、寝跡のついた顔に愛情深いイタリア式のキスをお見舞いした。

「うう。なんでそんなに元気なの？　それになんでこんなにいいにおいなの？　きっとわたしはひどいにおいだわ」

セラフィーナはコーヒーテーブルの縁に腰かけて、じっとわたしの顔を見た。「ライラ、あなたは少し自分のために時間を使うべきよ。わたしたちがあなたを愛するように、自分を愛しなさい。そうすれば見ちがえるわよ」

「ふん」わたしはまた枕に顔を埋め、セラフィーナは笑った。

「今日は美容室に行く予定なの。あなたも行くのよ」

「どうして？　あなたの髪は完璧なのに。それにわたしは外に出られないんでしょ？」

「外に出なくていいのよ。この建物内にあるから。ここの一階にはいろんな店舗がはいってるの。〈ロザリーズ〉はアメリカに来てからずっと利用してる。ロザリーのところに行くイタリア人は多いわ。もう家族みたいなものよ。だから行きましょう。あなたの髪に魔法をかけてくれるわよ」

わたしの髪は数少ない自慢のひとつで、最近ではおろすと肘のあたりまで届くようになっていた。毛先をつかんで見つめる。「髪は長いのが好きなの。ええと……ママもそう。でも、毛先をそろえるくらいなら……」

「ロザリーはアーティストよ。鏡に映った自分に惚れこませてくれるわ。決まり！　電話して、あなたもいっしょにやってもらえるかどうかきいてみるわね」

「うん――わかった」

セラフィーナにハグされたあと、バスルームに向かった。「兄貴は？」

「大学で執筆作業をしたいんですって。遅めのお昼をいっしょに食べに戻ってくるって言ってた。みんなでツリーの飾りつけができるわ。すごく楽しいわよ」セラフィーナは電話をかけはじめ、イタリア語でだれかにあいさつしながら、キッチンのほうに歩いていった。

二十分後、さっきよりは見苦しくないし、眠気もとれたと思いながら、バスルームから出た。セラフィーナがコーヒーのカップをわたしてくれた。そして、忙しく鉢植えの木に水をやった。日焼けした手首につけた細いシルバーの腕時計を見る。「犬の散歩はもうさせたわよ——ミックはいい子ね。じゃあ、そろそろ行きましょうか。早めに行くのが好きなの。まえの人が早く終わって、早くやってもらえるかもしれないから。時間は有効に使わないとね」

セラフィーナにせかされながら、ミックをなでて、すぐ戻るからね、と言うと、彼女のあとからアパートメントを出た。廊下を歩いてエレベーターに乗る。一階で降りて、カーペット敷きのロビーを横切り、パークマン・ビルディングの一階にはいっている、通りに面したいくつものガラス張りの店舗のひとつに向かった。ピンクの渦を巻くような字体で〈ロザリーズ・サロン〉と書かれた店だ。はいってすぐのデスクには受付係が座っており、そのうしろの八脚の椅子のまえには、大きな銀のトナカイがぶらさがった銀の花綵《はなづな》と白いライトという、いくぶん派手な装飾が施された壁全面の鏡があった。八脚のうち六脚の椅子は使用中だった。別の壁際には教会の信徒席のような長いベンチが置かれ、そこはお客の家族が待つ場所らしかった。

セラフィーナは自信たっぷりに受付に歩いていき、そこに座っている十代の女の子に言った。

「こんにちは、バルビーナ。わたしはもうやってもらえるのかしら？　義妹も連れてきたんだけど」わたしをまえに押し出す。「ライラよ、キャメロンの妹なの。かわいいでしょ？」

驚いたことに、数人の女性たちがどこからともなく現れて、わたしを取り囲み、まるで二歳ぐらいの子供を相手にするように、なんてかわいらしいんでしょうと大声でほめちぎった。ひとりなどはわたしの頬をつねった。わたしはセラフィーナをにらんだ。

「ロザリー」セラフィーナはその集団のなかのダークヘアの女性に言った。「ライラの髪、すてきでしょ？　切りたくないんですって。彼女のボーイフレンドを悩殺するヘアスタイルにできる？　彼が離れられなくなるような」

「キャムには聞かせられないわ」わたしは言った。

ロザリーは五十歳ぐらいで、唇の上にある黒いほくろが優雅で神秘的な雰囲気を醸し出していた。彼女はわたしの髪をじっと見つめ、両手で重さをたしかめた。

「ええ」彼女は言った。「美しくしてあげるわ」

彼女はわたしを〝奥に〟連れていくようバルビーナに指示し、わたしはそこでついさっき洗ったばかりの髪をまた洗われた。バルビーナのために言っておくと、彼女の手はとても気持ちよく、使われたシャンプーもうっとりするほどいい香りだったが。わたしはもう少しで座ったまま眠りそうになり、バルビーナにタオルで頭を包まれてまたメインルームに連れていかれた。ロザリーはわたしをあらたな椅子に座らせて、タオルで髪を拭きながら正面の鏡をじっと見た。バルビーナが横に立って、両手にローションを取り、気づくとわたしの指をマッサージしていた。

「あら、そんなことしなくていいのに――でも――わあ、すごくいい気持ち」わたしは言った。

　別の若い女の子に髪を洗ってもらうために奥に向かいながら、セラフィーナが言った。

「ライラは特別待遇でお願いね、ロザリー。ものすごくストレスにさらされてるから。くわしくは言えないけど、トラウマになるようなことがあったの」

　女性全員の興味津々な視線がわたしに集まり、わたしは怖い顔でセラフィーナを見た。ロザリーが髪を梳《と》かして、やさしく頭部をマッサージすると、まるで骨がなくなってしまったような心地がした。バルビーナがマッサージを終えた指は、なめらかになり、ユーカリの香りがした。その指をひざに置いて「ありがとう」とつぶやく。やがて、ロザリーが分けて束ねた髪を頭の上に積みあげはじめると、わたしは一種のトランス状態に陥った。

「きれいな色ね」彼女は言った。「金髪のプリンセスみたい」

「はあ」わたしは目を閉じて言った。

「ねえ、ジョヴァンナ」ロザリーが言った。

　ぱっと目を開けると、彼女が話しかけていたのはわたしではなく、隣の椅子に座っている、ふんわりした赤毛に大きな緑色の目をした女性だった。

「そうね」彼女はちょっとすねたような、きれいな顔をこちらに向けて言った。

「結婚式の計画は進んでる？」ロザリーがきいた。

　ジョヴァンナはため息をついた。「順調よ。祖父《ノンノ》がじゃまばかりするけど。なんにでも口を出さないと気がすまないんだから」

「おじいさまはあなたを愛してるのよ。お金だって出してくださるんだし」ロザリーはきびしく言った。

ジョヴァンナはまたため息をついた。「だからって人生を左右されたくないわ。でも、そんなの百も承知よね、おじいちゃん《ノンニーノ》」

彼女が鏡に向かって微笑みかけたので、うしろにいる人物を見ているのだとわかった。そちらに視線を移すと、グレーの髪の男性がベンチで待っていた。

男性は孫娘と同じくらい芝居じみたため息をついた。「おまえの家族の小切手帳でしかないというのは悲しいものだな」

ジョヴァンナの微笑みが消えた。「お金をちらつかせるのはやめてよ、おじいちゃん。わたしがおじいちゃんを愛してることは知ってるでしょ。わたしとニックが自分たちで決めたいと思ってることも」

「決断は危険なものだ。人は決めたことに従って生きていかなければならない」彼女の祖父は言った。グレーのフランネルのジャケットに白いシャツ、黒のズボンにスリッパという服装だ。

「ええ、わかってるわ。支払いをするというぜいたくのためなら、まずい決断だってしてやるんだから」ジョヴァンナが声を荒らげて言った。

「まずい決断に金を出さないように目を配るのが祖父の役目だ！」男性もほとんど叫ぶように言った。

ジョヴァンナは赤毛の頭を振りあげた。美容師は彼女を傷つけまいと、カットを中断しなければならなかった。「おじいちゃん、いいからもうほっといてよ！　ニックはうんざりしてるし、わたしもそうよ！　わたしたち、シカゴを出て、ふたりだけで暮らせるところを見つけるわ」

老人は一瞬動きを止めた。そして、涙を拭いた。「わたしはお荷物なのだな。よろこびだけをもたらしてくれた、娘のその娘のお荷物なのだな！」

「蒸し返さないでよ、おじいちゃん！」ジョヴァンナは緑色の目をギラギラさせて怒っている。

「これがリアリティ番組なら見るわ」わたしはロザリーにささやいた。

ロザリーはまじめな顔でうなずいた。「わたしは二週間ごとに見てる。彼女が三歳ぐらいのときから」

女性と祖父はわたしたちの会話に気づかなかった。イタリア語での本格的な言い合いに突入していたからだ。それは五分ほどつづき、ある時点でジョヴァンナは激しく泣きだした。ノンノはわたしの背後にやってきて、ジョヴァンナの美容師を押しのけると、孫娘の首に抱きついた。気づくと彼女は笑っていて、彼も笑っていて、鏡に映った自分たちを見ながら互いに首を絞めるふりをしていた。

わたしは目をそらすことができなかった。セラフィーナがわたしのもう一方の隣にやってきて、椅子に座った。「わかったでしょ、ライラ？　わたしたちイタリア人はあらゆるものを提供しているの。演劇もそのひとつよ！」

気づけば、そこにいる全員が笑っていた。セラフィーナは仲間内ではひょうきん者で通っているらしい。わたしも笑った。やがて、ロザリーのやさしい手がゆっくりとおだやかにわたしの目を閉じさせ、つぎに目を開けたとき、彼女はドライヤーでブローをはじめていた。

「少しレイヤーを入れたわ」彼女は言った。「長さは変えてない――軽く動きとふんわり感を出しただけよ。こうするとストレートでもふわっとするの。わかる？」

わかった。わたしの髪はロザリーの手で、映画スターの髪型に変身していた。

「軽くカールさせたり、ねじったりしたければ、セットも簡単なのよ」彼女はそう言うと、わたしの髪に手を出し入れしながら、カールアイロンを手早く動かした。

「自分では絶対こんなふうにできなかったわ」わたしは言った。「いつも洗いっぱなしだから」

「ふむ」ロザリーはそう言って、不満そうな顔をした。その顔のまま、カチカチと音を立てるカールアイロンを、すごい速さで器用に動かしている。「ちょくちょくうちに来たほうがいいわ。あなたの髪のことはわかったから」

「はあ」鏡のなかの自分を見たが、完璧に髪をセットし、エレガントでありながらセクシーな姿でこちらを見返すブロンドの女性が、自分だとはとても思えなかった。「ありがとう、ロザリー。絶対また来ます。今まで行っていた美容師さんだといつもタンポポみたいにされるから」

待っていてね」

「ふむ」ロザリーは言った。「そうこなくちゃ。さて、それじゃセラフィーナが終わるまで

「ええ」わたしはベンチに行ってノンノの隣に座った。老人は何度も愛していると言うジョヴァンナになだめられ、そこに戻ってきていた。

「お孫さんは美しい方ですね」わたしは言った。

老人はわたしに笑みを向けた。その顔はグレーの髪のせいでかすかにグレーがかっていたが、驚くほど印象的な目もまたグレーだった。「ああ、あの子は美しい。バラみたいにね——とげだらけで痛みが絶えないが、たまらなく美しい」

「聞こえてるわよ、ノンノ」ジョヴァンナが鏡のなかで彼に向かって舌を出した。

ノンノは肩をすくめた。「ほらね？」

「家族というのはやっかいですね」わたしは言った。

「ああ。ご家族は多いのかな？」

「両親と兄とわたしだけです。今はセラフィーナも。兄と結婚したので」

ノンノはうなずいた。「あなたの夫はいないのかな？　どうしてです？」

会話の方向が気に入らなかった。「必要ないので」

彼は微笑んだ。「あなたのような美しい女性が？　今ごろは四人目の夫がいてもおかしくないのに。エリザベス・テイラーみたいに」

心ならずもくすっと笑ってしまった。「エリザベス・テイラーのようにはなりたくないわ。

きれいな人だったけど。リチャード・バートンもすてきだった」

「そう。彼なしでは生きていけなかったが、彼といっしょに生きてもいけなかった」

「わかる気がします」

「あなたにもリチャード・バートンが？」

わたしはため息をついた。「長い話なんです、ノンノ。そうお呼びしてもいいですか？初めて聞くお名前です」

「〝祖父〟という意味だよ」彼はそう言うと、手を差し出したので、わたしは無意識に握手をした。「リックと言います。この美容室のオーナーでね」両手を軽く振って店内を示す。「ここの最上階に住んでいるんですよ——少なくとも一年のうちこの時期は」

それでスリッパを履いていたのだ。「それはいいやり方ですね。うちを離れずにビジネスに目を配れて」

「ええ。便利ですよ。ビジネスはこれだけじゃないが」

「まあ。事業家でいらっしゃったんですね。だから結婚式の費用を払ってあげられるのかしら」わたしは冗談で言った。

彼は頭をのけぞらせて口を開けたが、笑い声は発しなかった。笑うふりをしただけだ。やがて真顔に戻って言った。「シカゴにお住まいかな？　この建物に？」

「いいえ——パインヘヴンに住んでいます。今は兄のところに滞在していて」

「ああ、美しいパインヘヴン。あそこにも住まいを持っていますよ」

「両親はあなたと気が合いそうだわ。不動産業を営んでいるんです。お住まいをアップグレードさせようとするかも」

彼はもうすでに両親と話し合ったかのようにうなずいた。「それも悪くないですな。つねに考慮すべきことはある。ご両親の名刺はありますか？」

「あ——はい」足元に置いてあったバッグを取って、財布のなかから名刺を見つけ出した。

「どうぞ」

彼は名刺をやけに熱心に見た。「ダニエル・ドレイク。そしてあなたは？」

「ライラ・ドレイクです」

「パインヘヴンのライラ・ドレイク」彼はやさしいおじのようにわたしに微笑みかけた。ほのかにタバコのにおいがした。受付で電話が鳴り、バルビーナが応答した。

「わかりません——ドナートさんにきいてみないと。少々お待ちください」そして彼女はイタリア語でつぎのようにはじまる問いを発した。「エンリコ、すみません《ペル・ピアチェーレ》……」

彼がイタリア語で答えた。不安な気分が広がりはじめる。エンリコ。ドナートさん。どこかでその名前を聞いたような……。

「うわ」わたしは声に出して言った。

彼は白髪交じりの太い眉を上げた。「どうかしましたか？」

「あなたは——ええと——なんでもありません。セラフィーナ、ちょっと話せる？」

セラフィーナは長い鏡のなかでわたしと目を合わせ、わたしの動揺に気づいた。

「ノンノ、戦争の話でライラを怖がらせないでくださいね。彼女は昨日恐ろしいものを目撃してしまったんですから」

わたしは彼女のことばにショックを受けて口を開け、また女性たちに囲まれた。今回は質問が浴びせられた。イタリア語で、そして英語でも。要するに、わたしが何を目撃したのか知りたいのだ。

セラフィーナは言いすぎたことにみずから気づいた。女性たちを自分のもとに呼んで、おだやかなイタリア語で何やら話した。自分の言ったことを訂正しようとしているらしい。パーカーに近づくなと言われたまさにその男、エンリコ・ドナートは、利口そうな目でわたしを見つめていた。ついさっきまで彼のことは、とてもかわいいおじいさんとして見ていた。今は知性的な顔と大きな手しか目にはいらない。

彼はほかの人たちに聞こえないよう、ひどく声を落として話しかけてきた。

「あなたはパインヘヴンから来て、セラフィーナによると何かを目撃したという。何を目撃したかは察しがつきます。ローカルニュースで見たものでね。昨日何かが起こったんですね、あの町の公共の場所で。銃撃があったんじゃありませんか？」

もう逃げられない。防御のためには攻撃あるのみ。「何かご存じなんですか？」

彼は肩をすくめた。「別に何も。残念ながら」

「あなたがだれだかわかりました。だからこう言ったほうがいいですね。わたしが聞いたところでは、亡くなった男性はあなたに借金をしていたそうです。おそらく大金を」

彼はベンチの上で姿勢を正し、やけに興味深げな顔をした――うれしそうでさえある。「失礼だが、わたしたちは初対面ではなかったかな？　どうしてそれを知ったのか、聞かせてもらいたいのだが」

「バルビーナが名前を言うまでは、あなたがその人だとは知りませんでした。あなたはマフィアで、ブラッド・ホワイトフィールドはあなたに借金があると聞いています」彼のグレーの目を見ると、かなりの驚きと、わずかな敬意があった。

「それを教えたのはだれです？　なぜ教えたのでしょう、あなたのような、若く美しい女性に――悪いときに悪い場所にいた人に？」

「気にしないでください。さっきはどうして銃撃があったと思ったんですか？　現場にいたからですか？」

今や彼は相当おもしろがっているようだった。「かわいい人、落ちつきなさい。小さな手が震えていますぞ」

わたしは両手を脚の下にすべりこませた。「質問に答えてください」

彼はまじめなふりをして言った。「わたしについて何を聞いたのか知らないが、昨日ブラッドとかいう若者の近くにいなかったのはたしかだ。彼が亡くなったのはとても気の毒だと思っているよ。だがわたしは無関係だ」

「彼にお金を貸していたんですか？」

「それは彼とわたしの問題だ」

わたしはうなずいた。「そうですか。ご存じかと思いますけど、昨日わたしは何も見ていません。そのあとのことしか」

するとと彼はますます興味を示した。「あなたは確信しているようですな、わたしが今回の事件に関係していて、この恐ろしい行為に手を貸したと。なぜかな？　だれに言われたのかね？」

今度はわたしが肩をすくめる番だった。「それはその人とわたしの問題です」

エンリコ・ドナートは笑った。「威勢のいい女性ですな、そこにいるうちの孫娘のようだ。ですが、その情報提供者に伝えてください。わたしはもうそういうことに関わっていないと。もうこんな老人ですからな。静かに余生をすごしておるのです。ギャンブルも金融業も若い者にまかせて」彼の顔に一瞬影がよぎった。

「息子さんはいらっしゃいますか、ミスター・ドナート？」

彼は立ちあがって、手を差し出した。おもに礼儀から、わたしは握手した。「とても興味深い会話でしたよ、ミス・ドレイク」

「ええ、そうですね」

輝く赤い後光のような髪のジョヴァンナが、好奇心旺盛な顔でわたしたちのまえに現れた。

「終わったわ、ノンノ。ふたりでなんの話をしていたの？　戦争の話で彼女を退屈させてたんでしょ？」

「いや、そんなことはないよ」

彼は受付カウンターで料金を払うつもりらしく、おだやかな顔で財布を取り出した。

「ミス・ドレイク、あなたがわたしを恐れる必要はありませんし、わたしはわれわれの友だちに起こったこととも無関係です。では、楽しいクリスマスを」

わたしはうなずき、彼は耳もとで何やらささやくジョヴァンナとともに去っていった。ふたりが消えるのを見届けてから、すぐに携帯電話を取り出して、パーカーにメールした。

〝今エンリコ・ドナートに会った〟

約三十秒後に返信があった。〝なんだって？　三十分で行く〟

気がつくと、髪をふんわりさせてさらにゴージャスになったセラフィーナが立っていて、わたしたちは数分まえにドナートが会計をした受付に移動した。

ロザリーにかならずまた来ると約束し、ふたりで〈ロザリーズ〉を出て、またエレベーターに向かった。そこでようやく、セラフィーナに文句を言った。どうしてわたしのトラウマ体験のことを話してしまったのか、ノンノがエンリコ・ドナートだと知っていたのかと。

「うそ！　ファーストネームは聞いたはずだけど、彼がパーカーの言ってた男だったなんて知らなかった。ごめんね、ライラ！　でもノンノはハエみたいに無害よ。とってもやさしい人だもの――いちばん下の孫のジョヴァンナを溺愛してるし」

「まだなんて言えばいいかわからない。ギャングに殺されなかったとしても、わたしたち、パーカーに殺されるわ」わたしは興奮して言った。

アパートメントの玄関扉のまえに着いていた。セラフィーナがわたしを見て言った。

「彼に何かされそうだと感じた？」

「ううん」わたしは言った。

セラフィーナはうなずいて鍵をまわし、わたしたちはなかにはいった。「彼はただのいい人よ。警察は、ほら──なんていうんだっけ？　すぐ考えに飛びつくから」

「結論に飛びつく」

「そうそう。どうせパーカーは忙しすぎて──」

「三十分で来るって」

「そう」彼女はバッグを置いてコートを脱ぎ、ソファにぞんざいに掛けた。几帳面な兄が帰ってきたら、ちゃんとコート掛けに掛けるだろう。「ライラ、彼が来るまえに、お願いがあるんだけど？」

わたしはまだ彼女に対して心おだやかになれなかった。するとミックがゆっくりやってきて、いつもの人懐こいあいさつをした。「なあに」わたしは言った。

「もう着ないワンピースがいくつかあるの。もしあなたがいらないなら、職場のだれかにあげるか、民間慈善団体の〈グッドウィル〉に持っていくつもりよ。わたしのために、着てみてくれない？」

わたしはため息をついた。職場に電話して、どうなっているのかきき、秘密の顧客の何人かと連絡を取ろうと思っていたのだ。「うーん──わかった。でもほんのちょっとだけよ」

彼女は手をたたくと廊下に消えた。おそらくそこにクロゼットがあるのだろう。やがて、ワンピースを持ってきた。最初にわたされたのは、やわらかなモヘアでできたウィンターホワイトのプルオーバー・ワンピースだった。わたしは疑わしげにそれを見た。「わたしには似合わないと思うけど」わたしは言った。「それに、かぶるときにせっかくの新しいヘアスタイルがつぶれちゃう」

だが、すでにバスルームに押しやられていた。「きっとすごく似合うと思う。いいから着てみて」

わたしは大げさにため息をつくと、白い壁の広いバスルームにはいり、ジーンズとセーターを脱いだ。ワンピースをかぶり、髪をふくらませてもとどおりにする。白はブロンドの髪に驚くほど合っていた。「見ただけじゃわからないものね」わたしは言った。

「出てきて。廊下に全身鏡があるから」

出ていくと、セラフィーナは息をのんだ。「わあ、すてき！　ぴったりじゃない、ライラ！」

彼女が指し示す鏡のまえに行くと、思わず口が開いた。わたしにこんなに曲線があったなんて、この白いワンピースを着るまでまったく知らなかった。あれこれ向きを変えて、自分の体形ややわらかな素材のかわいらしさに見惚れた。「すごい。どこで買ったの？　セクシーウーマン御用達の店？」

セラフィーナはまた楽しそうにころころと笑った。「女らしいものが好きなの。待って、まだ脱がないで。ぴったりなネックレスがあるの」そう言うと、小走りで姿を消した。心配する必要はないのに。ワンピースを脱ぐつもりはなかった。もしかすると永遠に。新しいヘアスタイルとこのすばらしい服のおかげで、新しい女性に生まれ変わったような気がした。

そのとき、ドアをノックする音がした。おそらくパーカーだろう。「わたしが出るわ」と叫んで、小走りに玄関に向かい、のぞき穴からのぞくと、パーカーの陰気な顔が見えた。この人は一度も笑ったことがないのだと思っていただろう。ずっとまえのあの夜のことがなかったら……。

ドアを開けると、パーカーはわたしを見て目をぱちくりさせた。「ローラ」のどが鳴ってうまくことばが出ないらしい。

「はあ？」

彼は咳払いをした。「失礼、ライラ。出かけるのか？」

「えっ？」

「外に出るなと言っただろう、ライラ。あれは冗談で言ったんじゃない――」

「出かけないわよ。これを着てるせい？」わたしはワンピースを指した。「セラフィーナが着てみてって言うから。髪型も変えたの」

今や彼はにらんでいた。「ここにいろと言ったのに。どこに行ったんだ？」

「建物からは出ていないわ。美容室はここの一階にあるの。新しいスタイルをどう思う？」

パーカーは目をそらしたが、そのまえに賞賛を読み取るだけの時間はあった。「すごくいいよ。セラフィーナからもらうといい――そのワンピースを」

「ありがとう、そうするわ。はいって。今はフィーナとわたしだけなの」彼をリビングルームに案内した。

セラフィーナがにこやかに現れると、わたしは言った。

「ふたりは会ったことあるわよね？」

パーカーはうなずいてセラフィーナに軽く手を振り、コートを脱いで椅子に掛けた。パソコンバッグに視線を移し、ユビキタス・コンピューターを取り出す。わたしのほうはもう見ようとしなかった。

標準装備のしかめ面に戻って、コンピューターのファイルを開きながら、彼は言った。

「ではおふたりさん、危険かもしれないとぼくが教えた男と、どうして話をすることになったのか、説明してもらえるかな？」

セラフィーナとわたしはあわてて説明に取りかかった。わたしたちは美容室に行っただけだということ、そこの顧客の祖父としてしか知らなかったお年寄りのノンノが、パーカーが言っていた男だったとは、セラフィーナは知らなかったことを、交互に話した。

パーカーはパソコンに入力すると、わたしたちをにらんだ。「とても偶然とは思えないな」

セラフィーナは首を振った。「彼はその美容室のオーナーなの。彼が所有している多くの事業のひとつよ。この建物に住んでいて、二週間ごとに自分の店に腰を据えて、孫娘が髪をきれいにしてもらうのを見てるの。自分がやってもらうときもあるわ。女性ばかりのなかにいるのが好きなんだと思う」

わたしは彼のほうに身を寄せた。「ＦＢＩの人と話すって言ってたわよね。その人はなんて？」

「女性だったよ。実は彼女も、ドナートのことはあやしいと思っているけど、実際の活動からは引退したらしいと言っていた」

「本人もそう言ってたわ。ギャンブルや金融業は若い者にまかせてるって。息子がいるのかときいたら、ちょっと動揺してるみたいだった。彼と関わりのある人がやったんだとしても、彼はそれを知らないのかも。でも、わたしに名前を知られてることは気にしてた。彼にとっては大問題みたい」

「警察が彼を調べていると言ったのか？」

「いいえ。情報源を教えるつもりはないと言ったわ。彼も教えてくれなかったから」

パーカーの唇が一瞬ぴくりと動いた。そして何やらパソコンに打ちこんだ。

「自分を怖がる必要はないと言ってた。信じてもいいと思う。あの人はただのおじいちゃんよ。スリッパを履いてた」

パーカーの表情からは、ドナートが無害だとは信じていないことがうかがえた。

もっと抗議しようと思ったとき、わたしの携帯電話が鳴り、「ああもう」と言ってしまった。「たぶんエスターからだわ。今朝電話するつもりだったの」わたしはバッグをつかみ、電話を取り出した。

「もしもし？」

「ライラ、ぼくの美人さん《ラ・ミア・ベッラ》！」

「アンジェロ？」わたしは大声を出した。元彼が電話してきたのは一年ぶりだった。彼の声を聞いてどんな気持ちになるべきなのかもよくわからない。彼とは二カ月まえに少しだけことばを交わしていた。殺人事件のこと、警察に疑われているらしいということを話すために彼がうちに来たのだ。来てくれてうれしいくらいだったし、お互い礼儀正しくしようとした。ほとんど友だちのように。おそらくそれに勇気をもらって、新しいテレビ番組についての記事を送ってきたのだろう。わたしたちは友だちになれたということなのかも。

　アンジェロの名前を聞いて、パーカーはわたしの横で体を硬くしたが、パソコンへの入力はつづけた。

　アンジェロの声はいくぶん切迫していた。「話があるんだ。今いいかな？」

「うーん――それが。実は警察が来てるの。いろいろあって」

「まだあの教会で死んだ女性のことで？」

「残念ながらそうじゃないの。あらたに死んだ人がいるのよ。とにかく、あとでこっちからかけるほうがいいみたい。電話をくれたわけを手短に話してくれるなら別だけど」アンジェロに気を持たせたくはなかったし、パーカーを怒らせたくもなかったので、きびきびとした対応を心がけた。

「じゃあ手短に話すよ。きみのビジネスを拡大させるチャンスがあるんだ。明日おれの番組に出てほしい。きみのすてきなレシピで、何かクリスマスらしいものを作ってほしいんだ」

「明日？　明日なんて無理よ、アンジェロ！」

「でもどんなにきみのためになるか考えてみろよ。きみ自身の宣伝も、新しいケータリング会社の宣伝もできる。おれの番組は早くも高視聴率だし、好評を得てる。このチャンスを見逃す手はないぞ！」

「急すぎるわよ、アンジェロ。考えさせて、あとで電話するから」

「一時間以内だぞ。でないとほかのやつに声をかけることになる」

「わかった。じゃあ、あとでね」

電話を切り、パーカーの青い目がじっと注がれているのを感じた。「アンジェロはわたしに、明日ケーブルテレビの彼の料理番組に出てほしいんですって」

セラフィーナが手をたたいた。「わあ、すごいじゃない！　知り合い全員に見てと伝えるわ。何時から何チャンネル？」

「それもわからないの。考える時間も計画を立てる時間もくれなかったくらいだから——でも、すごいチャンスよね」ようやくパーカーのほうを見ると、彼はいま自分の膝を見ていた。

パーカーは咳払いして言った。「昔のボーイフレンドと関わるのはよくないんじゃないかな？　それも、ひどい仕打ちをした相手と」

わたしはしばらく黙っていた。それを言うならあなただってわたしにかなりひどい仕打ちをしたじゃない。その当てこすりが聞こえたかのように、彼の顔が赤くなった。

「彼と関わるつもりはないわ。ビジネスの基盤を作ることに興味があるだけ。それに、申し出を受けるかどうかも決めてないのよ。まずはエスターとジムに電話して、どう思うかきいてみなきゃ」

パーカーは肩をすくめて、入力した文書を見た。「これに戻ろう」

また電話が鳴った。通話ボタンを押すと、セラフィーナがくすくす笑った。アンジェロの電話に対するパーカーの反応を楽しんでいたらしい。ドラマが大好きなのだ。おそらくまたアンジェロがかけてきたのだろうと思ったようだが、今度はジェニーからだった。「調子はどう、ライラ？」

「元気よ。でも、警察の人といっしょなの。あとで電話していい？」

パーカーはまた顔をしかめた。彼のことをほかの言い方ではなく、警察の人と言ったからだろう。でも、ほかになんと呼べばよかったの？　好きな人？　かつて心を許した人？

「急いできいきたいことがあるの。デイヴ・ブレントっていう先生が、教職員のクリスマスパーティーを計画してたんだけど、こんな恐ろしいことが起こったにもかかわらず、やっぱりパーティーはやることになったの。教師のほぼ全員と職員が少しとほかにも何人かが出席することになってる。わたしの連れとしていっしょに行ってくれない？　二十一日の月曜日よ。休暇の初日なの」

「教職員のクリスマスパーティーなんでしょ？」

「ただのパーティーよ。実は、昨日わたしといっしょにいた人——ほら、あなたも会ったでしょ、同僚のロス・ピーターソンよ——彼といっしょに行くつもりなんだけど、あなたに彼のことを知ってもらいたいの。デイヴは友だちとかも連れてきていいって言ってるし」

「ジェニー、せっかくあなたとロスがふたりでいるときにおじゃま虫になりたくないわ！それに、わたし以外はみんなJFKの教職員みたいだし！」

「そういうわけじゃないの――毎年たくさんの人たちが参加するのよ――みんな友だちとか恋人を連れてくるから。デイヴの家は大きいし、彼はパーティーを開くのが好きなの」

パーカーがわたしの腕をたたいた。「だれから」と口の動きだけできく。

わたしはその失礼な態度に驚いて彼を見つめた。「ちょっと待ってて」わたしはジェニーに言うと、電話を手で覆って彼に伝えた。「友だちのジェニーよ、JFKの教師の。月曜日に教職員のクリスマスパーティーがあるからいっしょに行かないかって。わたしを恋人に会わせたいみたい。でも、行くのはちょっと抵抗があるわ、まわりは知らない人ばっかりだし、きっとみんな銃撃事件のことを話すだろうし――」

「行くと伝えるんだ」パーカーは言った。

「えっ？　なんで？」

「恋人も連れていくと」

しばらくまじまじと彼を見たあと、気が変わったとジェニーに伝えた。そして、同伴したい人がいると。

「あら、すてき！　だれを連れてくるの？」ジェニーがきく。

「ええと――ジェイ・パーカーって人」

「ジェイ・パーカー。へえ、初めて聞く名前ね。なんかいい響き！　会うのが待ちきれないわ。じゃあ、七時ごろふたりでうちに来てもらって、いっしょにパーティーに行くってことでいい？」

「いいわね。何を着ていけばいいの？」

「そうね、華やかなものがいいわ。わたしは赤いワンピースにするつもり、ロスをメロメロにできるように」

「わかった。じゃあ月曜日の夜にね」

ジェニーは派手にキスの音をさせてから電話を切った。

わたしはパーカーのほうを向いた。「いったいどういうこと？」

パーカーは片手をあげた。「わずかでも被害者を知っている人たちと、警察官ではなくパーティー参加者として話す機会を持てるんだ。アルコールで口も軽くなるだろうし、見逃すわけにはいかないよ」

「じゃああなたは、おとり捜査のようなことをするつもりなの？」

「そういうわけじゃない。でも、だれかにきかれるまで、ぼくが警察官だということは明かさないでくれ。きみの恋人ということにして」

セラフィーナは土曜の午後の映画でも観るようにわたしたちを見ていた。「彼女、きれいでしょう、パーカー刑事。美しい金髪とそれにぴったりのワンピースで」

「ええ、そうですね」とパーカーは言ったが、わたしを見てはいなかった。

わたしは反抗したい思いにかられた。「もういいかしら？　アンジェロに電話したいんだけど」新しいスタイルのしなやかな髪をぞんざいに振りあげる。「それに、いつまでこのアパートメントにいなくちゃならないのかしら？　ミックとわたしはうちに帰りたいんだけど」

「それはわからないよ、ライラ。きみはどれくらいで安全だと感じられる？」

わたしたちはとても親しげとはいえない視線を交わし合った。

パーカーはセラフィーナのほうを見た。「ライラとミックがもう少しここにいることになってもかまいませんか？」

彼がわたしの犬もふくめたことで、怒りがいくらか収まった。カーペットの上にお座りしてにこやかにこちらを見あげているラブラドールに微笑みかける。

「もちろん好きなだけいてもらってかまわないわ！　家族といるのはいつだって楽しいもの。ホリデーシーズンはとくに」

「よかった」パーカーはコンピューターをしまって立ちあがった。「ではライラ、ここから出ないように。月曜日のパーティにきみをエスコートできるよう、何時に迎えにくればいいか教えてくれ。そのあとでボーイフレンドに電話すればいい」

やっぱりね。パーカーはアンジェロのことでまだ怒っているのだ。

「そうするわ。それと、パーティーに行くんだから、背中に入れてるその棒は、ひと晩くらいはずしたほうがいいんじゃないかしら」

わたしたちはにらみ合った。パーカーはセラフィーナに礼儀正しくさようならと言ったあと、わたしには何も言わずに、大股でアパートメントから出ていった。

ドアが閉まると、セラフィーナが手をたたいた。「ああ、ライラ！　彼はあなたに首ったけよ」

「はあ？」

「そのワンピースを着たあなたから目を離せずにいたわ！　それに、昔の恋人にすごく嫉妬してるでしょ？　あの人とあなたがいっしょにいると思うと耐えられないのよ」

「うーん――それならなぜ普通にやさしくしてくれないの？　もうしかめ面を見るのはうんざりよ」

セラフィーナは同情している顔でうなずいた。「だって、きつい仕事なんでしょ？　クリスマスだし、きっとほかにも仕事を抱えてるのよ」

わたしはうなずいた。「ええ、そうね」

「でも、もうすぐあなたとパーティーに行くのね」

「ええ――仕事でね」

「警察官として行くわけじゃないんでしょ？　きっと別人のようになるわよ。あなたの恋人役を務めることになるのがうれしいんじゃないかしら。ちがう？」彼女はいたずらっぽい表情で顔を寄せた。

突然、部屋のなかが明るくなったような気がした。「セラフィーナ」

「なあに?」

「月曜日は完璧な服装をしなくちゃ。このワンピースと同じくらいすてきな、別の服はある? これはもう彼に見られちゃったから」

「すてきな服ならクロゼットのなかにうなるほどあるわ」セラフィーナは言った。

6

金曜日の朝七時、護衛役の兄に付き添われ、食材入りの容器を抱えて、アンジェロのスタジオに着いた。キャムにはロビーでイタリア語の本を読みながら待っていてもらうことにした。兄がパーカーよりも憎んでいる唯一の人物はアンジェロ・カルデリーニで、兄ににらまれていると落ちつかないからだ。キャムはそれでいいと言ってくれて、正面入り口の反対側にある、石の暖炉のそばの大きな椅子に腰掛けた。

エレベーターで上階に向かいながら、朝起きたときからずっと頭のなかにある曲をハミングした——ビートルズの〈フォー・ノー・ワン〉という、父のお気に入りの悲しい曲だ。ラブソングの多くがそうであるように、後悔と失った機会についての曲だった。ため息をついて、もっと楽しい曲を思い浮かべようとした。〈そりすべり〉を何小節か無理やり頭のなかで再生したとき、エレベーターのドアが開いた。

スタジオにはいると、アンジェロがわたしから容器をひったくって、作業台の上に食材を並べはじめた。作業台はゴールドのタイルが貼られたカウンターで、そのうしろの防水タイル壁にはトスカーナ地方の果樹園が描かれている。アイランド式作業台の一方の端には小型のクリスマスツリーが置かれ、白いライトを点滅させて、セットにクリスマスの魅力を添えていた。偽りのキッチンは家庭的で本物らしく見えたし、シェフのアンジェロはセクシーで、髪をうしろで束ね、シャツの袖をまくりあげ、全体として磨きあげたような清潔感があった。すでに少人数の観覧者たちが集められて折りたたみ椅子に座っており、ちらっと見たところ全員が中年の女性たちだった。アンジェロの視聴率が上がっている理由がわかった気がした。

「きみが登場するのは二番目のコーナーだ」ヘッドセットをした女性にわたされたクリップボードを見ながら、アンジェロは言った。「おれが料理について質問する。どうやってレシピを思いついたのか、だれのために作るのか、時間はどれぐらいかかるのか、どうして普通の家庭の主婦にお勧めのクリスマス料理なのか。いいかな？　そしてきみはきみらしく、自然に答えてくれ」

「わかった。それから？」

「その料理を作ってもらう、おれたちの目のまえでね。かき混ぜたり注いだりするのは、ときどきおれが手伝う。そしてふたりで、昔みたいに笑ったり、いちゃついたりする。観覧者は人間関係の化学反応が好きなんだ」彼はわたしににやりとして見せた。

アンジェロの顔を観察して、こういうことが得意なのだとわかった。番組を仕切ったり、ゲストを落ちつかせたりするのが。わたしは彼の腕を軽くたたいた。

「わたしもうれしいわ、アンジェロ。この仕事であなたは大きな成功をつかめそうね。ニューヨークに進出できるんじゃない？」

彼は微笑んだ。「うれしいことを言ってくれるね。さあ、カメラのまえに立つにはちょっと疲れすぎてるように見えるから、タビサに楽屋に連れていってもらってくれ。ブラシで魔法をかけてくれるよ」

「ええ――そうでしょうね。でも、しかたないわ、直前に知らされたんだから」当てこするような視線を向けたが、彼は肩をすくめてやりすごした。

「きっとすてきになるよ。でも、その赤いワンピースは完璧だね――まさにクリスマスという感じだ！」

「ありがとう」

ヘッドセットをつけたタビサという名の女性が現れて、大きな鏡のまえに椅子が二脚ある、小さな楽屋に連れていかれた。タビサはわたしを座らせて、明るい光を当てた。

「オーケー――ちょっと顔を見せて」彼女は言った。「とってもきれいなお肌だけど、少しドーランを塗ったほうがいいわ。うちに帰ってクレンジングするときは、ちゃんと落ちたか確認してね。プロ用の強力なやつだから」

わたしは笑ったが、顔を動かすなとタビサに注意された。わたしも彼女を観察した。見たところ三十歳ぐらいで、まるい童顔に長い茶色のポニーテール。理由ははっきりとはわからないが、兄が〝演劇人〟と呼ぶ人たちに似ていると思った。グレーのコーデュロイパンツにグリーンのタートルネックセーターという特徴のない服装で、いろんな役に染まれそうな雰囲気を醸し出している。顔が完成したので、わたしは思い切って鏡を見た。

「うわ、これはやりすぎじゃない？」

「いいえ。テレビだとちょうどいい感じに見えるの――うそじゃないわよ」

半信半疑で鏡を見つめていると、鏡のまえのテーブルに新聞の切り抜きがあるのに気づいた。記事の見出しはこうだ。

地元男性、学校の駐車場で撃たれる

サンタクロースのメイクをしていないブラッド・ホワイトフィールドの写真を初めて見て、息をのんだ。キャムとセラフィーナに助言されて、あえてテレビは見ないようにしていたのだ。「あらまあ」わたしは言った。ブラッド・ホワイトフィールドはハンサムな男性だった――茶色の髪に茶色の目、えくぼのあるチャーミングな笑顔。キャプションではこう説明されていた。

パインヘヴン在住のブラッド・ホワイトフィールドさん（32）

タビサがわたしの視線を追った。「ひどいわよね？　その人――ブラッドはわたしの知り合いだったのよ。シカゴでいっしょに舞台の仕事をしたことがあるの。彼はキャストで、わたしはメイク担当。それで友だちになった」彼女は首を振り、わたしは鏡のなかの彼女を見た。

「同じ舞台の仲間だったね——今も上演中なの？」

彼女は忙しくメイク用品のケースをいじっていた。「いいえ——あれは去年グッドマン・シアターでやった『クリスマスキャロル』だった。でもブラッドは今も何かに出演中だったはずよ。シェイクスピアの芝居。とってもいい役者だった」

「シェイクスピアの芝居に出ていたのに、小学校でサンタクロースを演じていたの？」

「小学校の仕事は、二時間でかなり報酬がいいのよ。彼はここ何年かその仕事をしていたわ。クリスマスに現金を稼ぐにはなかなかいい方法だった。一度エルフはいらないかときいたら、笑われたわ。彼はお金が必要だったんだと思う。いつもクレオとそのことでけんかしてたから」

「クレオって？」

「奥さんよ。昔はあんまり夫婦仲がよくなかったけど、最近はかなりうまくいっていたみたい。クレオも気の毒に」

「彼女は——？」質問を最後まで言うことはできなかった。タビサが腕時計を見て、ついてくるようにとわたしに合図したからだ。小さなステージの袖に連れていかれ、そこでアンジェロが最初のコーナーを進行する様子を見学した。〝キッチン・ジレンマ〟と呼ばれるコーナーで、アンジェロが視聴者からの手紙を読んで、彼女（または彼）のキッチンの問題を解決するのだ。手紙はダーリーンという名の女性からで、アンジェロのレシピで作ってみたけれど、料理の半分がお皿にくっついてしまってがっかりした、というものだった。アンジェロはテレビ向きだとわたしは気づいた。彼はまっすぐカメラを見て言った。

「ダーリーン、問題は型に油を塗る方法ではなくて、何を塗るかなんだよ。オリーブオイルなしにこの料理は作れないからね。オリーブオイルは食材をしっとりさせ、ガラスの焼き型にくっつくのを防ぐんだ。どのオリーブオイルを使うべきかはわかっているよね、ダーリーン？」彼がうっとりした女性たちでいっぱいの観覧席を指し示すと、みんなは叫んだ。「〈アンジェロズ・グルメ〉！」

それはアンジェロが出しているグルメ食材シリーズのブランド名で、なかなか良質なものだった。わたしも料理に使っていた。

アンジェロはそこにダーリーンがいるわけでもないのにカメラに向かって微笑みかけた。番組を見ていて、アンジェロが自分に性的関心を向けていると思ったら、ダーリーンは気を失うかもしれない。そして彼は言った。「つぎのクリスマス向けコーナーには、昔の友人を招いています。シカゴでシェフとケータラーをしているライラ・ドレイクです。まだ彼女の名前を知らない人がいたとしても、将来きっと聞くことになりますよ。才能ある、若く美しい女性である彼女を、シカゴはいつまでも引き止めてはおけないでしょう！」

観覧者たちは拍手をし、歓声をあげた。アンジェロは片手をあげた。

「今日はライラが、愛と思いやりの季節に、八人のおなかを満たし、心を温めてくれる、クリスマスのブランチ用キャセロールの作り方を教えてくれます。ライラ、出ておいで！」

　わたしは膝に力がはいらず、どこを見ればいいかもわからない状態で、歩いていった。すると、心からほっとしたことに、アンジェロが助けてくれた。温かく腕のなかにわたしを抱きとめ、耳もとで「カメラじゃなくて、おれを見るんだ」と言うと、体を離して、現在〈ヘヴン・オブ・パインヘヴン〉でケータラーを務める彼女のプロのわざを伝授してもらいましょう、と観覧者たちに告げた。「でもきみには、個人契約の顧客もいるんだよね、ライラ？」

「そうよ、アンジェロ。実を言うと、昼間〈ヘヴン〉でケータリングをして、夜に個人営業の仕事をするのは、なかなかむずかしいの――でも、ずいぶん効率よくやれるようになったし、やりがいもあるわ」

「だろうね、わかるよ。ところで、このキャセロールだけど、キッシュに似てない？」

「そうね。それと、効率といえば、まえの晩に準備して冷蔵庫に入れておくこともできるの。そうすれば翌朝は、クリスマスっぽくテーブルをセットしたり、おめかしをしたり、紅茶と読書でリラックスすることに時間を使えるわ。みんなたまにはリラックスするべきよ。とくにホリデーシーズンにはね。そうでしょ？」思いきってスタジオの観覧席に目を向けると、拍手が返ってきた。わたしは顔をほてらせながら、アンジェロの満足げな視線を浴びた。

「作り方を見せてくれ、ライラ」

「わかったわ。まず言っておきたいのは、焼くまえに、少なくとも五分間オーブンを予熱しておくこと。オーブンがかなり熱くなっていないと、キャセロールの火の通りに影響が出ます」

アンジェロが作り物らしいオーブンのダイヤルをひねった。〝完成品〟として見せるキャセロールはもう作ってあった。わたしが午前一時に焼いたものだ。「やったよ！　つぎは何をすればいい？」

「では、卵をよくかき混ぜてください。昔ながらの泡立て器かフォークで大丈夫です。フォークを使う場合は、手首を使うときれいに混ざるということを忘れないでくださいね。これからわたしがボウルに卵を十個入れます。そして生クリームも。パプリカと塩はあなたが入れて、アンジェロ」

アンジェロは観客に向かってにやりとした。「人使いが荒いでしょう？　昔つきあっていたからわかるんですが、キッチンでは彼女がボスなんです」

観覧席の女性たちは悲鳴に近い笑い声をあげたが、おそらくそこには昇華しきれていないアンジェロへの欲望も混じっていた。ふたりがかつて恋人同士だったと告げてから、スタジオには緊張感がただよっていた。わたしは彼をにらむまいとした。

「わたしの記憶では、あなたが全然話を聞いてくれなかったから、別れることになったんだけど」

女性たちはまた笑い、アンジェロは大げさによろこんで拍手をした。

「彼女、なかなか言うでしょう、みなさん。では、ライラに怒られるまえに、このスパイスを入れてしまいましょう」

どういうわけか、彼はあらゆることに性的意味合いをもたせており、それがわたしの気にさわりはじめた。わたしはつぎの材料をできるだけ無味乾燥に読みあげたが、アンジェロはほとんどすべてのものに別の性的な意味を見つけ、それを観覧者たちに披露した。わたしがチーズをすりおろすことについて何か言うころには、観覧者たちは足を踏み鳴らしていた。セックスを表す婉曲的言い回しだと思われたらしい。

アンジェロのにやにや笑いと、観覧者たちの甲高い笑いに合わせて笑うしかなかった。ただの退屈な材料のリストなのだと主張するには、とんでもないエネルギーが必要だからだ。アンジェロはおそらく最初からこれを計画していたのだろう。わたしたちの関係と軽妙なやりとりが自分に有利に働くことを見越して。もしかしたら、魅力的なふたり組がソファに座って、その日のニュースとトレンドを語る、朝の番組のオーディションのつもりなのだろうか？　アンジェロがどこまでやるかなんて、だれにわかる？　彼にはテレビカメラ向きのルックスと勘のよさがあるのだから。

わたしは泡立てた卵をガラスの焼き型に注ぎ入れた。「卵を入れたら、ベーコンと野菜、小鉢一杯ぶんのおろしたチーズと、スパイスを入れます。チーズは焼きあがったあとに振りかけるぶんを、少し取っておいてください。いい、アンジェロ。これはおいしいだけじゃなくて、クリスマスのテーブルをエレガントに彩る料理なの。それに、準備にもあまり手がからないことがわかるでしょ。十分もかからずにすっかり準備ができたわ」

「オーブンは予熱してあるよ、わたしのライラ《ライラ・ミア》。焼き型をなかに入れてもいいかな？」

「どうぞ。それを入れたら、完成品をみなさんにお見せするのよね？」

「そうだよ」アンジェロはわたしが黄金色になるまで焼いたキャセロールを取り出した。「ごらんください、淑女のみなさん」

観覧者たちはほんとうに「おおおおお」と言った。アンジェロにワインでも飲まされているのだろうか。

「おたくのテーブルではどうやって取り分けるんだい、ライラ？」

「新鮮なフルーツやおいしいグリーンサラダを添えるとおいしいですよ。温かいもちもちした食感のキャセロールなので、ナッツや歯ごたえのあるピーマンなんかを足してもいいかもしれません。飲み物はフルーツジュースか、とっておきのシャンパンがいいでしょう」

「おいしそうなものをここに一本用意してあるよ——シャルル・エドシック・ブリュット。クリスマスと懐かしい日々を祝して乾杯してくれるかな？」

アンジェロがわたしにはじけるような微笑みを向けたあと、観覧席にウィンクをしてあると、すぐに歓声がわき起こったので、当然ながらわたしはグラスを上げて彼のグラスに合わせることになった。「メリークリスマス、そしてハッピーニューイヤー」わたしは言った。

「きみにも、かわいいライラ。きみのがんばりに幸運が訪れるように」わたしたちはシャンパンをひと口飲んだ。すると、アンジェロが身を寄せてきて唇にキスをした。

「ライラ・ドレイクでした！」彼は歓声をあげる観覧者たちに向かって言った。

わたしは手を振って舞台裏に引っこんだ。

タビサがあっけにとられた様子でそこに立っていた。「これまでの彼の番組でいちばんよかったわ、まちがいなく。プロデューサーたちがまたあなたを使いたがるほうに、百万ドル賭けてもいい！」彼女はわたしの肩をぽんとたたいた。「すごくよかったわよ！」

「ありがとう、タビサ。うちに帰って昼寝するわ」

「ああ、早朝の収録だったものね。でも、きっといい番組になるわ。九時にはかならず見てね」

「ええ、ありがとう」バッグとコートを取りに、メイク室に戻った。新聞記事の切り抜きが目に入って立ち止まる。「ねえ、タビサ。ブラッド・ホワイトフィールドがどんなお芝居に出ていたか、調べてもらうことはできる？　というのも――わたしは彼のことをほんの少ししか知らないし、わたしの友人たちもそうなの。彼はみんなが思っているよりがんばっていたと伝えたいのよ。失業中の役者だったと思ってる人もいるけど、シカゴでいろいろ仕事をしていたんでしょ？」

「ええ、そうよ。ブラッドは引く手数多《あまた》だった。とても才能があったの。ずいぶんたくさんのオーディションに出ていたみたいだけど、どんな脚本でも、どんなぶっとんだセリフでも自分のものにするし、やりながら自分で演出しているみたいに、すばらしく自然に演じるの。うまかったわ。クレオが言ってたけど、彼が出演したシェイクスピアの芝居を観て、公演の終わり近くの週にハリウッドから二回電話があったんですって。とにかく、調べる必要なんてないわ。彼の最後の舞台のプログラムがあるから」

彼女は小走りで部屋から出ていき、二分後に『テンペスト』のプログラムを持って戻ってきた。「ブラッドはプロスペロー役だったのよ。いい役だったわ。都会じゃなくて地方での公演だったけど、劇評でずいぶん褒められるようになっていた」彼女は一瞬顔をそむけ、その目に涙が浮かんでいるのにわたしは気づいた。

「彼は親しい友人だったのね？」

「ずっと連絡を取り合ってたの、初めて同じ舞台の仕事をしてから。そう、彼のことはとてもよく知ってたわ。彼が思っていたよりもずっと」彼女は涙をぬぐって、痛ましい笑みを見せた。

「そうなの？　ねえ、ブラッドが殺された事件を調べてる刑事は、たまたま知り合いなの。彼、あなたたちの最後の会話のことをききたがるかも」

彼女は首を振った。「とくに変わったところはなかった。ただの無駄話よ。それに、刑事に会うのは気が進まないわ」

わたしはためらった。タビサはブラッド・ホワイトフィールドについて多くの情報を提供できるだろう。「そう、じゃあ――何か思い出したことがあったら、わたしに電話して。携帯番号を教えるから」バッグのなかから紙切れを見つけ出し、携帯電話の番号とメールアドレスを書いた。

「わかった。ありがとう。何か思い出したら電話する」

「重要だと思えないことでもいいの。パーカー刑事はどんな小さなパズルのピースでもほしがる人だから――彼ならきっとあなたの友だちを殺した犯人を見つけてくれるわ」わたしは少し考えてから言った。「それと、葬儀のことが何かわかったら知らせて。出席してご冥福を祈りたいから」

彼女の目がまたうるんだ。「ええ、知らせるわ。それと、何か耳にしたり、何かあなたの警察の友だちに話せそうなことを思いついたら電話する。ありがとう、ライラ。それと、番組に出てくれて感謝するわ」

「どういたしまして」

スタジオを出てロビーに行くと、キャムが椅子で眠りこんでいて、その姿はハンサムなホームレスのようだった。受付の係員が怪しんでいるようだったので、受付に行って、キャムは兄で、わたしが四階で『アンジェロとクッキング』を収録しているあいだ待っていてくれたのだと説明した。係員がしぶしぶうなずくと、わたしは二時間で十八ドルの駐車料金を請求するシカゴの悪名高い駐車場に戻れるよう、護衛役を起こした。

「うそだろ」駐車場の表示を見て首を振りながらキャムは言った。「それで、ミスター・チャーミングとの仕事はうまくいったのか?」

「実を言うとよくわからないの。緊張しすぎてて自分が何を言ったのかもほとんど覚えてないし、観覧者たちは明らかに全員がアンジェロと寝たがってるから、何があってもよろこんだだろうし」

「ああいうやつにはほんとに腹が立つよ」フォルクスワーゲンのロックを解除しながらキャムは言った。

「どうして？　きれいな女の人をとりこにするから？　ガールフレンドの数では兄貴も負けてないと思うけど。数えてみましょうか――最初のガールフレンドはだれ？　七年生のときのエイミー・パークマン？」ふたりで車に乗りこみながら、わたしはくすくす笑っていた。

「やめろよ」キャムは顔をしかめて言った。

「そのあとはジェニファー・ピエトロウスキーよね。すごくきれいな子だった。彼女のヘアアイロン使いは神業だったわ」わたしはもの思いにふけりながらシートベルトを締めた。

「デートしたことはなかった」キャムは言った。「好きだっただけだよ」彼はバックで車を出したあと、前進させた。

「へえ。好きだった人まで入れたら、すごい人数に――」

ガラスが割れるような大きな音がして、わたしは飛びあがった。振り向くと、バックシートはガラスに覆われ、右側の窓がなくなっていた。キャムは思わず車を蛇行させた。

「おいおい！　なんだ今のは？」キャムもバックシートのほうを見てガラスに気づいた。

「ライラ、これは――」

「行って、止まらないで！」わたしは叫んだ。

キャムはありえないほど車のスピードを上げ、駐車場のらせん状通路を進んでシカゴの路上に出た。彼の目にはわたしの恐怖が映し出されていた。「だれか追ってきてるか？　見てくれ、ライラ！」

「見てるわよ。窓に頭を近づけないようにしながらね。だってガラスみたいに粉々にされたら――」

キャムは片手でハンドルを操作しながら、もう一方の手でわたしの脚に触れた。「わかった、わかった。いっしょに深呼吸しよう。それからパーカーに電話してくれ」

震える指で携帯電話を取り出し、短縮ボタンの2を押した。

美しい音楽のような彼の声が聞こえた。「パーカー」

「ジェイ?」

「ライラ。どうした?」

「だれかが――キャムといっしょにいたら――だれかが――」

そこまで言うと、パーカーが耳もとでわめきたてた。彼は言った。「ライラ、キャメロンに代わってくれ」

キャムに電話をわたすと、兄は車を運転しつつ、狙撃者が撃ってこないかとバックミラーに注意しながら、冷静にパーカーに話した。さすがだ。突然、兄がスーパーヒーローか頭の切れるスパイのように思えた。「ああ」彼は話していた。「おれたちは大丈夫だ。先方は射撃の腕はからきしらしくて、ライラの近くには当たらなかった。後部座席の窓が割れただけで」

「充分近いわよ」わたしは涙ながらに言った。

キャムはわたしを見た。「パーカーもそう言ったよ」

パーカーはわたしたちにキャムの家に帰るよう指示し、彼も来ることになった。

キャムは同意して電話を切った。電話を受け取ってバッグにしまってから、兄の手をつかんだ。「愛してるわ、キャム」

彼もわたしの手をにぎり返した。「大丈夫だよ、ライラ。おれも愛してるよ」


アパートメントに着くと、キャムは入口のまえに違法駐車した。

「駐車場から歩くのはやめておいたほうがいいからな」彼は言った。

ドアマンのフィリップが、キャムの車だと気づいて、助手席側の窓のまえに現れた。

「ミスター・ドレイク？　大丈夫ですか？」

「フィリップ、危機一髪だったよ。警察が来るまで車をここに停めておいていいかな？」

「もちろんです、ミスター・ドレイク」

わたしはまだ震えが治まらない状態で、フィリップは二十代初めの男性らしからぬ特別な勘を働かせて、やさしく扱わなければならないと察したようだった。彼は助手席のドアを開け、わたしに手を貸して車から降ろすと、おだやかに話しかけながら入口までいっしょに歩いてくれた。通りすぎる人たちがみんな敵に見えて、わたしはあちこちに視線を向けた。

キャムが小走りにあとをついてきて、全員が建物のなかにはいると、ようやく楽に息ができるようになった。わたしはフィリップにお礼を言い、彼は持ち場に戻っていった。〈ロザリーズ・サロン〉を通りすぎたとき、エンリコ・ドナートの顔が窓からこちらを見ていた。わたしは口を開けたまま彼を見つめた。彼がやったのだろうか？　彼はわたしがだれだか知っている。わたしが何を見たか（あるいは見なかったか）知っている。無情にもわたしを抹殺するよう手配したのだろうか？　もしそうだとしても、本物のマフィアだった彼が、あんなに射撃の下手な人物を雇うだろうか？

そんなことを考えているあいだに、彼がスリッパを履いた足でこちらに近づいてきた。

「ミス・ドレイク？　大丈夫かな？」

「そうじゃないことを願っていたんですか？」わたしはきつい口調で尋ねた。

「何があったんだね？」彼がきく。顔が真っ青だ。

キャムがわたしに腕をまわした。「あの――ドナートさんですね？」

「ああ」

「妹とわたしは今ショック状態なんです。実は――襲われましてね。早く階上《うえ》に連れていって、気付けになるものでも飲ませて、落ち着かせてやりたいんですよ」

老人はまえに進み出た。「だれに襲われたんだね？」

「わかりません」急に疲れを感じて、わたしは言った。「車の窓を撃ち抜かれたんです。わたしの頭のそばを。あなたも、あなたの手下もやっていないと言うつもりですか？」

「ライラ！」兄が言った。顔に警告が表れている。

ドナートは兄のほうを見もしなかった。「安心しなさい、ミス・ドレイク――わたしはやっていない。でも、かならず犯人を見つけ出してやる。信じなさい。あなたはわたしの友だちだ。わかるかね？　あなたと若いブラッドのことではわたしにも責任がある。あなたのために気をつけていよう。安全でいられるように」

おそらく精神状態がおかしかったのだろう、このときわたしはこの元マフィアのことばにひどくほっとさせられた。だれかがわたしたちの安全を守ってくれる。保護してくれる。

キャムはわたしがドナートと話しているのが気に入らないようだった。

「ライラをうちに連れていかないと。もうすぐ警察が妹の話を聞きにくるんです。ご心配いただき恐れ入ります」

彼は老人に言って、わたしをエレベーターのほうに引っ張っていった。最後に問いかけるようにドナートのほうを見ると、静かな威厳をたたえてそこに立ったまま、わたしをじっと見ていた。わたしは彼に背を向け、キャムとともに歩いた。

四階でエレベーターから降りたあと、キャムはアパートメントの外の廊下でわたしを止めた。「いいか——これからこのことをセラフィーナに話す」

「うわ、今はかんべんして、キャム」

「だよな。先におれがはいって、彼女によく言って聞かせるよ。おまえには立ち直る時間が必要だから、準備ができるまでキスもハグもしないでくれって」

「それは応えるでしょうね」わたしは弱々しく笑って言った。

キャムもにやりとした。「おれをハグすればいい。慣れてるから」

「行って——おだやかに彼女に話して」

キャムはなかにはいった。妻にあいさつする声が聞こえ、間があって、甲高くおびえた様子のセラフィーナの声がした。同情を表すイタリア語をさかんに口にしている。

エレベーターのチャイムが鳴ったので、思わず身を硬くしたが、角を曲がって走ってきたのはパーカーだった。何も考えずにその腕のなかに飛びこんだ。外から来た彼のコートはまだ冷たかったが、広げられていたので、そのなかにはいりこんで彼の温かさに包まれた。

「ライラ」彼はやさしい声で言った。「ほんとうにすまない。今日はきみに同行するべきだった。でなければ、行くなと説得するべきだった」

カーが髪にキスしていた。頭のてっぺんに何かやわらかいものを感じる——パー
「撃たれることになるなんて思わなかったのよ！」

「でも今はわかっている。もうきみをひとりにはしないよ」

わたしは彼から離れた。「どういうこと？」

「無期限できみに警官をひとりつける」

「あなたがつけば？」

彼は笑顔でわたしを見おろした。「それは実にそそられる提案だな。でも、犯人を捜しながらきみを守ることはできない。もちろん、できるだけここにいるけどね」

殺されることをこれほど恐れていなかったら、うれしくてぞくぞくしていただろう。

「面倒をかけるわね」わたしは言った。

「これがぼくたちの仕事だ。尽くし、守ること。だろ？」

彼の胸に顔をうずめると、シャツの上からでもいいにおいがした。

「大丈夫だよ、ベイブ」パーカーは親密としか呼べない声で言った。

そのとき、キャムが出てきて雰囲気をぶち壊した。彼は堅苦しくわたしたちのまえに立って言った。「やあ、どうも」

「ドレイクさん」パーカーはわたしをへばりつかせたまま兄と握手をした。「はいってもいいですか？　狙撃された正確な場所を教えてくだされば、捜査員を送ってガラスの破片を調べさせます。それでどこから狙撃されたかがわかるでしょう。車の写真は送ってあります。この建物のまえに停まっている車ですよね？」

「はい——こんなに早く来てくれて感謝します」キャムは言った。反感を覚えながらも、敬意を表しているのが感じられた。

わたしはいかにもしぶしぶという感じでパーカーから離れた。すると期待どおり、彼の表情がわずかに変化して、ほのかな笑みさえ見せた。兄は見ていないはずだ。わたしはパーカーの心の内を読みとるのがうまくなりつつあった。

アパートメントにはいると、夫から事情を聞いたらしいセラフィーナは、飛んできてわたしを〝生きていてくれて感謝〟のキス攻めにしたいのをがまんして、きれいな赤いタイルのカウンターのうしろに引っこんでいた。「紅茶はいかが？」と彼女は尋ねた。

「ありがとう、いただきます」パーカーは言った。

「わたしもいただくわ、ありがとう、セラフィーナ」わたしが謝意をこめて見ると、彼女は小さく手を振った。パーカーとわたしのあとからキャムがリビングルームにはいってきて、パーカーとわたしはソファに座り、キャムはその向かいに置かれた椅子に座った。

キャムは車を停めていた場所を教え、われらが刑事はすばやくメールを送信した。そして、携帯電話を置いて言った。「さて、きみがあそこにいたことを知っていたのはだれだ?」

わたしは肩をすくめた。「キャムのアパートから尾行してた人なら知っていたでしょうね」

「きみがここにいることはだれが知ってる?」

わたしは指を折って数えはじめた。「友だちのジェニー、エンリコ・ドナートとその仲間、わたしの家族。思いつくのはそれだけね、職場の人たちをのぞけば。あと、スタジオの人たちなら、わたしとキャムを駐車場までつけることはできたはず」

「なるほど」パーカーは言った。ミニサイズのコンピューターに何やら打ちこんでいる。

「ドナートはここの最上階に住んでるんだよね。このあと話を聞くよ」

「実は――ロビーで彼と話したわ。わたしを殺そうとしたのかってきいてみた」

パーカーはため息をついた。

キャムは言った「ああ、奇妙なやりとりだった。でも老人は心からショックを受けているように見えたたな。ライラの安全を気にしていた」

「すばらしい」パーカーはそっけなく言った。

「ほんとうにあの老人はマフィアの一員なんですか? 美容室から出てきた小柄なミスター・ドナートが?」キャムはなんだか興奮しているようだ。

「八〇年代や九〇年代には、シンジケートで派手にやっていたという評判でした。それからしばらく姿を消していた。最近は隠居したという話です」

「でも、不安そうだったわ」わたしは言った。「撃たれそうになったと話したら、真っ青になってた」

パーカーはいらいらした顔つきでわたしを見た。「知らない人にそういうことを話すんじゃない、ライラ」

「だって、腹が立ったのよ！　彼が関係しているのか知りたかった。狙撃犯だとは思わないけど」

「だが、狙撃した人間を雇うことはできた」

「そうね」

パーカーはまたため息をついた。そして、あらたな戦法に出てきいた。「どうしてスタジオにいた人間がきみたちを尾行するんだ？」

わたしは姿勢を正した。「そうそう、話すのを忘れてたわ。メイク係の女性が――タビサとかいったかしら――ブラッドと仲がよかったらしいの。彼は失業中の役者だったわけじゃなくて、シカゴ界隈で定期的な仕事を持っていたんですって。どこか郊外の劇場でシェイクスピアの『テンペスト』に主演したらしいし」

「わかった」彼は情報を打ちこんだ。

「タビサは親切で感じがよかったけど、もっといろいろ知っているのに話してないような印象を受けたわ。ホワイトフィールドとは長いつきあいだそうよ。ふたりはある舞台の仕事で出会ったの――彼女はメイク係、彼はキャストとしてね。でも彼女は舞台スタッフとしていろんなことをやってるみたい」

「ふむ。たしかに、その人と話をする必要があるな」

気づくとセラフィーナがそばに来ていた。「ライラ、じゃまして悪いんだけど、例の番組を見てもいいかしら？　仕事で外に出ていたから録画しておいたのよ。放送は一時間まえに終わってるわ」

「そうなの？」わたしはまじまじと彼女を見た。あのテレビ番組での悪ふざけについては、もうほとんど思い出せなかった――何年もまえのことのように思える。バッグをつかんで携帯を取り出すと、なんと十二件もメールがはいっていた。ほとんどが母とジェニーからで、どれも〝きれいに映ってるわよ！〟とか〝あなたとアンジェロってお似合い！（これはジェニーから）〟とか〝最高の番組だったわ！〟といった内容だった。

「うわ」わたしは言った。「ええ、見てもいいわよ。いつかはわたしも見なきゃならないんだし」

セラフィーナはテレビをつけて、番組の録画を再生した。元気いっぱいのイタリアの音楽とともに、オープニング・クレジットとミシガン・アベニューを歩くアンジェロの映像が流れる。やがて、とてもハンサムに見える彼の顔の画像で止まり、『アンジェロとクッキング』という番組タイトルが現れた。

パーカーは咳払いをして、打ちこんだ情報に目を通しはじめた。

テレビ画面では、盛大に拍手をするスタジオの観覧者たちに、アンジェロが手を振っていた。そして、〝キッチン・ジレンマ〟についてのダーリーンからの手紙を読みはじめた。カメラのまえのアンジェロの自然さにあらためて驚かされた。ぎこちないところはどこにもなかった。

それにひきかえパーカーは、どんどんぎこちなくなっていった。

アンジェロに紹介されて、わたしが登場した。「ああ、ライラ、あなたってすごくテレビ映りがいいわ！」セラフィーナが手をたたいて言った。

キャムがうなずいた。「ほんとだ――きれいに映ってるじゃないか、ライラ」

パーカーは何も言わなかったが、セラフィーナの声で顔を上げた。

わたしは言った。「タビサは正しかったわ。どれだけ塗りたくったかわからないけど――テレビではこう見えるのね。実は山ほどドーランを――」

こっそりパーカーのシャツを見ると、明らかに化粧品の汚れと思われるものがついていた。

「ああ、ジェイ、ごめんなさい。あなたにメイクの汚れをつけちゃった」

彼はシャツを見おろして首を振った。「たいしたことないよ。洗えば落ちる」彼はわたしと目を合わせようとしなかった。パーカーの場合、これはまちがってもいい兆候ではない。番組内でアンジェロがわたしにキスをするまえに、彼をこの部屋から出す必要があった。

「署に連絡を入れないといけないいんじゃない？　セラフィーナの書斎に電話があるわよ」

パーカーの青い目はコンピューターに向けられたままだ。「今は一九七〇年代じゃないんだよ、ライラ。携帯で連絡を入れた」

「ちょっと思ったのよ――起こったことを報告するには静かなほうがいいんじゃないかって。ドナートのこととかについて情報をもらえるかもしれないし。わからないけど――ここだとうるさいんじゃないかと」

「やかんの鳴る音しか聞こえないけど」青い目で冷ややかにわたしを見ながら、パーカーは言った。セラフィーナが走って火を止めに行き、戻ってきた。

アンジェロはすでにかなりのチャラ男ぶりを発揮しており、キャムとセラフィーナはその筋書きに引きこまれていた。「ホストはアレだけど、なかなかいい番組だな」キャムが言った。「料理のコツを学ぶために、これからこの番組を見ることにするよ。おれもフィーナもあんまり料理をしないから」

「それにあなたたち、すごくいい雰囲気だわ」セラフィーナが言った。「彼があなたを見るときのあの目――ほら、観覧者たちも釘付けよ」横目でパーカーを見た。彼のあごは明らかにこわばっていた。彼女は彼を嫉妬させて、わたしの力になろうとしているようだが、一筋縄ではいかないジェイ・パーカーにはいい作戦とは言えなかった。

「そんなの見せかけよ」わたしはみんなに言った。「アンジェロの演技がうまいってだけ」

セラフィーナはキッチンに紅茶を淹れにいき、画面ではアンジェロがわたしのキャセロールの完成品を観覧者たちに見せていた。

やがてわたしたちはお互いに年末のあいさつをし、アンジェロがわたしにキスしようと身を寄せてきた。不意にキスされてわたしが赤くなったのがテレビ画面を通してさえもわかった。怒りのせいで赤くなったのだが、彼に惹かれているせいのように見えた。

パーカーはコンピューターを置いて立ちあがった。「紅茶を淹れる手伝いをしましょうか？」とキッチンのセラフィーナに声をかける。

あーあ。キャムと目を合わせると、彼は事情を察したようだった。わたしの隣に座り、声を落として言った。「あいつは何を考えてるんだ？　おまえが死ぬまで自分を思いつづけてくれるとでも？　なんてやつだ。おまえがほしいなら、おまえのために戦うべきだろうに」

「兄貴の奥さんみたいな口振りね」

「ほんとだ」キャムは驚いた様子で言った。「でも事実だぞ。つまずくたびに腹を立ててもはじまらない。人生はつまずきだらけだからな。あいつはありのままのおまえを受け入れるべきなんだ。さもないと、ほかの男たちがおまえを放っておかない――とまあ、そんなところだな」

今度はわたしがため息をついた。「そう簡単なことじゃないのよ。わたしたち、ある取り決めをしたの。事件が解決したら、その――やり直すことについて話し合うって。なのに今これを見られた」

「そうか」キャムが言った。

「アンジェロがキスするなんて知らなかったのよ」

「たいしたことじゃないだろ。これぐらい乗り越えなきゃ」

声を落として話しつづけていたわたしたちは、パーカーとセラフィーナが紅茶を運んでくると、話をやめた。パーカーはわたしにマグカップをわたして言った。「はい、ライラ」その声はよそよそしくはなかったが、廊下でわたしをぞくぞくさせた親密さは失われていた。彼はさらに言った。「セラフィーナ、もしよければ、少しあなたの書斎を使いたいのですが」

「ええ、どうぞ」彼女は言った。「じゃあちょっと椅子の上のものをどかしますね」散らかった部屋をなんとかしようと、彼より先に走っていく。わたしは紅茶をすすり、目をすがめてパーカーを見つめた。ほどなくしてセラフィーナが出てくると、パーカーは書斎にはいってドアを閉めた。

「ああもう」わたしは言った。

このやりとりのあいだずっと眠っていたミックが、あくびをしてバスケットから出てくると、わたしのひざに頭を置いた。わたしは絹のような耳をなでて言った。

「ミック、困ったことになったみたい」

彼はやさしい悲しげな目でわたしを見た――そしてうなずいた。

7

その晩パーカーはキャムのアパートメントに泊まった。警察がわたしに警護をつけるまでそばにいると言って。本来ならわくわくするようなことだが、パーカーはずっと別室で電話をしており、静かにクリスマス映画を見ながらエッグノッグを飲むわたしたちの仲間にはいってくれなかったので、むしろがっかりだった。

十二月十九日の土曜日の朝に、遅ればせながら何本か電話をしたときも、まだ少し落ちこんでいた。最初は両親への電話だ。わたしが目撃した事件のことは知らせたが、二度目の銃撃のことは話さずにおいた。しばらく両親には伏せておこうとキャムと決めたのだ。だが、パーカーがまたしてもわたしに警護をつけようとしていることは、母に言わずにはいられなかった。

「あらまあ！　ジェイ・パーカーがねえ。あなたたち――うまくいってるの？」

「うん。望んでもいないのにまた出会っちゃったって感じで、理想的とは言えないけど、それほど悪くはないわ。わたしたち――また話ができるようになったの、いちおう」

「彼はほんとにボディガードが必要だと思ってるの？」母がきく。

「話せば長いのよ」わたしはごまかした。

「まあいいわ、備えあれば憂いなし、っていうものね。あなたはたいへんな目にあったんだもの。それで、あなたについてくれるおまわりさんは、うちのクリスマスパーティーに来るの？」

「さあ——どうかしら。あと数日のうちに何が起こるかわからないしね。それまでには犯人が逮捕されてるかも」

「ふむ」母は言った。つぎに、明るい調子で言った。「テレビのあなた、すごくすてきだったわよ。パパもママも、あなたは職業をまちがえたって言ってたの。テレビのなかのあなたは自然体に見えたわ。エスターも電話してきて、同じことを言ってた。あなたがテレビに出てから、〈ヘヴン〉にたくさん電話がかかってきてるんですって」

「〈ヘヴン〉のことを忘れてた！　エスターに電話しなきゃ」

「それがいいわ、スイートハート。でも、ママとクリスマスクッキーを作るのは忘れないでよ。二十三日だったわよね？」

「ええ。じゃあそのときにね、ママ」

「気をつけてね。身の安全のために警察の言うとおりにするのよ」

「わかった」通話を切って電話を見つめた。母が知るべきことはすべて話していたが、より深刻な部分を省いたことでうしろめたさを感じた。だが、キャムもわたしも母に心配をかけたくなかった。すんでしまったことを心配してなんになる？

〈ヘヴン〉に電話して、仕事に行けなかったことをエスターに謝罪した。

「ライラ、忙しそうね。ジムもわたしもあなたは新年になってから戻ってきてくれればいいと思っているのよ。知ってのとおり、どのみちわたしたちは短い休暇をとることになっているから、あなたなしでやらなきゃならない期間はあと二日しかないし――そのあとは全員が休暇にはいる」

「でも、ほんとにそれで――」

「いいの。わたしたちだけでなんとかなるわ。それにあなたは、元手をかけずに効果的な宣伝を打ってくれた――アンジェロ・カルデリーニに、わたしがお礼を言っていたと伝えておいてね」彼女の声は明るかった。

「もしかして――電話がたくさんかかってきたの？」

「当然よ！　今やスケジュールは六月まで埋まったわ。あと何件かはねじこめるけど」

「すごい！」

「でしょ。あなたはこれだけのことをしてくれたんだから、心配しないで休んでなさい。家族と休暇を楽しんで、犯人は警察につかまえてもらえばいいの」

「エスター、あなたって最高」

「楽しいクリスマスをね、ライラ！」

微笑みながら電話をしていると、シャワーから出たばかりのパーカーがはいってきた。男らしいにおい――ほのかなサンダルウッドとシダーの香り――を残しながら。彼の旅行カバンのなかをのぞいて、どんな製品を使っているのか知ることができるなら、大金を払ってもいいと思った。「おはよう」彼は警官らしい声で言った。

「おはよう」と言って微笑みかけたのに、パーカーはわたしを見まいとして、忙しくカウンターでコーヒーを探していた。セラフィーナの書斎の床で寝なければならなかったにもかかわらず、寝乱れた様子のない服装をしている。

「今日は外出してもいいかしら？　料理を作って顧客に届けなくちゃならないし、食材の買い出しにも行きたいの。この建物のロビーの先に、小さな食料雑貨店がはいってるってセラフィーナが言ってたし。そこなら行ってもいいでしょ？」

「ぼくがいっしょならね」パーカーは言った。「バンクス巡査は午前中のうちにここに来るから、ほかに行きたいところがあれば彼女が同行する」

「ありがとう、ジェイ」わたしはもう一度微笑み、今度は彼も見てくれた。笑みを返してもくれた。力なくうっすらとではあったが、たしかに微笑みだった。

膝の上で携帯電話が鳴ったので出た。

「もしもし――ライラ？」

「そうです。そちらは？」

「タビサ・ロスよ、チャンネル40の。昨日あなたのメイクを担当した」

「ああ、はいはい。どうも」

「どうも。あのね、電話してくれって言ってたから……」

わたしは姿勢を正した。「ブラッドのことで何か思い出したの？　捜査に役立ちそうなこと？」

パーカーはさっとわたしに目を向け、身がまえる態勢になった。

「ううん、そういうわけじゃないの。昨夜、昔の友人と連絡を取ったのよ――『テンペスト』のキャストのひとりと。そもそもキャストの全員と知り合いなの。実は、公演が数日間キャンセルになってね。それで今日のランチに何人かで会って、ブラッドを偲んで献杯することになったの。葬儀の日程が知りたいって言ってたでしょ――葬儀らしいことはこれだけになるかもしれないの。あとは親族だけでやるみたい。あなたに興味があるかどうかも、刑事さんのお友だちが知りたがるかどうかもわからないけど」

「興味あります。電話してくれてありがとう。ぜひ行くわ。彼に敬意を表したいのよ、今からでも。お友だちとはどこで会うの？」

「ブラッドはパインヘヴンに住んでたから、そこにある、彼が〈ペニー・レイン〉と呼んでたバーで」

「そこなら知ってる。じゃあ店で会いましょう――時間は？」

「一時ごろ。じゃあ、あとでね」彼女が電話を切り、わたしはパーカーを見た。

「タビサからだった。わたしのメイクをしてくれた女性。話したわよね？」

パーカーはうなずいた。

「ブラッドが出演中だった芝居の役者さんたちと会うんですって。彼を偲んでバーで献杯するらしいの——ちょっとした故人を偲ぶ会みたい。葬儀はおこなわれないらしいから。わたしかあなたがその会に参加したいんじゃないかって、声をかけてくれたの」

彼は眉を上げた。「それはありがたい」彼がまたユビキタス・コンピューターを取り出し、何やらスクロールするあいだに、コーヒーが濾過されて、芳醇なアロマが空気を満たした。

「でも、やらなきゃならないことが山積みだし、予定が詰まってるな……」

パーカーは口には出さなかったが、わたしのせいで彼の予定を乱してしまったことはわかっていた。「でも、きみは行きたいと言ったんだね——死ぬまえに彼と会話したから。そんなに責任を感じることはないんだよ、ライラ」

「そういうわけじゃないの。ただ——きちんとお別れを言いたいのよ」

「そういうことなら、出席者の名前と故人との関係を知りたいな。バンクス巡査を同行させて、情報を収集させよう。きみのコネのおかげで電話をもらえてよかった」

「ええ——実は電話をもらえて驚いてるの。刑事は嫌いだって言ってたから。とにかく」わたしはいきなり立ちあがってバッグをつかんだ。「そういうことなら、急いで料理をオーブンに入れなくちゃ。タビサに会うまえに、キャセロールを届けなくちゃならないから、てきぱき仕事をしないと時間がないわ」

「ここにいる仲間には何か作ってくれるのかな？」パーカーが期待に目を輝かせてきいた。パーカーが無条件に愛しているもののひとつが、わたしの料理だった。

「ええ、実はそうよ。これから友人のトビーのために創作したフレンチトースト・キャセロールを作るわ。彼はしばらくまえからの顧客で、子だくさんのパパなの。そのパパの特別料理がこのキャセロールなんだけど、クリスマスだからジンジャーブレッド風味にするつもり。おいしいし、子供たちも気に入るはずだから、ふたつ作りましょう。あなたたちにもコーヒーのお供に食べてもらうわ」

「それは楽しみだ」彼は言った。

パーカーとともに階段をおりてロビーに行き、通りに面した〈マイティ・マート〉という小さな店を見つけた。建物を出たくない人たちがいくらか食材を調達できるよう、最低限の食料品を売っている、店とも言えないようなところだ。パーカーにかごを持ってもらい、時間を気にしながら熱に浮かされたようなすばやさで、食材を入れていった。

「ライラ」彼がもごもごと言った。

「何?」

「入口にいる男。まえに見たことあるかい?」

驚いて視線を上げた。問題の男性は割と若く、黒っぽい髪で、〈マイティ・マート〉のすぐ外の壁にもたれるように立っていた。

「ぼくたちをつけていた。階段室に隠れていたんだ」

「刑事じゃないの?」

「ああ」額にしわが寄り、唇が引き結ばれて細くなる。「きみの新しい友だちミスター・ドナートの差し金かもしれない、という気がするのはどうしてだろう?」

わたしは口を開けたが、ことばが出てこなかった。パーカーはかごをカウンターまで運んで置いた。「会計をしていてくれ。ちょっと話してくる」

彼は店の出入口に歩いていって、すぐ外にいる男性と対面したが、男性はパーカーの存在にまったく動揺していない様子だ。レジから目を離すまいとしながらも、わたしは知らず知らずのうちに横目で出入口のほうを見ていた。そこではふたりの男性が静かに、それでいて熱っぽく話しこんでいた。

ようやく店員にふたつの袋をわたされ、ドアに向かった。パーカーはにこりともせずに袋を受け取り、肘でわたしを押して階段のほうに向かわせた。階段室にはいるまで待ってから、わたしは言った。「どうだった?」

「名前はフランクだ。きみを見張り、守るようにとミスター・ドナートにたのまれたらしい。ぼくは警察の人間だと説明して、うせろと言ってやった」

わたしはパーカーににやにや笑いを向けた。「うせろ? 一九四〇年代までうせろってこと?」

これがかすかな笑みを誘った。「ぼくがそばにいないときにまたやつを見かけたら、電話するんだぞ、ライラ」

わたしは肩をすくめた。「彼がほんとうにわたしを守ってくれているなら、そんなに悪いことじゃないんじゃない?」兄の部屋のある階に着き、パーカーは階段室のドアを押さえてわたしを先に通した。

パーカーはお説教をはじめようとしたようだが、そのとき彼の携帯電話が鳴ったので、通話ボタンを押してわずかに向きを変えた。「パーカーだ」しばらく話を聞いてから、両肩をこわばらせる。やがて言った。「わかった。うん——そうなんだ。三十分以内には電話できると思う。わかってる」彼は何歩か離れると、小さな声で言った。「心配しないで。すぐに電話するから」さらに小さな声で、「愛してるよ」

まだアパートメントの玄関の外にいたわたしは、動揺を隠すために床の上にドスンと袋を置き、キャムからわたされた鍵を探した。パーカーが電話をしまって近づいてきた。わたしはがまんできず、「お母さんから?」と、何も心配していないように明るい調子できいた。

パーカーは下を向いた。「あ——いや」

聞けたのはそれだけだった。わたしは危なっかしい足取りでアパートメントにはいり、手探りの状態でキッチンに向かった。パーカーからあんなに親しげな声を引き出せるなんて、いったいだれなのだろう、ということしか考えられなかった。彼に姉妹はいないし、兄弟にあんなふうに話しかけるわけがない。そう——話していた相手は女性で、それが意味するのは悪いことだけだ。

パーカーが警戒するような顔つきで近づいてきた。わたしはカウンターで、戸棚から取り出したきれいな赤いボウルに卵を割り入れるので忙しかった。「キッチンではずいぶん有能なんだね」彼が声をかけてきた。「プロっぽい動きだ」

「ありがとう」

それ以上何も言ってもらえず、目も合わせてもらえないと気づいたらしく、彼はセラフィーナの書斎に行ってドアを閉めた。この距離からでも、彼が低い声でだれかと話しているのが聞こえるような気がした。

キャセロールに集中した。ジンジャーブレッドをおいしくする決め手は、ライトタイプのモラセス（店で買ったとき、パーカーがいやな顔をした〈アンジェロズ・グルメ〉のものを使用）と、絶妙なブレンドのスパイスを加えることだ。シナモン、クローブ、ジンジャーを慎重に量った。キャセロールをふたつ作るつもりなので、量は二倍にする。オーブンを予熱して、ジンジャーブレッド風味の卵液にパンを浸し、ガラスの焼き皿のなかに並べてから、残った卵液をかけ、ナッツと溶かしバターを振りかけた。

焼き皿をオーブンにすべりこませようというころ、寝乱れてセクシーなセラフィーナがミニ丈の赤いガウン姿でようやく現れた。これが通常の彼女なのだ。セラフィーナが魅力的に見えないときというものは存在しない。「ライラ！　ずいぶん早起きなのね！」

「ええ。配達する料理を作りはじめなくちゃならなくて。あなたとキャムの朝ごはんもあるわよ。兄貴は仕事？」

「ううん――ベッドよ。遅くまで起きてたから。話しこんじゃって」

今度はセラフィーナが目を合わせるのを避けたが、彼女と兄が夜更けまで何をしていたのかはわかりきっていた。「そう。じゃあ、急いでシャワーを浴びてきて。コーヒーを淹れてあげる」

四十分後には、全員がテーブルについて、セラフィーナのｉＰｏｄから流れるクリスマスソングを聴きながら、食事を楽しんでいた。わたしはパーカーとキャムとセラフィーナが、まだ温かいジンジャーブレッド風味のフレンチトースト・キャセロールを取り分けるのを見守った。ホイップした生クリームがひと盛り添えてあるのに、キャムはシロップとバターをたっぷり追加している。三人は食べはじめ、わたしは固唾《かたず》をのんだ。最初に「うーん」と言ったのはパーカーだった。わたしの料理を支持してくれているのはたしかだ。

「ライラ、おいしいわ、これ！」セラフィーナが言った。「こんなふうに一日をはじめられるなんてすてきね――温かい食べ物で心が温かくなるわ」

豊かな安心させるような声で〈ホーム・フォー・ザ・ホリデイ〉を歌うペリー・コモが、彼女のことばを強調した。

「ありがとう。わたしはもうひとつのキャセロールを梱包してトビーに届けなきゃ。お皿は明日返してもらうようにするからね、セラフィーナ」

彼女はいいのよと手を振った。「気にしないで。わたしがめったに料理しないの、知ってるでしょ。食器類はキャムのもので、わたしが越してきたときからあったのよ」

キャムはにやりとした。「たしかおふくろからくすねたんだと思う」

玄関のベルが鳴り、パーカーが食べ物を残して（しぶしぶという感じだった）席を立った。そして、長身のブロンド女性を連れて戻ってきた。白のタートルネックの上に専門職っぽく見える黄褐色のスーツを着て、もちろん銃とバッジも携帯している。

「ライラ、ウェンディ・バンクスだ。きみとお兄さんに発砲した人物が見つかるまで、きみを護衛することになっている」

歩み寄って彼女と握手をした。「バンクス巡査」彼女の握手は力強かった。とても強い人なのだろう。突然、今朝おざなりに三回やった腕立て伏せを苦々しく思った。

「ウェンディと呼んでください」彼女は言った。「お会いできてうれしいです」

「食事はすませたの、ウェンディ？」

「数時間まえに卵の白身を。このすてきなにおいはなんですか？」

パーカーが言った。「ライラはとても才能のあるシェフで、朝食を作ってくれたんだ」

「少し食べてみません？」わたしはきいた。

「ええ、よろこんで」ウェンディは言った。そして、パーカーにみんなを紹介してもらうと、セラフィーナの隣に座って、キャセロールを皿に取った。食べるのはトーフのようなヘルシーなもの中心なのだろうが、たまにはそうでないものも楽しむ人のようだ。「うーん、最高」彼女は大きなひと口をほおばってから言った。

「まさにそのとおり」兄が同意した。みんなもくもくと食べ、わたしはトビー・アトウォーターの料理を包み終えた。

「ウェンディ、食べ終わったらこのキャセロールを顧客に届けなくちゃならないの。そのあと一時に人と会う予定よ。わたしがコートを取りにいっているあいだに、パーカーから説明を聞いておいて」

彼女は食べ物の残りをかきこんで言った。「この任務につけてくださって、ありがとうございます、ジェイ。先週やらされた大型ごみ容器《ダンプスター》内の捜索に比べたら天国です」

みんなが笑い、わたしは言った。「ここにいるあいだは食事を出すわ。護衛してもらえてほんとに感謝してるの、こんなクリスマスシーズンなのに」今はナット・キング・コールが、聖歌隊によるクリスマスキャロルのことを歌っていた（〈ザ・クリスマス・ソング〉のこと）。ウェンディはキャムの居心地のいいアパートメントを見わたして、著しくヨーロッパ的でチャーミングなセラフィーナの小さなマツの木に目を留めた。「こんなにクリスマスっぽい雰囲気はほんとうに久しぶりです。いつもクリスマスっぽいことはしないので」彼女は肩をすくめた。温かさと思いやりに意表をつかれる孤独な警官の図だ。ちょっとパーカーに似ていた。

ほどなくして、全員出かける準備が整った。セラフィーナとキャムは買い物、パーカーは署に戻らなければならず、ウェンディとわたしはキャセロールの配達だ。

「ウェンディ」わたしは言った。「いつも護衛としてミックを連れていくの。いっしょに車に乗せてもいいかしら？」

「ミックというのはだれです？」彼女がきく。

名前を呼ばれると、チョコレート色のわたしの愛犬がとことことダイニングルームにはいってきて、ウェンディの膝に顔をのせた。「まあ、なんてきれいなラブラドールなのかしら！」彼女は言った。「子供のころ、こういう犬を飼っていたんです。色は真っ黒でしたけど。名前はクロードでした」そして、ひどく熱心にミックの頭をマッサージしはじめた。

「今も飼ってるの？」

彼女は首を振った。「いいえ。ルームメイトと何度かシェルターに行ったんですけど、なかなか決められなくて」

わたしがリードをつけるあいだ、ウェンディはミックの耳で遊んでいた。「これでよしと――この子のごはんを持ってくるあいだ、見ていてもらえる？」

ウェンディは犬を歩かせて玄関を出た。わたしは彼女を追いながら、最後にパーカーのほうを見た。「気をつけるんだぞ」彼は言った。

トビーはキャセロールをよろこんでくれた。落ち合ったのは街はずれのいつもの場所――秘密の受けわたしができる高架の陰になった路上だ。彼が差し出す五十ドルを受け取って、ウェンディの黒のフォード五〇〇に戻った。彼女がにやりと笑いかける。「いつもこういうことをしてるんですね――秘密の場所で人と会って、麻薬の取引みたいに、こっそり料理をわたすという？」

「料理はドラッグみたいなものよ。多くの人たちが依存してるんだから」

「たしかに」ウェンディは言った。「今夜はジンジャーブレッドの夢を見そうです。ほんとに料理が上手ですね」そしてわたしのほうを向いた。「ところで、義理のお姉さんが、あなたはテレビに出たばかりだと言ってましたけど」

「ああ――そうなの。昔の友人が『アンジェロとクッキング』という番組をやってて――」

「うそ、それなら見てます！」

「ほんと？」

「ええ――ルームメイトもわたしも、朝に何も予定がないとき、あの番組を見るのが好きで」

「その謎めいたルームメイトのお名前は？」

彼女は目をすがめてうしろの窓から外を見ながら車を出した。車に乗りこんでから、つねにあちこちに目を向けている。なんだかＣＩＡに守られているみたいだ。

「ベッツィです。またはベッツ」

「番組を見てくれてうれしいわ。もしよかったら、アンジェロのTシャツか何かもらってあげられるかも。彼、あらゆるものを売ってるのよ。彼の顔がついた五徳だってあるかも」

「わあ、彼女、よろこびます。すごいわ」パーカーのように心を閉ざし、警官然としていたウェンディの表情に、一瞬温かみと愛情が浮かんだ。

わたしは携帯電話を取り出し、スクロールしてアンジェロのアドレスを見つけた。「忘れないうちに彼にメールしておくわね。彼女の名前と住所を教えて」

ウェンディは友人の個人情報を早口で教え、わたしはそれをメールでアンジェロに送った。ベッツィはアンジェロのファンであり、わたしの友だちなのだという説明を添えて。「これでよしと。アンジェロはやり手のビジネスマンなの。これはカスタマーサービスに分類されるから、ちゃんと対応してくれるはずよ」

「ありがとうございます」ウェンディは言った。「ところで、これから向かうランチについて教えてもらえますか？」

「ええと――小学校で男性が撃たれた現場にわたしがいたことは知ってるわよね？　サンタクロースの扮装をした男性よ」

「パーカー刑事から聞きました」彼女の顔はプロらしい無表情に戻った。パーカーからほかにも何か聞いているのではないかという気がした。ミックが座席のあいだから鼻面を突き出し、彼女はうわの空でなでた。

「それで、たまたま出会ったタビサ・ロスという女性が、死んだ男性――ホワイトフィールドと同じ演劇の仕事をしてるの。彼女は彼の元役者仲間と故人を偲んで昼食会を開くことになっていて、わたしがそこに参加してひそかに出席者を観察したいんじゃないかと思ったみたいなのよ。葬儀の日取りが決まったら教えてほしいと伝えておいたから――おそらくそれが葬儀の代わりなんでしょう。あとは親族だけでやるそうだから。とにかくパーカーはそこに行けば何か収穫があると思ってるのよ。あなたにメモを取ってほしいんだと思う。でも、たぶん彼から聞いてるわよね。わたしもしっかり目を開けているつもりよ。こまごまとメモを取る癖があるし――パーカーにきいてくれればわかるけど」

「あとでメモを付き合わせましょう」ウェンディは言った。「いい手がかりになりそうですね。クリスマスだし、手助けはありがたいはずです。この時期はみんな休みをとりたがるから、人手不足なんですよ」

窓の外を見た。ショッピングモールを通りすぎるところで、駐車場は満車だ。車の海の向こうに、クリスマスライトが点滅するモールの入口が見えた。「死ぬにはいい時期じゃないわね」

「気が滅入ることを言わないでください。つねに用心を怠らず、前向きでいなくちゃ――それが大事なんです」

肩のあたりでミックが鼻をくんくんさせ、わたしはくすっと笑った。「ミックはいつもわたしを元気づけてくれるの。この子はわたしのスペシャルボーイなのよ」

「とってもいい子なんですね」とウェンディが言うと、ミックはうなずいた。

アパートメントに着いたときも、彼女はまだ笑っていた。わたしはセラフィーナに電話して、急いでおりてきた彼女にミックを預けた。そして、街を出てパインヘヴンに戻り、役者たちが集まっているバー〈ペニー・レイン〉に向かった。

車を降りたとき、通りの少し先で、運転席のドアにもたれて新聞を読んでいる黒っぽい髪の男性に気づいた。ドナートの手下のフランクが、つぎの目的地までついてきたのだ。フランクのことはウェンディもパーカーから聞いており、わたしは〝ほら、うさんくさいでしょ?〟という顔で彼女に首を振って見せ、ふたりで店の入口に向かった。

バーにはいった瞬間、こんなに大勢の人たちのなかに交じるのはまちがいだったかもしれないと思ったが、長身のウェンディが油断なく目を光らせてそばにいてくれると、思ったよりもずっと安心できた。アニー・レノックスの〈ウィンター・ワンダーランド〉が大音響で流れ、陽気な会話に高揚する大勢の人びとの声と混ざり合っていた。マツと金色のライトの花綵がそこかしこに飾られた部屋のなかを見わたすと、タビサが手を振っていた。

「あそこにいたわ」わたしは言った。「あなたは警官だと言ったほうがいい？　じゃなければなんて言う？」

「友だちとだけ言ってください。いずれ銃に気づかれるかもしれませんが、各自で結論を出してもらいましょう。知られていることが少なければ少ないほどいいですから」

「わかった」

大きなテーブルにたどり着き、空いている三つの席のうちのふたつに座った。すばやくテーブルの面々を観察する。彼らが俳優だと知らなかったとしても、見るだけでわかっただろう。タビサがひとりずつ紹介してくれた。アントーニオ役を演じていたディラン・マーシュは、紫色のシルクのシャツを着て、軽く開けた襟元から、日焼けした肌と縮れた胸毛を見せていた。よく手入れされた茶色のあごひげのせいで、古い映画に出てくる邪悪な王子のような風貌に見えた。不快になるほどハンサムだ。エアリエル役のイザベル・ボーシャンは小柄で優美、たっぷりとした髪はブロンドがかった赤毛だ。体にぴったりした緑色のワンピースに、クリスマス装飾を受けてきらめく金のベルトをした彼女は、クリスマスライトよりもあでやかだった。ミランダを演じたクローディア・バーチは長身の優雅な女性で、黒っぽい髪に印象的な黒い目をしていた。

彼らのそばにいるタビサは、ジーンズにTシャツ姿で地味に見えた。彼女が裏方で、ほかの人たちが舞台に出る側にいる理由は明らかだった。

「さあ、これでみんなのことがわかったわね」紹介を終えてタビサが言った。「みんな、こちらはライラよ。ブラッドと知り合いだったの」

彼らはうなずき、わたしがどの程度ホワイトフィールドを知っているかは気にしていないようだった。わたしはテーブルのみんなになんとなく手を振った。「呼んでいただいてありがとうございます。こちらは友だちのウェンディです」

「あなたは警官?」ウェンディを見て、あごひげをなでながら、ディラン・マーシュがきいた。

「ばれたか」ウェンディは手を上げてウェイトレスを呼びながら、軽く言った。「でも今は昼休みだし、あなた方の友だちのことでライラが電話をもらったときは、もう彼女と行動を共にすると決まっていたんですよ。それでわたしもここにいるというわけです」

わたしは言った。「ブラッドに献杯する機会をもらえてうれしいわ。とてもいい人みたいだったから」

「とても才能のある人だったわ」優美なイザベルが言った。ことばにイギリスのアクセントがある。「彼がいないとすごく淋しくなる」

わたしはうなずいた。「お芝居は中止になったんですか? プロスペローは主役なんでしょう? 彼なしでつづけられるとは思えませんけど」

ウェンディとわたし以外の全員が気まずそうにしている。タビサが言った。

「あのね、どんな芝居にも代役《アンダースタディ》がいるのよ、ライラ。役者がけがをしたり病気になったり——死んだときのためにね」

「ああ、なるほど。それで、ブラッドのアンダースタディはだれなの？」

ディラン・マーシュが優雅に手をあげた。「ぼくだ。ぼくはアントーニオ役で、これはもっとずっと小さな役だけど、プロスペロー役のことはよくわかってる。もともとその役のオーディションを受けたからね。ぼくのアンダースタディが新しいアントーニオになって、ぼくは無敵の魔術師というわけさ」そう言いながらかすかに赤くなったが、誇らしさは隠せない様子だった。

ウェンディは水をひと口飲んだ。「それはおめでとうございます。悲しくても、ショーはつづけなくてはなりませんものね。公演はいつまでなんですか？」

クローディア・バーチが黒い真剣な目をわたしたちに向けた。「すばらしい劇評が出て、無期限延長になったの。ここでの公演が終わったら、ツアー公演になるわ。ブロードウェイまで行けるかもしれないとプロデューサーは考えてる」

彼女は信心深い人が〝天国〟と言うように〝ブロードウェイ〟と言った。

ウェイトレスがソフトドリンクを運んできた。まだ注文していないのは遅れてきたわたしたちだけのようなので、ウェンディもわたしもパブサンドイッチをたのんだ。

「警官は勤務中、飲まないいんだろう？」ディランがきいた。ウェンディの職業にやたらとこだわっているようだ。

「飲みません」ウェンディは言った。「役者もあまり飲みすぎてはいけないんじゃないですか？　演技に影響が出るでしょう」

みんな鼻を鳴らして芝居がかかった笑い声をあげた。小柄なイザベルは指輪だらけの手を小さなお腹に当てていた。ウェンディのせいで笑いすぎてお腹が痛くなったかのように。

「あら、役者ほど悪名高い酒飲みはいないのよ、知らないの？　ここにいる三人はそうでもないけど――そういう人はいるわ」

一同はまたテーブルを見つめ、会話が途切れた。

「ブラッドのことですか？　彼は酒飲みだったんですか？」ウェンディがきいた。

ディランは気分を害したようだった。「今はちがう。だが若いころはそうだった。酔っ払うとけんかっ早いことでも有名だった。でも、この二年でようやく成長した。まともになった。奥さんとも仲直りした。酒をやめたんだ。それから――ほかのことも」

「ギャンブル？」わたしはきいた。

クローディア・バーチが黒い目でわたしをまじまじと見た。「あなたはただの知り合いだと思ったけど。彼のことをずいぶんよく知っているみたいね」

「いえ――ただ――人から聞いたんです。一種の依存症だと。でもいい人だったみたいですね」

「ブラッドはいい人なんてもんじゃないわ。演技の天才で、善人よ。情熱的な男。生きることに熱意を持っていた」これはイザベルで、彼女は突然泣きそうになった。

クローディアが彼女の肩を軽くたたき、同情するようにうなずいた。

「ブラッドは結婚生活を守るために必死だったのよ。彼とクレオにはつらい時期もあったけど、ようやく元どおりになりはじめたの」

ディランとイザベルは無言のまま、それぞれの思いにふけっている。気づけばふたりの服――彼のシルクのシャツと、彼女の大量に宝石をあしらったワンピース――をじっと見つめて、お城にいる高貴な人物を想像していた。舞台を降りても、役者は観客を虚構の世界に連れていくものらしい。タビサがグラスを掲げた。「彼はまさに天才でした。欠点もあったけど、舞台ではまばゆい輝きを見せた」

みんなこれを聞いて一瞬黙りこんだ。この意見が感傷的なのか、不気味なほど美しいのかはわかりかねたが、全員がグラスを掲げてカチリと合わせ、わたしがその死を目撃した男性を偲んで飲んだ。

タビサはため息をついた。「みんな、クレオが寄るかもしれないから、彼女が現れたら冷静にね」

役者たちは驚いたようで、タビサは手を上げて言った。「悲しんでいる人には支えが必要なの。どうすれば支えられるかわからなくてもね。やさしくするだけでいいのよ。それが彼女に必要なことだから」

みんなはうなずき、わたしはここにいる集団の奇妙さに気づいた。なんとなくパーカーは舞台人が苦手なのではないかという気がしたが、自分もそう感じる理由はよくわからなかった。

ひとつ妙なことに気づいた。役者たちは三人とも、出入口のほうを向きたがっているようなのだ。ディランはテーブルの上座にいて、出入口のほぼ正面に座っていたが、だれかがはいってくるたびに、まばゆいスポットライトを浴びたように、姿勢を正してあごを上げた。クローディアとイザベルは、ふたりとも椅子を不自然な角度に置いて、店にはいってくる人たちに目を配れるようにしていた。クローディアがまえに身を乗り出して、ディランの視界をさえぎると、すぐに彼は左に移動して、彼女が姿勢を正すまで、微妙に中心からはずれた場所にとどまった。

ひそかにウェンディのほうを見ると、彼女はわたしににやりと笑いかけてサンドイッチをひと口食べた。

数分たち、礼儀正しい会話もブラッドへの熱烈な賛辞も尽きたと思われたころ、ひとりの女性がはいってきて、わたしたちのテーブルの空いている椅子に近づいた。小柄な赤毛の女性で、そばかすと明るい緑色の目の持ち主だ。美人ではないが魅力的で、快活で積極的な性格らしく、ここにいるメロドラマ風の人たちのなかにいても違和感がなかった。彼女はゆったりした緑色のコートを脱いで、椅子の背に掛けた。

「クレオ」タビサはそう言って立ちあがり、女性を抱擁した。

クレオがうるんだ目で彼女に感謝を伝え、ふたりは着席した。タビサはテーブルにいる全員を紹介した。クレオの目はウェンディとわたしにとどまった。「あなたたちはブラッドのお友だち？」

「友だちというわけじゃないんです。つい最近知り合ったばかりで」わたしは言った。「昨日たまたまタビサと彼のことを話して、それで――彼女がブラッドを偲ぶ会に招いてくれたんです」

クレオはうなずいた。「この会はいい考えだったわ、タビー」乱れているようには見えない髪をなでつけ、ひどく青白い肌に生気を与えようとするかのように、自分の両頬をぴしゃりとたたく。「外に出る必要があったの――ほんとうに」

「葬儀の手配はすべて問題ない？」クローディアがやさしくきいた。

クレオはまたこっそりウェンディとわたしを盗み見た。わたしたちの何かが気になるらしい――それともいやがっているのだろうか？「親族だけの式と埋葬になると思うわ。一般の葬儀はしないつもりなの。ブラッドはそういうものを望んでいなかったから」

イザベルが驚いて、きれいに抜いて整えた眉を上げた。「ブラッドらしくないわね。彼はスポットライトがあたることを愛していたわ、わたしたちみんなと同じように」

「ブラッドはとても複雑な人だったのよ」タビサはまじめな顔で言った。

クレオは肩をすくめた。「結局、役者はみんな実ははにかみ屋なんだと思う。彼は以前、葬式は大げさにしたくないと言ったことがあるの。もちろんそのときは、ずっと先のつもりだったと思うけど」最後のことばで声が詰まり、テーブルは静まりかえった。彼女はにぎりしめていたティッシュペーパーで緑色の目をぬぐった。

ビールをちびちび飲んでいたディラン・マーシュが、グラスをテーブルから半分持ちあげたところで、ろう人形になったように動きを止めた。クレオの悲しみにどう対処すればいいのかわからないのだろう。

クレオは涙声で笑った。「グラスを置いて、ディラン、腕が震えだすまえに」

それを聞いてみんなぎこちなく笑った。不意にクレオがわたしのほうを向いた。

「それで、ブラッドとはどうやって知り合ったの？」

テーブルにいる全員の好奇の視線を感じた。「共通の知り合いを通して出会ったんです、亡くなる直前に。彼はやさしくしてくれました。ちょうど落ちこんだ気分だったんですけど、すてきなアドバイスをくれたんです。そのことはこれからもずっと忘れません」

彼女はうれしそうにうなずいた。「ブラッドは心のやさしい人だった。わたしはずっと自分にそう言い聞かせていた。長い年月のあいだ、彼とは何度も意見が食いちがったけど、いま思えば、いつだっていい人だった」

「旅に出るのが楽しみだったんじゃないですか？　ツアー公演になる予定だったとうかがいましたけど」適度に重々しい声でウェンディが言った。

クレオはため息をついた。「いいえ、そうでもないわ。ブラッドは役者人生の予測がつかないところを愛していたけど、わたしは地面に根をおろしたかった。そのことでもよくけんかをしたわ」

「あなたは役者じゃないんですね？」わたしは言った。

クレオの笑みは悲しげだった。「ええ。ブラッドと出会ったのは彼が出演した舞台の終演後だったけど、わたしは法律事務所で働いているの。身辺整理をするあいだ休暇をもらってる」

クローディアが言った。「でも旅行に行く予定だったじゃない！　春にハワイに行くことになってたんでしょう？」

クレオは小さく微笑んでうなずいた。「ええ。デスクの引き出しで航空券を見つけたわ。ブラッドはわたしを驚かせるつもりだったんでしょうね。でも、計画のことは話してくれていた。休んでいるあいだ、アンダースタディに彼の役をやってもらうんだってね。芝居が三月までつづいたとしての話だけど。とてもロマンティックな計画だった。わたしの望みは――」

彼女が何を望んだのか知りたかったが、ちょうどそのときイザベルが水をこぼし、急にいくつもの手が忙しくテーブルを拭くことになったので、会話は立ち消えになった。

わたしはディランを見ていた。彼の顔は必要以上に芝居がかっていたが、惹きつけられた。演劇界で成功するのもわかる気がした。表情がくるくる変わるので、目が離せないのだ。クレオ・ホワイトフィールドへの同情を示したかと思うと、悲しみでぼうっとしたように飲み物をのぞきこむ。今は顔を上げて、計算高いとも言える表情をしていた。わたしと目が合うと、とってつけたように微笑んだ。そして、テーブルに目を落とし、まぶたを伏せて表情を隠した。

不意に、ディランが『テンペスト』で演じたアントーニオは、プロスペローから地位を奪う役だということを思い出した。芝居のなかでアントーニオは、権力と地位を手に入れるために、プロスペローを殺そうとする。今やディランはプロスペロー――ブラッド・ホワイトフィールドになりかわっている。役を手に入れることが殺人の動機だったの？

ウェンディは腕時計を見ていた。「そろそろ退散したほうがいいでしょう」彼女はわたしに言った。「みなさんにお会いできてよかったです。ミセス・ホワイトフィールド、ほんとうにご愁傷さまでした」

クレオはうなずいた。ウェンディは飲み物の残りをあおると、立ちあがってテーブルにいる全員と握手しはじめた。わたしがバッグを取ろうと身をかがめたとき、ウェンディと握手しようとイザベルが手を差し出した。クリスマスライトを受けて指輪がきらりと光り、彼女もブラッド・ホワイトフィールドと同じように小指に赤鉄鉱《ヘマタイト》の指輪をしているのがわかった。演劇界特有のもの――役者がする象徴的な意思表示のようなものなのだろうか。

それを尋ねようとしたとき、クレオ・ホワイトフィールドがうるんだ緑色の目でわたしを見た。「ブラッドを偲ぶ会に来てくださってありがとう。彼は葬儀を望んでいなかったから、みんなで彼を偲ぶ機会はこれだけだと思うの。だからよかったわ――わたしとタビサだけにならなくて」彼女は無理に笑顔を作り、わたしは彼女の手を取った。

「来てよかったです。わたしも交ぜてくださってありがとうございます」わたしはみんなに向かってうなずくと、ウェンディとともに出入り口に向かった。タビサが追いかけてきた。

「ライラ！　来てくれてありがとう。役に立つ情報は手にはいった？」

「よくわからない」わたしは言った。「基本的なことだけ報告して、あとは警察にまかせるわ。呼んでくれてありがとう」

タビサはうなずいた。

ウェンディに何か言われ、タビサはわたしのボディガードに注意を向けた。最後にもう一度テーブルのほうを盗み見ると、クレオと役者たちが頭を寄せ合っていて、何やら共謀しているように見えた。考えすぎかもしれないが、そうとも言いきれない。ディラン・マーシュが顔を上げてわたしを見た。邪悪な天才のようなあごひげがバーのライトで金色に光る。白い歯を見せて微笑む彼は、牙をむき出したオオカミを思わせた。

「病的なほど疑り深くなった気分」車に向かいながらウェンディに言った。

彼女は駐車場にじっくり目を走らせていた。「妙な人たちでしたね。きっとボスはあれこれききたがりますよ。あそこにまたわたしたちの友だちがいます」

彼女が頭を向けた先には、赤のトヨタ車にもたれるフランクがいた。

「たしかに気味が悪いわよね——マフィアが手下に尾行させているということは、あの人もマフィアの一員なんでしょ」フランクはわたしたちを見て手を振った。そして、ウェンディがやっていたように、駐車場の監視をつづけた。

「気味が悪いし目立ちすぎです」彼女は目をすがめて言った。「すべてパーカーに知らせます」

「ランチ仲間についての所見はあなたにまかせるわ。見るべき点はあなたのほうがわかってるだろうから。わたしには妙な友だちの集団にしか見えなかったし」

ウェンディは横目でわたしを見た。「あのテーブルにホワイトフィールドの友だちがそれほどいたとは言えませんけどね」

「そう?」それについて考えながら、訓練を積んだ役者たちすべての顔によぎった奇妙な表情を思い浮かべた。ウェンディの意見を聞いて悲しくなり、なぜかブラッド・ホワイトフィールドが引用したシェイクスピアのセリフを思い出した。「われわれ人間は夢と同じもので織りなされている」

この意見を補強するかのように、クリスマス専門局から、ホワイトクリスマスを夢見るビング・クロスビーが流れ、わたしたちは淡い雪のなかを街に向かった。

8

日曜日の朝はさらに雪が降り、わたしたち四人は窓に躍る雪片を眺めながら、キャムのアパートメントの小さなキッチンでベーコンエッグを食べた。

「今日はうちに帰りたいわ」わたしは言った。

セラフィーナは口をとがらせた。「どうして？　ここじゃ楽しくないの？」

「もちろん楽しいわよ。でも自分のベッドが恋しいし、今はウェンディが一日じゅう警護してくれるから、安心だと思うの。でしょ？」ウェンディを見ると、彼女はまたもや食欲旺盛に食べていた。

彼女はこっくりとうなずいた。「電話で確認してみます。パーカーの許可がないと何もできないので」卵の残りを平らげると、セラフィーナとキャムにごちそうさまと言った。そして、携帯電話を取り出してリビングルームに行き、立ったままレイクショア・ドライブを見ながらパインヘヴン警察に電話をかけた。

キャムは疑わしそうだった。「彼女は有能そうだけど、おまえを目の届かないところに行かせるのは気が進まないな。だって、あれは本物の銃弾だったんだぞ、ライ」

「わかってる。でも、ウェンディといると安心できるの。今日は作らなきゃならない料理があるし、配達しなきゃならないものもあるし、エスターやとジムとも話をしなきゃならないし、ほかにもやることが山ほどあるのよ。ミックも自分のバスケットが恋しいだろうし」

テーブルの下で気まぐれなベーコンが落ちてくるのを待っていたミックが、自分の名前が呼ばれるのを聞いて耳を立てた。

キャムは微笑んだ。「ミックがいるのも気に入ってるんだ。セラフィーナはおれを説得して犬を飼わせようとしてるんだよ」

「ミック効果ね」

わたしはウェンディを見ていた。パーカーと電話がつながったらしく、長々と話しこんでいる。すでに役者三人組とタビサとクレオについての所見は報告ずみだった――いま思えば不気味な人たちだ。フランクのことも話したにちがいない。曲がりなりにも昨日バーまでついてきて、そこをあとにしたときもわたしたちの背後にいたフランク。いまウェンディとパーカーは何を話しているのだろうか。

話を聞いてパーカーはどう考えるだろう？　ウェンディが話すあいだ、いつものしかめ面をしながら、神経質になっているときのしぐさ――鉛筆をもてあそんだり、車のなかにあったスーパーボールを弾ませる――をしている彼を想像した。何を着ているのだろう、においはキャムのアパートメントに泊まったときと同じだろうか。あの夜、眠りながら何か恥ずかしいこと――寝言とか歯ぎしりとかいびきとか――をして、パーカーに聞かれていたかもしれないと思うと、急に怖くなった。

「ライラ？」

わたしは飛びあがった。「ああ。電話は終わったのね」

「パーカーからオーケーが出ました。わたしがいっしょでなければどこにも行かないという条件で」

「行きたいとも思わないわ」

「よろしい。いつでも荷物をまとめていいですよ」

セラフィーナはそれを聞いて悲しそうだった。イタリアの大家族が恋しいのだろう——彼女には十人もの兄弟姉妹がいるのだ。クリスマスには家が人でいっぱいになるにちがいない。

わたしは彼女の手に手を重ねた。「数日のうちにまた会えるでしょ。キャムとふたりでパパとママのところに一泊はしてよ。そうすればみんなで楽しくすごせるわ——ボードゲームをしたり、ディケンズを朗読したり、クリスマスっぽいことならなんでもできる」

彼女の顔が明るくなった。「それはすてきね。じゃあわたしはイタリアンクッキーを作るわ。それだけはわたしにも焼けるから」

「レシピがほしくなりそう」

キャムが立ちあがって体を伸ばした。「外に出てレイクショアを走らなきゃ。クリスマスは太るからな」

ウェンディは首を振った。「それは遠慮していただきます、ミスター・ドレイク」

「なんだって？」兄はわたしと同じくらい驚いたようだ。

「あなたの車が受けた銃弾は、妹さんをねらったものだったのかもしれませんが、あなたがねらわれた可能性もあります。パーカー刑事は、われわれがあの事件を解決するまで、あなたもできるかぎり家から出ないほうがいいと考えています」

セラフィーナは暗い表情でうなずいた。「そのことはわたしもキャメロンに注意したの。激怒してる元カノだって何人かいるし」

キャムは目をまるくしてウェンディからセラフィーナに視線を移したあと、ため息をついた。「ずっとここにいたら頭がおかしくなりそうだ。外に出て走らないと」

ウェンディは両手をたくましい腰に当てた。今日は黒のスーツに赤いシャツという服装だ。プロらしく、ちょっとばかりいかつく見えた。「わかりました。しばらくは階段室でランニングをしてもらいましょう。なかなかいい運動になりますよ。雪で濡れなくてすみますしね」

キャムは眉をひそめたがうなずいた。「わかったよ」

セラフィーナは彼に飛びついてキスをした。「わたしといっしょにすごす時間が増えるわ」と彼女が言うと、キャムは幸せそうな顔でにやにやしたが、それこそ彼本来の姿だった。

正午ごろ、わが家に到着した。ウェンディは家の周囲を調べたあと、わたしの鍵で家のなかにはいった。彼女が銃を抜いたままなので、ちょっと緊張したが、安心でもあった。だれかが家の外にいて、銃を向けようとしているのだとすれば、武装した警官がそばにいて、わたしを守るためにいつでも発砲してくれるとわかっているのはありがたいことだ。

ウェンディがあちこちに視線を向けながら車に戻ってきた。「異常なしです。なかにはいりましょう。かわいいおうちですね」

「ありがとう！　せまいけどお気に入りなの。行くわよ、ミック」

ミックはドライブウェイ沿いの石や葉っぱのにおいをかいだあと、わたしを追って正面の階段をのぼった。わたしはウェンディに間取りを見せたあと、小さいけれど清潔なキッチンに案内した。一瞬、誇らしさを静かに堪能したあと、カレンダーを出してきて予定を書きこみはじめた。

「気にしないでくれるといいんだけど」わたしはウェンディに言った。「すぐに仕事に取りかからないといけないの。今日配達を希望してるお客さんのための料理を作らなくちゃ――昨日みたいにね。今日はルーベン・キャセロールとお鍋一杯のチリコンカンよ」

「おいしそう！　よかったら試食係になりますよ」ウェンディはまだ監視モードで、裏庭をのぞいたり、パティオのドアが施錠されているか確認したりしている。

「お願いするわ。それと、これだけは言わせて――ここにいてくれてありがとう。警察が忙しいのは知ってるし、今はクリスマスシーズンだったりするのに」

彼女は肩をすくめた。「今回はこれまででいちばん楽しい任務ですから。おいしいもののご褒美もあるし」

わたしはにっこりしながら、ペットことパペチュア・グランディが注文した大量のチリコンカンのための材料を集めた。ペットはわたしとパーカーの反目の原因となった女性だった。わたしがうそをついたのはペットのためだが、ペットが悪いわけではない。彼女とはずっといい関係を保っているし、今もわたしは彼女のために料理を作っている。とても風変わりな友人ではあるが、彼女にはいつ会っても楽しませてくれる不思議なカリスマ性があった。

まず、大きなタマネギ二個を薄切りにしたあと、みじん切りにした。

「手早いですね」ウェンディはキッチンのスツールに腰をおろし、作業を見守りながら言った。

「慣れよ」わたしは言った。刻み終えたタマネギをまな板からすくい取って、ペットのイベントのときに使う大きな鍋にすべて入れた。少量のバターを加えて炒めはじめる。「タマネギはすばらしい野菜なの。たいていの料理にタマネギを使うわ、味も香りもいいから」

「ニンニクは？」

「このチリコンカンには入れないけど、ニンニクを使うこともあるわ。ニンニクの風味は圧倒的だけど、タマネギは控えめに主張するの。わたしはニンニクを使いすぎるのは嫌い。初心者によくあるまちがいね」

「メモを取らなくちゃ」ウェンディが言った。

わたしはウェンディをじっと見た。静かな威厳をたたえた、まじめそうな顔つき。彼女といると安心できた。「ところで、あなたの専門的知識を拝借したいんだけど」わたしは言った。

「いいですよ。なんですか」

「事件について整理したいの。わたしに発砲した人は、わたしがあの時間にスタジオにいるとどうして知っていたの？　考えられることはそれほどないような気がするのよね。選択肢A——ホワイトフィールドを撃った人物が現場に残っていて、パーカーとわたしを家まで尾行し、そこからまたわたしをつけてきた。でもそれだと筋が通らないのよ、わたしは五分以上小学校の駐車場にひとりでいたんだから。車で戻ってきて、撃てたはずでしょ」

ウェンディはそれについて考えた。「走り去らずに引き返したら、すでに警察が来ていたとか。それで、脇道に車を停めて、あなたを見ていた」

「うわ、最悪。でも、それもありそうにない気がする。見られていたら気づきそうなものだわ。それに、駐車場をのぞけば、ブレヴィル・ロードのあたりには、だれかのあとをつけるまえに隠れて待てる場所なんてほとんどないし」

「そうですね。選択肢Bは？」

「Bはエンリコ・ドナートが関係してくるの。わたしが美容室に行った木曜日から、彼はわたしが銃殺事件の目撃者だと知っていた。フランクの存在を考えれば、ドナートの命令に従う子分がいるのは明らかよ。わたしを尾行して、都合のいいときに発砲するよう、だれかに命じることもできたはず」

ウェンディは立ちあがった。「フランクはまだつきまとっているのかしら？」キッチンを出て正面の窓まで歩いていく。「ここからはそれほど通りがよく見えるというわけではありませんけど、彼の車は見えます。しつこい男ですね。それは認めます。署に電話して、だれかに追い払わせましょう」

「フランクが護衛じゃなくて、わたしに危害を加えようとしている人物なんだとしたら、どうしていまだに行動を起こさないの？　もちろん、彼が車の窓を撃った人じゃないとしての話よ。しかも、どうしてわたしたちに顔を見せるの？　だいたい、わたしが容疑者の顔をしっかり見たとドナートが思っているなら、もう手遅れじゃない？　当然今ごろはもう警察に話しているはずだから、わたしを消したところで意味がないわよね？」

「もうひとつの選択肢を忘れてますよ――銃弾はあなたのお兄さんをねらったものだという選択肢を」

わたしは牛ひき肉の一・八キロパックを開けて、肉を鍋に入れ、スプーンでほぐしはじめた。「それもありそうにないわ。キャムは大学の教師だし、いい人よ。敵はいないわ」

「あなたにも敵はいないでしょう。まずいときにまずい場所にいただけで」

肉とタマネギを混ぜながら考えた。カウンターの上のバスケットからトマトを三個取り、刻みはじめる。「キャムをねらったことを選択肢Cとするなら、Dもあるわよ。金曜日にわたしたちに発砲した人物は、何か別の方法でわたしたちがあそこにいることを知ったというもの――わたしと親しい人から聞いたとか」

「それはないんじゃないですか？　ご両親やお友だちは、知らない人にあなたのことを話したりしないでしょう」

「まず、母はわたしがしたことを誇りに思えば、通りすがりの人にだってぺらぺらしゃべるわ。わたしがテレビに出ることで、母は舞いあがっていたでしょうし。でも、そのことを話したのはまえの晩だから、そんなにたくさんの人には話せなかったと思う。それに、話したのは知らない人とはかぎらないわよね？　もし知ってる人だとしたら？」

刻んだトマトを肉とタマネギに加えた。

「わあ、いいにおいですね」ウェンディが言った。「会ったことがない人物のほうがありそうです。いちばん妥当な説は、発砲はホワイトフィールドの銃殺がらみで、あなたが何か知っているのではと思ってねらった、というものでしょう」

「何か知ってたらとっくに警察に話してるわよ！」わたしはコンロの上で鍋の中身をかき混ぜながら言った。

「情報を持っていることに、自分でも気づいていないのかもしれませんよ。あとになってわかってくることとか。その場合、危険を冒してでもあなたを消す価値はまだありますよ」

「なんだか漠然としてるわね」わたしは火を止めて、ターキーベイスターで鍋から油を取り除きはじめ、吸い取った油を古いガラスのサルサ容器に入れた。「疑問はまだあるわ――ホワイトフィールド殺害事件と関係があるなら、わたしが金曜の早朝にどこにいるか、犯人はどうやって知ったの？　〈ヘヴン・オブ・パインヘヴン〉からキャムのところまで尾行したなら話は別だけど、それは絶対ないと思う」わたしは料理を作りながら顔をしかめた。「どれも決め手に欠けるわね。パーカーはこういったことを全部検討してると思う？」

ウェンディはふんと言った。「してるのは知ってます。彼ほど頭の切れる刑事には会ったことがありません。あの人は仕事の鬼ですよ。去年のクリスマスに、署で盛大なパーティーが開かれたんですけど、パーカーは三十分だけパーティーに参加したあと、仕事をしに自分のオフィスに行きました」

わたしは記憶している分量でスパイスを順に加えはじめた。「彼——つきあってる人はいるの？」

「パーカーですか？　いないでしょうね。パートナーか、コンピューターといっしょにいるところしか見たことがありませんから。女性たちが放っておくというわけじゃないですよ。女性がアタックして玉砕するのを何度も見てますから。そうする気持ちはわかります。同性愛者のわたしでも、彼は魅力的だと思いますよ。背は高いし体は引き締まってるし、それにあの目……」

「ええ。まあね。実はこのまえ、彼が電話で女性と話していたみたいなの」

彼女は肩をすくめた。「もっと妙なことも起きてますけど、署に住んでいるような彼がどうやって女性との関係を維持するのか、わたしにはわかりませんね」

「ふん」〈アンジェロズ・グルメ〉のトマトソース大二缶ぶんを鍋に入れてかき混ぜる。

ウェンディの声には笑っているような響きがあった。「ずいぶん彼にご執心のようですね」

わたしはため息をついた。「ええ、そうよ。わたしたち、以前つきあってたの」

彼女はすばやくスツールからおりて、わたしを見おろした。「うそ！」

「ほんと。ここだけの話よ」

「わたしは口が堅いですよ。知りたがりだけど」

「二カ月まえ、わたしは別の殺人事件を目撃したの」

「なんですって？」彼女はちょっと疑っているようだった。

「どうして二度もこんな目にあうのか、わたしだってわからないわ。たまたまそこにいただけなんだから」

「あの毒殺事件ですか？　教会の地下で起きた？」

「そう。母とそこにいたの。それで目撃者としてパーカーに会ったのよ。捜査のためにわたしたちはたびたび会った。それが――ちょっと真剣なおつきあいになって――いきなり破局を迎えたわけ」

彼女は興味をそそられているようだが、質問をしないだけの礼儀はわきまえていた。

「今だから言いますけど、あなたのお兄さんの家で、彼とあなたのあいだには何かあると思ったんですよね。しょっちゅうあなたを見てたし――ああ、これですべて腑に落ちました！」

「でも、電話で彼が女性と話しているのを聞いたのよ。別の人がいるんじゃないかと思うの」

「彼とはもう終わったんじゃないんですか？」

「そうだけど……わたしはやり直したいの」

「なるほど」ウェンディはうなずき、それからわたしに微笑みかけた。「どこまでもおもしろい人ですね。事件、食べ物、そして今度はパーカーについての実に興味深い情報までわたしに与えてくださるなんて」

「言いふらさないでよ」

彼女は両手を上げた。「そんなことはしませんよ。ルームメイトには話すでしょうけど。でも、ベッツはだれにも言いませんから。警察の人たちに会うこともないし」

「彼女、仕事は何を？」

「数学教師です。高校の」

「あなたたちは――カップルなの？」

「ええ。三年まえから」彼女はそう言いながらうれしそうだった――満ち足りた様子だ。悩みのない健全な関係が、急にたまらなくうらやましくなった。

「クリスマスの計画はあるの？」

彼女は鷹のような目でキッチンの窓から外を見たあと、スツールに戻ってきた。

「とくにありません。ベッツの家族はカンザスにいて、うちはカナダなんです。だから会いにいくのは二年おきで。たぶん家で静かに食事をします」

「うちは家族で盛大な食事会を開くの――あなたはもうキャムと奥さんに会ってるし、両親は知らない人に会うのが大好きなのよ。ふたりともわたしたちとクリスマスをすごさない？そもそも、まだわたしの警護をしてるかもしれないんだし」

彼女の顔つきを見ると、心からよろこんでいるようだった。

「すばらしいです！　ありがとうございます。今夜ベッツにきいてみて、お返事を――」そこでことばを止めた。ミックが隣の部屋でうなっている。わたしは緊張し、ウェンディは何も言わずに、片手を腰に当ててすばやくキッチンをあとにした。

廊下の陰からのぞくと、彼女は玄関ドアに貼りついて小窓から外を見ていた。

「白い車」彼女は言った。「乗っているのはふたり。この家につづく長いドライブウェイを進んできます。あなたを訪問しにきたようですね」

「どうしよう」わたしは言った。

「わたしが外に出るまえに、あなたが見て知り合いかどうか確認してください」

かすかに震えながら、ウェンディのいる小窓に近づいて、外をのぞいた。最初に気づいたのは〝JFKが誇る学習課程〟というバンパーステッカーだった。つぎに気づいたのは、訪問者のひとりがひどく小さいことだ。わたしはほっとしてため息をついた。

「知り合いよ。友だちのジェニーとその甥っ子のヘンリー。きっと深皿を返しにきたんだわ――返してと言っておいたから。ふたりをなかに入れてあげてくれる？　わたしはまだひとつキッチンでやることがあるの」

わたしは急いでコンロに戻り、最後の材料をチリコンカンの鍋に入れると、かき混ぜて煮た。ジーナ・ストラウスが注文した料理を作るときに使う大きなガラスの深皿を出す。ジーナは街のドイツ食材を売るマーケットで出会った顧客で、大量の料理を作る人だったが、ドイツ人の大家族の食事を作るには、いくらか外部の手を借りる必要があった。だが、母親にそれを知られたくないので、わたしの登場となったのだ。

野菜をもう少し刻む作業にとりかかったとき、戸口にウェンディが現れた。

「ライラ、あなたにお客さまですよ」

小さな人物がウェンディの横を走り抜け、わたしの脚にたどり着くと、やけに劇的に抱きついてきた。

「ヘンリー！」わたしは言った。「あなたに会えるなんて、ここしばらくでいちばんいいことが起こったわ」

「そうだよ」小さなヘンリーは言った。「クッキーある？」

ジェニーはマカロニチーズがはいっていた大きな深皿を抱えて、戸口からのぞいていた。わたしはクッキージャーをつかんで、ヘンリーの小さな手を入れさせた。

「ジェニー、それはそこのカウンターに置いて。ウェンディ、こちら友だちのジェニー・ブレイドウェル。ホワイトフィールドがサンタクロースを演じていた学校の先生よ。ジェニー、こちらはウェンディ・バンクス。パインヘヴン警察の警官なの」

ジェニーは深皿を置いて、ウェンディと握手をした。「よろしく」そしてわたしに言った。「なんとか持ちこたえてる？」

「仕事に戻ることにしたの。そのほうが気が休まるから。わたしの小さなお友だちのヘンリーはここで何をしてるの？」

「今日はベビーシッターの日なのよ。深皿を返さなきゃいけないって言ったら、あなたの家に行けると大よろこびで」

ヘンリーは早くも顔にチョコレートをつけていた。冷蔵庫に移動して、そこにマグネットで貼られているさまざまな写真をじっと見ている。「この男の人はだれ?」アンジェロの新聞の切り抜きを指してきいた。

「テレビで料理番組をやってる人よ。昔、わたしのボーイフレンドだったの」わたしは言った。

「ほんと、彼、ゴージャスだったわ」ジェニーが言った。失言に気づいて、急いでこう付け加える。「でも、ほんとに無神経よね。彼と別れて正解よ、ライ」

ウェンディは驚いて一瞬ぽかんと口を開けたあと、笑った。「ベッツはあなたたちのあいだには何かあると見抜いていましたよ。あなたがアンジェロのグッズを送ってくれるとベッツに話したら、あのふたりはつきあっているんだと思う、というメールが来ましたから。彼女に話すのが待ちきれないわ」

「言っとくけど、もうつきあってないわよ——昔ちょっとね」

ヘンリーがせせら笑った。「あの人、髪が長すぎるよ」

「みんながみんな、あなたのように生まれつきハンサムなわけじゃないのよ、ヘンリー」わたしはそう言って、彼の腰をつかまえ、頭にキスした。

彼は身をよじって逃げたが、かまってもらってよろこんでいるのは明らかだった。ジェニーがベビーシッターをするあいだ、ずっといっしょにいて成長を見守ってきたので、ジェニーの幼い甥は、わたしの甥も同然になっていた。

ジェニーとヘンリーにはウェンディといっしょに座ってもらい、クッキーの残りとミルクをふるまった。そのあいだにわたしはキャセロールを仕上げてオーブンに入れた。

「さてと！」わたしは言った。「これが焼きあがったら、二時間以内に梱包して配達しなきゃ」

ジェニーは首を振った。「なんでそんなにいろんなことができるのかわからないわ。ほら、わたしは時間をかけて授業の準備をするけど、買い物と料理と配達をする必要はないもの。時間がかかるしたいへんそう」

「お褒めのことばをどうも！　たしかに時間がかかるし疲れるわ。でも好きなんだもの」

「テレビのあなた、すごくすてきだったわよ、ライ。テレビ映りがいいし、スタジオのライトのせいで髪がびっくりするほどきれいに見えた。髪といえば、美容室替えた？　その髪型いいわね」

「わたしも気に入ってるの。ヘアスタイリストの名刺をあげる。セラフィーナは知ってるわよね、キャムの美人のガールフレンドの？」

「写真を見せてもらった。イタリアの女神って感じよね」

「うん。実はあのふたり、結婚したの」

「うそ！」ジェニーはきれいな目を見開いた。

「驚くでしょ。それでセラフィーナが行きつけの美容室にわたしを連れていってくれて、彼女のスタイリストがこの髪にしてくれたの」

「あーん、わたしもそのスタイリストに会いたいわ。残念ながら明日のパーティーのまえに予約を入れるのはもう無理だけど」

ヘンリーは気むずかしそうにわたしたちを見た。「女の人っていつももっときれいに見せようとしてるんだね。そのままでもきれいなのに」

ウェンディが片手を上げ、ヘンリーとハイファイブをした。「わたしもヘンリーに賛成です。おふたりともとても魅力的ですよ」

「ありがとう」ジェニーが言った。「いつもは着飾ったりするほうじゃないんだけど、印象づけたい人がいるし、明日その人とパーティーに行くことになってるから」

「もう印象づけたように見えたけど」わたしは言った。「わたしに紹介されているときと、ピエロの話をしていたときをのぞけば、彼の目はあなたに釘づけだったもの」

ジェニーは赤くなった。「彼はいい人よ。子供の扱いがうまいし――まあ、それが仕事なんだけど――やさしいの。慈善活動もたくさんやってる」

「それにたまたまイケメンだし」

「ええ、そうね」彼女は同意した。

わたしは急にひらめいて、ジェニーを指さした。「ピエロ」

「えっ?」ジェニーとウェンディが同時に言った。

「クリスマスのピエロよ。彼女は校舎のなかにいて、これから子供たちに芸を見せるところだって、とロスは言ってた。おそらく彼女は早めに着いてたのよね？」

「そうだと思う」ジェニーが言った。

「明日のパーティーに彼女は来る？」わたしはきいた。

「うーん――どうかしら。来るんじゃない？　たしかデイヴの友だちだったから、たぶん招待されてると思う」

「よかった。彼女と話をしたいわ」わたしは言った。


ジェニーとヘンリーは三十分後に帰っていき、わたしは仕事に戻った。チリコンカンの鍋を頑丈な段ボール箱に慎重に入れ、ウェンディがそれをわたしの車の後部まで運んだ。キャセロールについても同様にし、またウェンディが車に積んだ。そして、彼女が付近をすばやく見てまわったあと、わたしは家をあとにして、彼女とミックとともに車に乗りこんだ。セント・バーソロミュー教会へと向かう。

「ペットにメールしなきゃ。そうすると彼女が急いで受け取りに出てくるの。受けわたしを人に見られたくないのよ。化けの皮がはがれるのを恐れてるの」

「でしょうね」ウェンディがにやにやしながら言った。

しばらくすると、ペット・グランディが、赤いベロアのスウェットシャツとジーンズ姿で、弾むように雪のなかに出てきた。わたしに控えめに手を振りながらも、目を忙しく動かして、チリコンカンを受け取るところをだれにも見られないよう気をつけている。

車の後部のハッチを開いたペットに、わたしは言った。「背の高い箱よ、ペット」

「テレビ見たわよ」彼女が言った。「よかったわ。そのうちおしゃべりしましょう——あなたがつぎのビンゴ大会に参加したときにでも」

「ええ——新年には母に引きずられてくることになると思う。それはそうと、その電気鍋《クロックポット》を返すのを忘れないでよ。夜にこっそり裏のポーチに置いてくれればいいから」

ペットはくすくす笑った。「メリークリスマス、ライラ」

「メリークリスマス、ペット」

つぎの配達の場所に向かった。なんとなく危険を脱したような、いろいろなことがうまくいきそうな気がした。

ラジオをつけると、アンディ・ウィリアムスが〈イッツ・ザ・モースト・ワンダフル・タイム・オブ・ジ・イヤー〉を元気に歌っていた。驚いたことに、ウェンディが意表をつくソプラノでいっしょに歌いはじめた。わたしも加わり、ミックは音楽に近づこうとするように、やわらかな鼻面をわたしたちのあいだに突き出した。わたしたちは大通りにわたされたクリスマスライトや、さまざまな装飾で店先を明るくしている鉢植えのマツの木に見とれながら、雪のパインヘヴンを車で進んだ。

陽気な気分になりかけたとき、ウェンディの右手が銃から離れすぎないように、ずっと腿に置かれていることに気づいた。

9

月曜日の朝は身を切るような冷たい風が吹き荒れた。ミックを裏庭に出すのはかわいそうな気がしたが、彼は勇敢に風に立ち向かい、いつもよりすばやく必要なことをすませた。そして、とことこと家に戻り、わたしがウェンディの朝食用にスコーンを焼いているせいでちょうどいい暖かさになっている、暖炉のそばのバスケットのところに行った。朝食はこのスコーンと、チーズ入りベーコンエッグだ。

「わたしを太らせるつもりなんですね」ウェンディが言った。すでにまた別のパンツスーツを着ている——黒のニットの上下に白のブラウスだ。「でもすごくうれしいです」

「わたしにはこれぐらいしかできないから。それより、暖炉のそばにいるミックのあの幸せそうな顔を見て」

電話が鳴り、オーブンのガラス窓越しにスコーンをのぞきながら、通話ボタンを押した。

「もしもし?」

「もしもし、ライラ。エリーよ」

「エリー! 電話しようと思ってたところなの。わたしと土壇場のショッピングに行きたたかったんじゃない？」

「ああ——あのね、今年はほとんどネットですませちゃったの」

「賢いわね」

「それにすごく便利よ！　でも聞いて。実は告白することがあって電話したのよ、スウィーティ」

エリーは友だちだ。出会ったのはよりによってタッパーウェア・パーティーで、あれからもう三年になる。彼女はたまたまジェイ・パーカーの母親でもあった。わたしを〝スウィーティ〟と呼べるのは、エリーと両親だけだ。

「どんな告白？」

「友だちとしてあなたに話したいことがあったの。でも心配させると思った。だからあなたに言わないようジェイに約束させたの」

「なんのこと？」いやな予感で肌がちくちくする。「大丈夫なの？」

ため息が聞こえた。「ええ、でも今朝知ったのよ。お医者さまがクリスマスまえに電話してくれてよかったわ。やきもきしながらすごすだろうとわかってたのね。検査の結果、陰性だった。がんの疑いがあったのよ」

「エリー！　話してくれればよかったのに。すぐに飛んでいって、食べ物でなぐさめたのに」

「わかってるわ、ライラ。あなたはとてもいい子だもの。でも、なんでもないかもしれないのに、心配させたくなかったのよ。ありがたいことに、なんでもなかったわけだけど」

そこでぴんときた。パーカーはエリーと電話で話していたのだ。〝愛してるよ〟と言った相手は母親だったのだ。でも、母親かときいたら、パーカーはちがうと言った。

「ところで——おとといの朝、ジェイと電話でこのことについて話した？　彼の携帯で」

「ええ。あの子は話せないと言ったけど、少ししてからかけ直してくれた」

「話を整理させて。息子さんはあなたと話したのに、電話の相手はお母さんかとわたしがきいたら、ちがうと言ったわ」

「あなたにこのことを尋ねられたくなかったんじゃないかしら」

「つまり彼はうそをついたのね。わたしにうそをついた」

「ええ、わたしを守ろうとしてたんだと思う」

「わかってる。わたしがペット・グランディを守ろうとして、うそをついたときみたいにね。そのせいであなたの息子さんは、わたしと二カ月も口をきいてくれなかったのよ」

エリーは口笛を吹いた。「これはひと悶着《もんちゃく》ありそうね。でもわかってるでしょ、ジェイは心からわたしを心配してくれたのよ」

「それはわかるわ。でも、あなたはあの場にいたでしょ、エリー。彼がわたしに食ってかかり、うそつきだと決めつけたのを見たわよね」

「あなたがうそつきじゃないのはわかってるわ」

「ありがとう」

「あの子にそう言いなさい。そうすれば、クリスマスまでに復縁できるわ。それがわたしにとっていちばんのプレゼントよ」

「彼には言うわ。復縁に関しては保証できないけど。もともとちゃんとつきあってたわけじゃないし」

「あの子とやり直したいの？」彼女がきいた。

わたしはためらった。「ええ」

エリーは電話口で手をたたいた。「ああよかった。ほんとによかったわ。ジェイはひどく退屈な棒みたいに見えることもあるけど、いいところもたくさんあるのよ」

ウェンディがまた警戒しながら家の周囲を歩きまわっている。「エリー、もう切らなきゃ。でもクリスマスまえにきっと会いにいくわ。あなたが病気じゃなくてほんとによかった」

「ありがとう、スウィーティ。じゃあね」

電話を切り、目をすがめて裏庭の木を見た。今や極風を受けてたわみ、豪雨のせいで下を向いている。

「何も問題はありませんか？」ウェンディがきいてきた。

「えっ？　ああ――まあね。パーカーのお母さんからだったわ。彼に会うまえからの友だちなの」

「ほんとですか？　パーカーにお母さんがいるなんて想像できません。完全な大人の姿でお役所から生まれた人みたいな感じだから」

わたしは笑った。「ゼウスの腕から飛び出したとか?」

「ええ、そんな感じ」

「ほんと、パーカーに赤ちゃん時代があったとは思えないわ」

わたしたちは笑った。するとまた電話が鳴った。わたしはウェンディに笑いかけながら電話に出た。「もしもし?」

「ライラか?」キャムだった。動揺している声だ。

「どうしたの?」

「おまえの無事をたしかめたかっただけだ。セラフィーナが——襲われた」

胃のなかで何かがよじれた。「なんですって? 彼女は無事なの? そこにいるの? 何があったの?」

キャムは大きく息をついた。「強盗らしい。あの高価なイタリア製のバッグを持って、シエリダン通りを歩いていたら——」電話の向こうで泣き声が聞こえた。

「うそ! あの赤いバッグを盗られたの? すてきだったのに!」

キャムはため息をついた。「女って理解できないよ。そうだ、男にバッグを盗られた」

「彼女は大丈夫なの? 痛い目にあわされたの?」

「少しあざになってる。突き飛ばされて——相手と取っ組み合ったんだ。バッグをあきらめたくなかったんだな」キャムの声は震えていた。

「警察に電話した?」

「ああ――いま話を終えたところだ。警察が目を光らせてくれてるし、セラフィーナの説明も的確だった。でもちょっと思ったんだ――これは現在進行中の別のことに何か関係があるんじゃないか？　発砲とおまえの目撃したサンタクロースの事件に関係があるということはないかな？」

「でもどうしてセラフィーナなの？」

「わからない。彼女が何か持ってると思ったのかも……」

「バッグに高価なものははいってたの？　お金以外に」

「クレジットカードが複数枚。彼女にとっては価値のある家族の写真」セラフィーナが電話の向こうでまた泣き声をあげ、イタリア語で何か言った。「それに、財布にはいっていたものもある――名刺とか、そういうものが。住所録も」

セラフィーナを個人的にねらう動機になりそうなものはなかった。それでもわたしは考えた。ほかにわたしとセラフィーナの関係を知ってる人は？　メッセージを送りたければ、家族を襲えばいいと知っていたのはだれだろう？

「彼女と話をさせて」わたしは言った。

キャムはセラフィーナを電話口に出した。「フィーナ、大丈夫？　そっちに行ってチョコレートケーキを作ってあげようか？」

彼女は涙ながらに笑った。「かわいいライラ、わたしの妹。やさしいのね」

「キャムとふたりでしばらくこっちに来たら？　街を離れて」

「いいえ。キャムがいてくれるから大丈夫よ。でも、わたしのバッグが、ライラ！　あのすてきなバッグ、すごく高かったのよ――わたしがアメリカに出発するとき、姉妹たちがお金をためて買ってくれたの」

「見つかるわよ。お金を抜いたら、たいていバッグは捨てるだろうし。警察が見つけて返してくれるって」

「ああ、そうだといいけど。最悪なのは、襲ってきたのがイタリア人だったってこと」

また肌がちくりとした。「どうしてそう思うの？」

「つかみ合いになったとき、男がイタリア語をしゃべったからよ。『パッツォ、パッツォ』って。『いかれてる』って意味」

「フィーナ、電話を切らなきゃならないんだけど、よかったらまたあとで電話して。襲われるのがどんな気分かわたしにはわかる。怖くてたまらないでしょう。毛布か何かにくるまって、ホットチョコレートを飲みながら、意味のないイタリア映画を観るといいわ」

彼女がくすっと笑った。

「もし必要なら、わたしとミックとウェンディがそっちに行って守ってあげるからね」

「ありがとう、ライラ」

さよならを言って電話を切った。そして、キッチンカウンターの上で充電中のノートパソコンをつかんだ。それを開き、ウェブブラウザに〝シカゴのエンリコ・ドナート〟と打ちこむ。名前はあったが電話番号はない。思いついて〈ロザリーズ・サロン〉の番号を調べた。

月曜日に営業しているか確信はなかったが、とにかくダイヤルした。

ふたつめの呼び出し音で電話がつながった。電話の向こうでがやがやという声が聞こえる。

「メリークリスマス、〈ロザリーズ〉です！　ご用件は？」

「エンリコ・ドナートさんをお願いします」

「リックですか？　お待ちください――ロザリー、リックは来てる？」女性が叫んだ。もごもごという話し声のあと、男性の声がした。

「リック・ドナートですが」おだやかで冷静な声だった。彼の姿がはっきりと思い浮かんだ。とくに知性をたたえたグレーの目が。

「ミスター・ドナート。ライラ・ドレイクです。以前お会いしましたよね――」

「あなたのことならわかっていますよ、ミス・ドレイク。どうしました？」彼の声はなめらかで礼儀正しく、わたしにはそれが不吉に響いた。

「あなたを恐れなくていいのなら、説明できますよね、今日わたしの義理の姉のセラフィーナが自宅アパートの外で襲われた理由を」ウェンディが警戒を顔に表しながら隣にやってきた。話すのはやめろというように両手を上げる。

「なんですと？」

「ええ、驚いたふりをするといいわ、でもわたしは信じませんからね。わたしとセラフィーナの関係をほかにだれが知ってるっていうの？　セラフィーナが住んでる場所を知ってる人は？　都合よく彼女と同じ建物に住んでいるのはだれ？」

彼の声が冷たくなった。「彼女を襲った人物は、これは警告だと言ったのかね？」

「いいえ。バッグを盗っただけです。でもイタリア人でした。彼女はそう言ってます」

「シカゴにイタリア人の男はたくさんいるよ、ミス・ドレイク」

「悪いけど、言い逃れはできませんよ。たった、三日のあいだにわたしの家族は二度襲われました――あなたに会って、あなたに負債のあった男性の殺害現場にいたと話してすぐに」

間があって、ドナートの落ちついた声が聞こえた。「そんなことがあったら気が動転するのはわかるよ。今は論理的に考えられないようなので言わせてもらうが、実際に起こったことについて、ほかにも多くの可能性があることはあなたもわかっているだろう。わたしはミスター・ホワイトフィールドの死とは無関係だと言ったはずだ。わたしを知る者たちは、わたしがうそをつかないことを知っている」

「わたしはあなたを知らないわ」

「だからもう一度言わせてもらう――わたしはあなたの家族と敵対しているわけではないし、襲ってもいない。たまたま友人であるセラフィーナには警護をつけよう。そして、全力を尽くしてその男を探し出す」

「もう約束なんていりません。いいからわたしの家族に近づかないで」わたしは言った。そして電話を切った。

怒りの赤いクモの巣が払われるまで、少しのあいだ座っていた。そして、パニックに襲われながらウェンディを見た。「今わたし、ギャング相手に電話を切ったの？　彼の耳もとでどなったの?」

「ええ、そうです」ウェンディはわたしから電話を取りあげた。「セラフィーナは大丈夫なんですか?」

「ええ。動揺してるだけ。わたしもだと思うけど」

「無差別の強盗の可能性もありますよ」

「ええ。でもこのタイミングでって、あやしいと思わない?」

「そうですね」彼女は電話を見つめながら考えていた。「考えてみます。パーカーにも報告しましょう。午前中は事情聴取をしてると思いますけど、昼休みにすべて伝えます」

「事情聴取? だれに?」

「ホワイトフィールドの家族、友だち、隣人です。ホワイトフィールドが撃たれたとき、ブレヴィル・ロードにいて、事件を目撃していたかもしれない人たち。青い車を見たかもしれない人全員」

「ずいぶんたくさんいるのね。骨の折れる仕事だわ」

「ええ。でもパーカーは上手ですよ。すごくきちょうめんなんです——頭のなかもそうなんでしょうね」

わたしはうなずいた。「あなたが食べ終えたら、洗い物はわたしがするわ」

「だめですよ。あなたが料理をしたんだから、洗うのはわたしです。カレンダーに戻って、配達するものを作ってください。今日は注文、はいってるんですか?」

「いいえ。夜にパーティーに行くことになってるから、今日はあけておいたの。実はパーカーと行くんだけど」

彼女は食事を終えたカウンターを片付けていたが、目をまるくして振り返った。

「パーカーと？」

「偽りのデートよ。ＪＦＫの教職員と、警戒させずに話がしたいんですって。わたしは潜入のために利用されるの」

ウェンディは首を振った。「彼らに近づく方法ならいくらでもありましたよ。自分をごまかすのはやめてください。それは本物のデートです。パーカーったら、賢い悪魔だわ」彼女はスポンジでカウンターを拭きながら下を向いてにやりとした。

「ええ、やり手よね」とわたしが言うと、ウェンディは笑った。

半地下につづくドアを開け、日用品の棚から包装紙のロールをいくつか取った。それを階上に運び、スコッチテープを見つけて、大きなコーヒーテーブルがあるリビングルームに行った。そして、ソファの隣に積んであった購入済みのプレゼントの山を抱えた。

「包まなきゃならないプレゼントはある？」わたしはウェンディにきいた。「ついでにやってあげるわよ」

ウェンディがふきんを持ったまま、キッチンから顔をのぞかせた。「実はあるんです。トランクのなかに。そうしてもらえるとすごく助かります」

「取ってきて。わたし、包むのがすごくうまいの」

ウェンディは注意深くあたりを確認してから玄関ドアを開けた。冷たい外気が容赦なくはいってくる。一分後、彼女は小さな袋を持って戻ってきた。なかをのぞくと、宝石箱と香水のびんがはいっていた。「すてきね」わたしは言った。

「ごく無難なプレゼントです」彼女は言った。「こういうものを買うのは苦手なんですけど、学びました」

つづく三十分は、包装の作業によってある種の静けさが得られた。包装紙を折り、リボンを巻き、美しく目立つようにはさみこむ。

ウェンディが洗い物を終えて、キッチンから見物にやってきた。「とてもきれいですね」彼女は言った。

「あなたの家にマツの木はある？　モミの木でもいいけど」

「ええと――あります。前庭に」

「クリスマスの日か、でなければこのプレゼントをわたす日に、香りのいいマツの小枝を切ってきて。小さな枝を一本、このリボンの下にはさみこむの。すごくいい香りになって、見た目もかわいらしくなるわ」

「すてき」ウェンディが言った。

そのとき、たまたま玄関ドアに目をやったわたしは悲鳴をあげた。ウェンディは振り向き終えるまえに銃を手にしていた。ドアのガラス窓に男性の顔が一瞬見えたのだ。黒っぽい髪の見知らぬ男性だった。

「ドアは開けないで」わたしはひそひそ声で言った。「知らない人よ。ここに来るべきじゃない人」

ウェンディはうなずき、ドアのまえに行って、大声で呼びかけた。「ドアから離れなさい。わたしのほうからそっちに行きます」

彼女はドアのガラス窓から外を見た。「オーケー、男はドライブウェイまでさがりました。武器を持っていないことを示しています」

「でもひとりなの？　ドアのすぐ横に子分がいたらどうするの？」

ウェンディは首を振った。「大丈夫です。ここで待っていてください。男の望みがなんなのか、つきとめます」彼女は銃を手にしたままドアを開けた。そして、こう言うのが聞こえた。「身分証を見せてください」

やがて静かになった。怖くてドアのところには行けなかったが、ウェンディが極風のなかに立ちながら、凍死しそうな様子ではないのに驚いた。おそらくアドレナリンのせいで暖かいのだろう。

男性の声が聞こえた――低く、冷静で、わずかにへりくだった声だ。

つぎはウェンディだ。「今日はどうしてここへ？」

男性がまた何か言った。

ドアが二回ノックされ、ウェンディの声がした。「ライラ、わたしです。これからなかにはいります」

彼女がはいってきた。銃はしまわれている、「ドライブウェイの男は、トニー・ドナートと名乗っています。エンリコ・ドナートの息子だそうです。父親はホワイトフィールドの死とは無関係だとここに来てあなたに説明するよう、命じられたと言っています。あなたに五分間、時間をもらいたいそうです」

わたしは首を振った。「話したくない。あの人たちの仲間とはだれとも話したくないわ！」

ウェンディは困った顔をした。「あなたの都合が悪ければ、都合がよくなるまで何度でも訪ねてくると言っています」

想像するに、あまり楽しくない光景だった。わたしがはいってよしと言うまで、ドナートの顔が何度も窓に現れるのは。それに、今なら銃を携帯したウェンディがここにいる。おどしのようなことを言われたら、彼女が証人になってくれるだろう。

「わかった」わたしは言った。「いいわ」

ウェンディはドアを開け、四十歳ぐらいの男性を招き入れた。背は高くなかったが、身にまとった自信と権力が、実際より彼を大きく見せていた。髪は黒い巻き毛で、日焼けは偽物っぽかったが、どういうわけか健康的な成功者という雰囲気を醸し出している。高そうな黒いパンツに黒いシャツ、茶色のレザージャケットという姿で、フランネルのマフラーをほどくのに忙しそうだ。彼が近づいてきて、わたしが座っているソファの向かいの椅子に腰をおろしたとき、香水のにおいに気づいた。クライブクリスチャン・ナンバーワン。キャムが一度教え子の家族から贈られたことがある。あとでネットで調べたら、ひとびん千ドル近くして、宣伝文句は〝世界で一番高価な香水〟だった。

微笑みかけられ、彼が父親のカリスマ性を受け継いでいるのがわかった。「招き入れてくれてありがとう、ミス・ドレイク。おや、あなたを見たことがあるぞ！　『アンジェロとクッキング』に出ていたね！　妻とわたしはあの料理番組が大好きなんだ」

「ええ、金曜日にあの番組に出ました」彼の顔に不快感が現れるかと見ていたが、へらへらと微笑むだけだった。「その直後、だれかが兄とわたしに発砲し、車の窓を粉々にしたんです」

彼の笑みが消えた。「それはひどい。お気の毒です。いいですか、あなたが父を疑っているのは知っている。父はそのことをとても気にしています。あなたがどんなことを耳にしていようと、父はいい人間です――家庭人で、地域の投資家です。そして、評判にとても敏感だ。なんであれ暴力的行為に加担していると思われたくないんですよ」

「怒らせてしまったのならすみません」わたしは、はきはきと言った。

トニー・ドナートはうなずいた。「わたしとブラッド・ホワイトフィールドとの関係から話させてほしい。ブラッドはただの友だちじゃなかった。家族も同然だった。そして、たしかにときどき、うちでギャンブルをしていた。うちではときどきハイステークスポーカーをやるんだが、ブラッドは依存症一歩手前に分類されるだろう。彼は負債を抱えたまま死んだ――五千ドルほどだ。大金というわけじゃない。そしてもう一度言うが、あなたが何を聞いていようと、映画を観てどんな印象を持っていようと、わたしは手荒なまねをして金を取り立てたりしない。たしかに、あまり長いこと返済が滞っているときは、負債契約書にサインさせる。だが、ブラッドとうちの家族のことで、知っておいてもらいたいことがもうひとつあるんだ」

わたしは一心に耳を傾けた。トニー・ドナートはかなりのお人よしか、これまで会ったことがないほど気さくな人だと確信して、身を乗り出した。

「うちの家族はつねに芸術を後援している。何百年もまえからドナート一族がやっていることで、それをとても誇りに思っている。父とわたしはシカゴ美術館のほか、個人の芸術家にも財政支援をしている。シカゴ交響楽団と民間テレビ局に寄付をしている。そして、父もわたしも演劇をとても愛している。グッドマンとステッペンウルフのシーズンチケットを持っていて、一公演も欠かさず見ている。わたしたちは芸術を信じているんだよ。そしてブラッドは——成功を約束されていた。キャリアを後押しする対象として、父とわたしは早くに彼を選び出した。彼の最後の舞台——あなたは観たかな？」

わたしは首を振った。

「『テンペスト』だった。わたしはシェイクスピアの専門家じゃないが、うまい演技は観ればわかる。批評家たちと同じようにね。ブラッドは有名になっただろうし、わたしたちはその後押しをするつもりだった」ドナートは心から悲しんでいるようだった。「ポーカーの借金がなんだというんだ？　ブラッドにはどんなことでもできる才能があったというのに」トニー・ドナートは首を振った。「ドナート家は芸術を信じる。わたしたちはブラッドを信じ

た。彼が依存症のカウンセリングを受けるなら、負債には目をつむるということになってい
た」
　トニー・ドナートは正しかった。彼はわたしの持つギャングのイメージに合わなかった。
実際にはそうだったとしても。ブラッド・ホワイトフィールドについて考えた。駐車場でわ
たしと話したとき、彼はギャンブルについてなんと言っていた？　サンタがギャンブラーで
なかったらなんだと思う？　彼はひどく魅力的に微笑んで言った。おれたちもギャンブラー
になるべきだ。自分に賭けるべきなんだ。
　ドナートは巻き毛に手をすべらせて、ソファの肘掛けに座っているウェンディに悲しげな
視線を向けた。「もうすぐクリスマスだっていうのに、怖い思いをしながら警察に保護され
ているあなたが気の毒でならないよ。でも、ドナート家の人間としてこれだけは言える——
わたしたちはブラッドが撃たれたこととは無関係だ。あれはだれかほかのやつがやったこと
だ。演劇界では信じていた相手に突然背中を刺されるようなことはめずらしくない。もしか
したらそういうことなのかもしれない。あるいは怒ったガールフレンドか。昔のブラッドは
かならずしも誠実だったわけではない。父はそのことで彼と話をした。だが、彼に悪感情を
持つのはむずかしかった。欠点はあっても、愛すべきやつだった。家族《ファミリー》の一員だったんだ」
「では、ある学生がたまたまブラッドのギャンブルの負債について知っていたことを、どう
思います？」
　彼は驚いて眉を上げた。「わからない。だがよく考えてみたまえ、われわれがゲームをし

た部屋には人が大勢いた。そのなかのひとりが口をすべらせたのかもしれない。そういううわさは広がるものだ。今後はそれについてなんらかの策を講じなければならないだろうが」

ウェンディが身がまえた。「家庭でのギャンブルに関しては法律がありますよ、サー」

ドナートは彼女に微笑みかけた。「ああ、知ってるよ、うそじゃない。それに、法律にはいっさい違反していない。プレーするのは自宅でだけで、参加メンバーもほぼ決まっている。招くのは友人だけだ――広く一般に門戸を開いているわけではない。そのうえ、プレーに料金は必要ない――賭け金だけだ」

「基本はすべてカバーしているようですね」ウェンディが言った。

「そのとおりだよ。弁護士のおかげでね。あなたがたも招かれたければ、友人としてゲストに――」

「いいえ、けっこうです」ウェンディは言った。

彼は含み笑いをした。「どうにも気に入らないようだね。わたしが飲みすぎたときの妻みたいだ。だが、別の状況で会っていたら、とてもうまくやっていけただろうな。あなたがたは先入観にとらわれているんだ」

奇妙なことに、そのとおりだと感じた。年長のドナートが威厳と知性で人を惹きつけるのに対し、こちらのドナートは今でさえ、おおらかな態度で人を懐柔している。わたしは彼と目が合うのを待って尋ねた。「ブラッドが撃たれたと聞いて、どう感じましたか？　だれのしわざだと思いましたか？　銃は持っていますか？」

ドナートはにやりとした。「どの質問から答えるべきかな？　銃は何梃か持っているよ。すべて登録ずみだ。警察がもう調べてる。ブラッドのことを聞いて最初にしたのは泣くことだった。あの才能が世界から失われたわけだからね」

驚いたことに、話をするドナートの目に涙があふれた。ウェンディに目をやると、彼女も同じくらいめんくらった。

彼はポケットから白いハンカチを出して目元をぬぐった。妙に女性っぽいしぐさだった。そして言った。「だれのしわざかということについては、まったくわからなかった。今もわからない。さっきは怒ったガールフレンドかもしれないと言ったが――それはないだろうな。ブラッドは別れた女たちとうまくつきあうコツを身につけていたから。クレオは彼の昔の火遊びのことを知っていたが、彼とうまくやっていくことに支障はなかった。彼を愛していたんだ。彼女にとってはとてもつらいことだ」

わたしは目をすがめて彼を見た。ドナートの話しぶりからすると、ドナート家は単に楽しいポーカーパーティーを開くことと、芸術を支援することが好きな一族というだけでなく、ブラッドは欠点こそあったが、債権者や昔の恋人や、だれからも際限なく許してもらえるような、すばらしい人間だったということになる。「ものを売るのがお上手ですね」わたしは言った。「魅力的なパッケージで包んだものを」

ウェンディが同意してうなずいた。「十二月十六日の午後一時ごろどこにいましたか、ミスター・ドナート？」

彼は肩をすくめた。「予定表を見てみないと。今すぐにはわからないよ。でもあれは――先週の水曜日か？　それならおそらくリヴァーデイルで不動産業者と会っていたよ。そこに少し土地を持っていてね、売ることを考えているんだ」

彼はジャケットからありもしない汚れをぬぐい、わたしは結婚指輪に気づいた。シンプルな金の指輪だが、高価そうだった。「奥さまとブラッドの関係はどうでしたか？」わたしは尋ねた。

ドナートの手が空中で止まり、眉間にしわが寄った。「それはどういう意味だ？　妻がわたしを裏切っていたと言いたいのか？」

ウェンディとわたしは驚いて視線を合わせた。「いいえ――奥さまもブラッドの友人だったのか、それとも彼の才能の賛美者だったのかを知りたかっただけです」

「そんなふうに見ないでくれよ。ああ、わたしは嫉妬深い夫だよ。妻はそれを気に入っているんだ。愛されていると感じられるから」

「なるほど」

彼に微笑みが戻った。「ああ、もちろんだとも。タリアはブラッドにとても才能があると思っていた。彼のファンだったよ。なんとかいうソーシャルサイトで。あのハーバードの若造が作ったサイトだ」

「フェイスブックですか？」

「それそれ。ブラッドはフェイスブックのページを持っていた――ファンページみたいなものだな。俳優はみんなやってるんじゃないか。妻はそれが気に入っていた――応援していると伝えられるから」

ウェンディのほうを見なくても、彼女もこれに興味を惹かれているのがわかった。

「とにかくだ。ドナート家はあなたにもあなたの家族にも危害を加えるつもりはないと、わかってもらえないかな？ それに、たとえわたしたちがブラッドを殺したとしても――仮定としてだよ――どうしてあなたが関わってくるんだ？ 彼とはなんでもなかったんだろう？」

「ええ。まったく知り合いではありませんでした」

「それなら、なぜわたしはここにいるんだ？ 何が問題なんだ？」

彼が心から混乱している様子なので、もしかしたら学校の駐車場で車を走らせていたのは彼ではないのかもしれないという気もした。だが、若いドナートもブラッド同様、うまい役者だという可能性もある。

「問題はありますが、それについて話すわけにはいかないんです。立ち寄ってくださってありがとうございました」わたしは立ちあがって手を差し出しながら言った。

「父になんと伝えればいいんだ？」

「楽しく話したとお伝えください」

「それだけではだめだ。あの男はしつこいんだよ。またここにわたしを寄越すかもしれないから、今ここで解決したほうがいい。クリスマスの客たちがやってくるまえに、やらなきゃならないことがあるんでね。わかるだろう？ クリスマス精神ってことで、ドナート家はあなたの愛と平和を願ってるんだ」

「わかりました」わたしは言った。サイドテーブルに歩み寄り、〈ヘヴン〉の名刺を何枚か取った。「それならわたしのビジネスをご支援いただけますよね。これをおたくのクリスマスのお客さま全員に配ってくださってけっこうです」

ドナートはうなずいた。どうやら彼に理解できる言語だったらしい。彼は魅力的な笑みを見せると、玄関に向かった。「メリー・クリスマス、お嬢さんがた」と言ってドアを開ける。「うへっ、外は寒いなあ」小走りで車に向かい、乗りこむと、長いドライブウェイを遠ざかっていった。

「彼を信じます？」ウェンディがきいた。

「いいえ。あなたは？」

「信じませんね。あの男はプレーヤーです。遊び人という意味ではないですよ」

「でも、殺人犯とは言い切れない」

ウェンディはうなずいた。「パーカーに報告します。いくつかききたいこともあるので。ドナート・ジュニアともう話したかどうかきいてみましょう」

「ホワイトフィールドとタリア・ドナートの関係も調べたほうがいいかもね」

「そう思います？」彼女はにやりとした。「さすがですね」

ウェンディは携帯電話を取り出してキッチンに向かった。低い声で事務的に話すのが聞こえた。

わたしはプレゼントの包装を終え、包みをすべてマントルピースの上に置いた。ウェンディのものは入口近くのサイドテーブルの上に。わたしのノートパソコンもそこにあった。

ふとひらめいて、ノートパソコンを手にソファに座った。フェイスブックにログインして、〝ブラッド・ホワイトフィールド〟の名前を打ちこむ。ハンサムな横顔の写真――考えこんでいるようにあごに指を当てた、よくあるポーズの宣伝用モノクロ写真――が添えられた俳優のページが現れた。カバーショットはどうやら『テンペスト』の舞台写真らしく、キャストが並び、観客に笑顔を見せて、おじぎをしようとしている。〈ペニー・レイン〉にいた彼の友人全員を見つけることができた――アントーニオの衣装をつけたディラン・マーシュはさらに邪悪に見え、とがったあごひげが汗できらめいている。フットライトで金色に見える小柄なイザベル・ボーシャンの顔は、きらきらしたもので光っている。クローディア・バーチは堂々と立ち、役者であることに誇りを持っているように見えた。ブラッドはまんなかに立っていた。舞台での立ち位置は写真でも明らかだった。彼は場面を支配していた。キャストのなかでいちばん背が高いということもあるが、魔法使いの衣装をつけているからでもあった。

統計によると、ホワイトフィールドは三千四百五十八の〝いいね！〟を獲得していた。無名の俳優にしてはかなりいい数字だ。最後にコメントを残した人物は、〝安らかに眠って、ブラッド。寂しくなるわ〟と書きこんでいた。スクロールしてほかの多くのファンが残した追悼文をさかのぼった。彼がまだ生きていたときに、最後にコメントを書いたのがだれなのか知りたかった。

かなりスクロールして、ようやく十六日——ブラッドが殺された日の書きこみを見つけた。最後に書きこんだ三人の人物は、妻のクレオ、タリア・ドナート、イザベル・ボーシャンだった。彼の妻は〝ブラッドのファンのみなさまへ——ブラッドが十八歳のときに出演したテレビコマーシャルをチェックしてくださいね！〟と書いていた。彼女はリンクも載せており、若くぎこちない様子のホワイトフィールドが出演する、シカゴ地域の車のコマーシャルの、かなりぼやけたひとコマも載せていた。それでも当時から彼の才能ははっきりとわかり、カメラをまっすぐに見ることを恐れてはいなかった。

タリア・ドナートはこう書いていた。〝今夜はがんばってね《ブレイク・ア・レッグ》、『テンペスト』の才能あふれるキャストのみなさん！　みんな愛してるわ！〟ふうむ。

イザベル・ボーシャンの書きこみは、追悼文がはじまるまえの最後のものだ。〝このお芝居とこのすばらしいキャストを愛してるけど、ほんと、みんなひと休みしたほうがいいわ！〟彼女はそのあと、明らかに疲れ切った、今にも目が閉じそうな表情の顔文字をつけていた。カバーショットに視線を戻した。今度はさっき気づかなかったものが見えた。舞台裏の一部が写りこんでいたのだ。ヘッドセットをつけて袖に立っているのはタビサだった。

「ウェンディ！」と叫んだが、彼女はまだ電話中だった。

ブラッドは〝地方で何かの舞台〟に出ているとタビサは話していた。自分はそれに携わっておらず、芝居のプログラムを持っているのもたまたまという感じだった。そして、パーカーの名前を出すと、だれであろうと警察とは話したくないと言った。

いま写真を見ながら驚いているのは、写真の背景として暗い舞台裏にいるのに、タビサの顔が恋している顔だと容易にわかることだった。彼女は並んでいる役者たちを敬愛の表情で見つめていた。疑問は――タビサ・ロスが恋している役者はだれなのか、どうしてそのことが会話に出てこなかったのかということだ。

10

フェイスブックのページをウェンディに見せると、やはり書きこみと写真の両方について、もっとよく調べなければと思ったようだった。

そうこうしているうちに、クリスマス・パーティー――ジェニーの上司のデイヴが開くパーティー――の時間が近づいていること、支度をしなければならないことに気づいた。セラフィーナがパーティー用にと、体の線に沿うしなやかですてきなエメラルドグリーンのワンピースをくれたが、それを着るには今夜は寒すぎる。暖かい服装をしたかった。クロゼットのなかを引っかきまわして、ホリデーシーズンのお気に入りを見つけた。ダイヤモンドのように光る糸で模様をつけた、薄手のシルバーのタートルネックだ。クリスマスか大晦日によく着ている服で、似合ってもいた。それを着て、細身の黒のパンツを穿き、黒のニーハイブーツのなかにたくしこんだ。ラインストーンのイヤリングと、細いシルバーのチェーンにラインストーンの星がついたネックレスをつける。ネックレスは母が〝ジャンク・ジュエリー〟と呼ぶものだが、わたしはずっとそれが気に入っていて、この服にもとてもよく合った。髪をふくらませ、アイライナーとソフトピンクの口紅をつけて階下《した》に戻ると、ウェンディがソファでメールを打っていた。

「すみません」彼女は言った。「ベッツにメールしてました」

「いいのよ」

「すてきですね！　パーカーは気もそぞろになりますよ」

わたしはため息をついた。「そうだといいけど」

「あれ？　あなたはいつも彼に腹を立てているみたいでしたけど」

「そして、彼はいつもわたしに腹を立てているみたいに見える」

「それが性的緊張というやつなんでしょうね」ウェンディはわけ知り顔で言った。

わたしは笑った。「とにかく、パーティー中は彼がわたしを警護するわけだから、あなたは帰っていいことになるのかしら、それとも……？」

「いいえ――ここにいて、招かれざる客が来るかどうか見張るように言われています」

「じゃあ、お腹がすいたときのために、冷蔵庫のなかのものを見せておくわね」ふたりでキッチンに行き、チーズや冷肉の薄切りにロールパン、彼女が食べたいと思うかもしれない残り物がはいった容器を示した。

「おいしそうですね。ミックにもあげていいですか？」

「少しならね。あんまり甘やかしたくないの。何を食べさせるにしても、えさ用のボウルに入れて食べさせてね」わたしはよくテーブルの下でミックに食べ物をやるので、これは偽善だったが、きびしくて思慮深い飼い主だと思われたかった。

「クールですね」ウェンディが言った。「時間までテレビでも見ます？」

「いいわよ。何がいい？」

「あなたのDVDのコレクションを見ていたら、『アレステッド・ディベロプメント』（アメリカのテレビドラマ）があることに気づいたんです。何話か見てもいいですか？　ベッツもわたしもあのドラマが好きで」

わたしは同意し、ふたりでシーズン1の二話ぶんを見て、才能あるキャストの陽気な悪ふざけを楽しんだ。わたしはジェイソン・ベイトマンのファンであること、キャスト全員、なかでもジェシカ・ウォルターに憧れていることを打ち明けた。「最高の集団よね」わたしは言った。「チームワーク抜群だし――」ブラッド・ホワイトフィールドのフェイスブックを思い出してことばを止めた。だれもが『テンペスト』のキャストはすばらしいと言いつづけていた。ホワイトフィールド亡きあと、チームはどう変わるだろう？　ディラン・マーシュは彼の穴を埋めることができるのだろうか？　もしそうでないなら、ロングランやいずれはブロードウェイへとつづくはずだった彼らのチャンスにどう影響するのだろう？

パーカーは六時半に、気もそぞろな様子で到着した。ゆったりした黒いコートに、赤いマフラーとイヤーマフをつけている。彼ははいってくると「マイナス十五度だぞ」と言った。

「暖かい格好をしろよ、ライラ」

言われたとおり、ゴアテックスのベストとパーカを着て、ダブルステッチのミトンと、頭にぐるぐる巻きつけられるほど長いグレーのマフラーをつけた。ウェンディに手を振って、パーカーのあとからエンジンをつけたままの彼の車に向かう。乗りこんでから、マフラーを少しゆるめて言った。「あー、あったかい」

「寒い夜だ」パーカーは運転席に座ってわたしを見た。「先に友だちと落ち合うことになってるのは知ってるけど、現地集合のほうがよくないか？　でないとせっかく解凍したのにまた凍ることになる」

実用的な提案だ——ようやくパーカーとわたしの意見が一致した。「彼女に電話するわ」わたしはジェニーの番号を押せるようにミトンをはずした。風に氷が混じっていて、車のフロントガラスに当たって音をたてた。

明るい声で電話に出たジェニーは、彼女らしく計画の変更を許してくれた。目的地への道順を的確に指示してくれた彼女に感謝して、電話を切った。そして「びっくり」と言った。

「どうした？」

「デイヴはウッドクレストに住んでるんだって」

「豪勢だな」

「小学校教師がどうしてあんな高級分譲地に家を買えるの？」

パーカーは肩をすくめた。「人の金の出どころはつねに謎だよ」車はなめらかに長いドライブウェイを抜けて、道路に出た。

わたしは口が重くなっていた。ひとつには、これが本物のデートなのか、いつものように仕事しか頭にないのか、わからなかったからだ。もし前者なら、何をして、何を言えばいいのか、まったく見当がつかない。車の内部がいい感じなのは気づいていた。座り心地のいいシートには、パーカーがなかったことにしようとしている習慣の名残で、まだほんのりとタバコのにおいがする。考えてみると、両手がつねに幻のタバコを探していた出会ったころよりも、彼がポケットをたたく回数は少なくなっていた。

パーカーが咳払いをした。スタイルより暖かさを重視したの」

「ありがとう。スタイルより暖かさを重視したの」

「とてもおしゃれに見える」

「あなたはアラスカの先住民みたい」

パーカーは鼻で笑い、手袋をはめた手でさりげなく方向指示器をはじいた。

「ウェンディの話だと、ぼくが帰ってから、ずいぶんいろんな人たちに会ったらしいね」

「ええ、そうなの。ウェンディからもう聞いてるからいい？　それともわたしの話も聞きたい？」

「どんなささいなことでも役立つよ」パーカーの目は道路に向けられていたが、彼も何を話せばいいのかわからず、安全な仕事の話に逃げたようだ。

「オーケー。ええと、どこからはじめればいいかしら――エキセントリックな役者たち？　それとも、自分はギャングじゃないと言い張るギャング？」

「どれもおもしろそうだね」パーカーはわたしにかすかな笑みを向けて言った。

　というわけで、彼に話した。イザベルとその壊れそうな美しさについて。クローディアとその高貴な横顔について。ディランとその悪党っぽいあごひげについて。セラフィーナと強盗について。そして——ひどく小さな声で——エンリコ・ドナートに電話したことについて。

「なんだって？」パーカーが叫んだ。

「別にいいでしょ？　自分は無害な家庭人だと彼は言ったのよ。こっちも家族が関わってると言ってやったわ。それがよかったんでしょうね。きっとそうよ、わたしの家に息子を寄越したんだから」

「なんてことだ。それがドナート・ジュニアの訪問の理由とは知らなかったよ。ライラ、その男たちがほんとうに危険だったらどうするんだ？　彼らの問題にきみが口出しするのをよしとしなかったら？」

　わたしは背筋を伸ばして座り直した。「彼らがわたしの問題に口を出すのを、わたしがよしとしなかったら？　兄とわたしに発砲したことは？　姉から強盗したことは？　義理の姉だけど、家族にはちがいないわ！」

「わかったから、落ちついて。ぼくはただ——きみが無茶をするのが心配なんだ。どうすればわかってもらえるかな——ぼくは恐ろしいことをたくさん見てきたんだよ、ライラ」

「わたしもよ」

　彼は赤信号でブレーキを踏み、わたしを見た。「これ以上は見せたくない。これ以上ギャングの子分の訪問も受けさせたくないし。ぼくはきみに——すてきなクリスマスをすごしてもらいたいんだ」

驚きだった。わたしはしばらく何も言えなかった。「やさしいのね、パーカー」

彼は口を開いて、また閉じた。信号が青になると、交差点を通過して右折し、美しいウッドクレスト分譲地――パインヘヴンでいちばん高級な場所の門をくぐった。「着いたよ」彼は言った。「パーティータイムだ」

何かが失われていたかもしれない瞬間だった。

11

車を停めた直後にジェニーとロスの車も到着し、わたしたちはいっしょにデイヴの家まで歩いた。ジェニーは以前来たことがあるらしく、軽くノックしただけでドアを開けた。

「みんな奥にいるの」彼女は言った。「だからデイヴはドアを開けたままにしておくのよ」

広い見事な玄関ホールで、ジェニーはコートを脱いでサイドテーブルに置くと、入口付近の壁にかかっている大理石枠の鏡のまえで服装を整えた。赤っぽい砂色の髪はおろされ、赤いドレスの背中につややかにたれている。その目は輝いていた。「さあ、行くわよ。まずはざっと説明するわね。去年と同じで、全員がパーティールームにいると思うから、わたしたちの紹介タイムは一分しかないわ。こちらはロス。ふたりは以前会ってるわよね」ロスはまずわたしと、つぎにパーカーと握手した。

「あなたたちのコートを預からせて」ジェニーは言った。「ロスとわたしは手順を知ってるから。外は恐ろしい寒さだと思わない？　凍った悪夢みたい」寒さで赤くなった頬に触れ、期待するように待つ。わたしたちは手袋とマフラーをコートのポケットにつっこみ、それをジェニーにわたした。彼女はそれまで見えていなかったクロゼットに飛んでいき、扉を開けると、気の利くロスに手伝ってもらってわたしたちのコートを掛けた。そして、戻ってきてわたしの目を見た。「それで、あなたのお供はどなた、ライラ?」

「ああ、ごめん。ジェニー・ブレイドウェル。こちらはジェイ・パーカー。ロス、ジェイよ」男性ふたりはうなずき合った。

コートを脱ぐと、パーカーは別人のように見えた——初めて会う男性のようだ。エレガントなダークブルーのボタンダウンシャツをチャコールグレーのスボンにたくしこみ、ダークな色合いのブーツを履いていた。イヤーマフのせいで少しぺったりした髪は、おしゃれなやり方でうしろになでつけられていた。シャツのブルーが目のブルーを強調しているように見え、全体としてドラマチックな効果をあげていた。

ジェニーがわたしの顔のまえで指をひらひらさせた。「こっちよ——仲間に紹介するわ」

彼女はわたしの手をつかみ、男性陣はあとからついていくことになった。わたしたちの背後で、かなり親しげに話している彼らの声が聞こえた。そのあいだにジェニーがわたしの耳もとでささやいた。「こういう男たちをどこで見つけるの? アンジェロもセクシーだと思ったけど、この人ときたら——最高。ポール・ニューマンみたいになりそうね」

ポール・ニューマンには似ていなかった。たしかにすばらしいルックスではあったが。わたしはもう一度肩越しに、ダークヘアのふたりの男性を見た。

「ここをどう思う?」ジェニーが小声できいた。「びっくりするでしょ?」

いま歩いている広い廊下を見た。ぴかぴかの硬木の床から、オークで縁取られた戸口まで。

通りすぎたテーブルの上には、ずんぐりしたマツの木の鉢植えがふたつあり、クリスマス用のライトとつやつやした赤いリボンで輝いていた。高級生花店の手になるもので、鉢植えはすばらしくいいにおいがした。「ええ。教師の年収をもう一度教えて」

ジェニーはくすくす笑って立ち止まり、ここからでもにぎわいが聞こえる家の奥の人ごみに合流する前に、ひとしきりゴシップを披露しようとわたしを引き止めた。そして、パーカーとロスが追いつくのを待った。「そう思うわよね！　でも、高級取りなのはデイヴじゃなくて奥さんなの。カートマン銀行の頭取なのよ――ダウンタウンにある大きな銀行。ウォーター・タワー・プレイスのそばの」

「ふうん。それなら納得だわ」

「すごい家ですよね」ロスが言った。「何週間かまえに、デイヴとフットボールを観るためにここに来たんです。テレビルームは映画館みたいなんですよ。サラウンドサウンドもなんでもあって」

「すごーい」わたしは言った。

パーカーは人びとに尋問したくてたまらないらしく、家の奥を見ていた。「今夜あなたたちの同僚は何人来ているのかな？」

ジェニーはロスにきいてたしかめた。「ほぼ全員来てると思う。うちは小さな学校で、フルタイムの教師が八人しかいないの。あとは学校職員が少し。今夜は臨月のジャン・バートホールド以外は全員来てるんじゃないかしら」

パーカーはくすくす笑った。わざとらしく聞こえたが、ジェニーとロスは気づかなかったようだ。「ここにいる人たちは八人じゃきかないと思うけど」

　ジェニーはうなずいた。家の奥に進むにつれて、話し声の音量が増していることにみんな気づいていた。「そうよ――さっきも言ったけど、これは仕事の集まりってわけじゃないの。デイヴはあらゆる友だちと知り合いを招いて、それぞれが家族やそのまた友だちやら何やらを連れてくるってわけ」

　わたしたちは前進し、天井が高く、温かな灯りがともった部屋にはいった。部屋の一隅には、これまで見たなかでいちばん大きなクリスマスツリーがそびえ立ち、その隣には本物の炎がパチパチ音をたてている暖炉があった。「あれって本物？」わたしはツリーを指さして言った。

　この家の女主人――エレガントなグレーのボブに赤いベルベットのワンピース姿の女性が、わたしにねらいを定め、ふらふらと近づいてきた。ほろ酔い状態のようだ。

「本物よ！　においがわかる？　デイヴィッドとわたしはミシガンに小さな家を持ってて、通りの先にクリスマスツリー農場があるの。毎年そこで一本注文して、トラックで運んでもらうのよ。うちのささやかな伝統ね」

「驚きました」わたしは言った。「とてもきれい」

　彼女は手を差し出した。「エマ・ブレントよ。そしてこれは夫のデイヴィッド」銀縁の眼鏡をかけたわずかに猫背の学者っぽい男性をつかんで言う。「デイヴィッド、こちらジェニファーのお友だちよ」

デイヴことデイヴィッドは妻と同じくらい上機嫌だった。「はじめまして！　来てくれてうれしいよ。エマとわたしはクリスマスが好きでね、いつも『クリスマス・キャロル』のフエジウィッグ夫妻みたいなパーティーをしたいと思ってるんだ」

わたしたちは笑い、ジェニーはパーカーとわたしを紹介した。「ライラは最近テレビに出たんですよ。『アンジェロとクッキング』に」ジェニーが言った。

エマとデイヴィッドはにっこりした。「すごいわね。彼女のことが誇らしいでしょう」エマは、部屋じゅうに目を泳がせているパーカーに向かって言った。

パーカーはとっさに注意を戻した。「ええ、それはもう」彼はわたしの肩に腕をまわして言った。「ライラは尽きせぬ才能を持つ女性なんです」

エマは部屋じゅうにひしめく人びとを指さして名前を教えはじめたが、あまりに早口で全部は覚えられなかった。ブレント家のグランドピアノでクリスマスの曲を爪弾いている、ピーターという名前の赤毛の音楽教師がいた。キャシーと、キャロルのような名前のふたりの若い女性がいた。パイプを吸っている年配の男性のことは、ビフと呼んでいたようだ。それから、名前は聞き取れなかったが結婚しているカップルと、赤ワインのグラスを手に、世界に満足している様子の中年の女性ふたり、そしてパーカーやわたしのように、学校で働いているわけではないけれど、同伴者や友人として来ているさまざまな人びと。

パーカーはまだわたしに腕をまわしていた――わたしとしてもこれほど楽しんでいなけれ

ば、腹を立てていただろう。今度はわたしを隅に連れていって、耳もとに唇を寄せた。「女性職員とできるだけ話すんだ。きみにはカリスマ性があるから、なんでも話してもらえるよ」

これはわたしが期待していた会話ではなかった。彼の腕を押しのけて言った。「はっきりさせて、パーカー――これは仕事でやってるの？　それとも好きでやってるの？」彼は目を見開いた。「どうしてパーティーに出たいかは話したよね。でも、きみといるのはいつだって楽しいよ」

わたしはため息をついた。パーカーとその裏表のある発言にはもううんざりだ。「わかった。女性たちと話すわ」

エマ・ブレントが高価な香水の香りをただよわせながらやってきた。「みんなクレオに贈るカードに署名した？　彼女、気が向いたらあとで寄ることになってるのよ。それと、現金を寄付したいという人がほかにもいれば、彼女が来たときにわたしておくわ」

「クレオって？」中年女性のひとりがきいた。

「ブラッド・ホワイトフィールドの奥さんよ。ブラッドは知ってるでしょ――毎年サンタクロースをやってくれる人」

「ああ、あの人ね。ほんとに、たいへんだったわね」

ブラッドのうわさを聞きたいのだろう、何人かがさりげなく大きな半円を作った。「奥さんもお気の毒に」だれかが言った。「ブラッドがあんなことになるなんて、まだ信じられないわ。あんなに若い人がねえ。それも校舎のすぐ外で！」

「ライラはそこにいたんです」パーカーが言った。わたしは驚いて口もきけずに彼を見つめたが、すぐにその理由に気づいた。半円の人びとはわたしのまわりに移動して、質問を浴びせはじめた。裏切り者のパーカーは、離れて客観的に見物するためにさっと身を引いた。

「まあ、なんてこと」長身をかがめてわたしの肩に手を置きながら、エマ・ブレントが言った。「あそこにいたの？　ブラッドが撃たれたとき？」

「ええと――はい。ジェニーに届け物があって、ブラッドと同時にたまたまそこにいただけですけど。しばらく話をしたあと、わたしは自分の車に向かい、彼は何か用事があると言って、それから――」

女性のひとりがじりじりと近づいてきた。その顔は好奇心をそそられていると同時に悲しげだった。「犯行を見たの？」

「いいえ――起きたあとでした。わたしが救急車を呼んだんです。彼にしてあげられることは何もありませんでした」

すると、さまざまな人たちが順番にわたしの肩をたたき、同情のまなざしを向けた。

「じゃあ犯人を見てないんだね――全然？」デイヴ・ブレントがきいた。

「ええ、残念ながら。ぼーっとしてて。車が駐車場にはいってくる音は聞いてるんですけど、顔を上げなかったんです。銃声を聞いたときも、すぐには銃声だとわからなくて。まったく警察の役には立ちませんでした」

「それは残念だ」デイヴが言った。「でも、結局はそれでよかったんじゃないかな。目撃者にはなりたくないだろうから」

人ごみの向こうのパーカーの顔を見て、彼が願いをかなえてくれたことに気づいた。部屋いっぱいのパーティー参加者たちに、わたしが警察に話すことは何もないと知らせたのだから。もしかするとそのなかには犯人、あるいは犯人を知る人がいるかもしれない。そうでなくても話は広まるだろう。

ホワイトフィールドについての質問はまだ尽きないようだった。ふたりの若い女性がにじり寄ってきて、タラとアンドレアだと自己紹介した――ふたりとも幼稚園の教師だ。

「はじめまして」わたしは言った。

エマがさっと近づいて、わたしの手にエッグノッグのグラスを押しつけると、ビュッフェテーブルに移動してものの配置を替えはじめた。

赤い眼鏡をかけた小柄でブロンドのタラという名の女性が、ブラッドを知っていると言った。「ときどきいっしょに出かけたわ。パインヘヴン出身者ばかりの大きなグループに所属していたの。ブラッドとクレオもね。どこかのパブに集まって、フットボールの試合を観ながら、ビールを飲んでおしゃべりするだけだけど」

「なるほど」

「彼は――ブラッドは何かあなたに言ったの？　その、死ぬまえに――？」

「いいえ。彼は――意識がなかった。パーティーで話すようなことじゃないわね」

「ええ、たしかにそうね」女性たちは視線を交わした。すると、同じくブロンドでぽっちゃりしたアンドレアのほうが言った。「人が死ぬところを見ているなんて、想像できないわ。お通夜にも出たことがないのよ。死体だって見たことない」

わたしはエッグノッグを少し飲んだ。アルコールがはいっているようだが、おいしかった。ごくごくと三口で飲み干した。

「おいしいでしょう？」タラが言った。「デイヴは毎年これを作るの。クリスマス精神《スピリット》だと言ってね（スピリットには酒という意味がある）。びん詰めにしてあるのよ」

さらにクリスマスっぽい気分になった。エマが五分後にカップのトレーを持って通りかかると、カップをひとつ取って、代わりに空になったグラスをトレーに置いた。酒の力を借りて、任務を再開した。わたしはタラとアンドレアに、ときどきパブで飲むほかに、どれくらいブラッドを知っているのかと尋ねた。ふたりとも首を振った。「グループがらみ以外では会ったことがなかったわ」タラが言った。

アンドレアは爪楊枝に刺した小さなミートボール——標準的パーティー料理——を食べた。ビュッフェテーブルを視察して、このパーティーのケータリングをだれが担当したのか確認しなければ。「彼のことは全然知らなかった。サンタクロースとして知っていただけで。でも、子供たちには好かれていたわ。子供のひとりひとりと話をして、クリスマスに何がほしいか聞き出すのがとても上手だった。わたしたちはサンタと子供の写真を撮って、親たちのために裏に子供のほしいものを書くの。キュートな伝統だった。彼がいなくなると淋しいわ」

ふたりにお礼を言って、部屋のさらに奥へと進んだ。美しい空間で、ブレント夫妻はエレガントであか抜けた装飾を施していた。長テーブルには赤いテーブルクロスが掛けられ、蝶結びにした金のリボンときらきら光る飾りが花綵状に配されて、ハイクラスのイベント用のケータリング料理が並んでいる。高級そうなカクテルソースを添えた大きなエビのトレー、鶏肉のクルミ炒めを詰めた小さな焼きワンタン、チーズのなかで転がしてピスタチオをまぶしたブドウ、マリナーラソースのディップを添えた揚げラビオリ、クランベリーをトッピングして、まわりにパンとクラッカーを並べた焼きブリーチーズ。見事だが、〈ヘヴン〉で出せないものはなく、エスターとジムならテーブルをもっと明るく輝かせることができただろうと確信した。パーティーがお開きになるまえに、〈ヘヴン〉の名刺をエマにわたそう。

ジェニーを探したが、彼女はロスといっしょで、ふたりは広い戸口に吊るされたヤドリギに向かって危なっかしく進んでいた。ロスは彼女をそこに導こうとしているらしい。ジェニーが彼のゲームに気づいていて、楽しんでいるのはまちがいなかった。これから起こることを考えると、今は彼女のボーイフレンドとちょっと話をさせてもらうのにふさわしいときではないようだ。中年女性のひとりが通りすぎたので、わたしは彼女についていった。「すてきなパーティーですね」わたしは言った。

「ええ、そうね」彼女は言った。「あそこの窓際の席に行くところなの。すてきじゃない？部屋じゅうに本が並んでいて、読む場所があるのがいいわ。でも、ストレスの多い仕事をしているエマには、そんな時間あるのかしらね」

「ジレンマですね」わたしは言った。「すみません、お名前を失念してしまって」

「ハンナ・フォードよ。ケネディ小学校で四年生を教えているの」

「お会いできてうれしいです。ライラといいます」

「あなたが来たとき、紹介されているのを聞いたわ。あなたとご主人はすてきなカップルね」

「えっ？　ああ、ジェイですか？　彼は夫じゃありません。わたしたちは——彼は——ええと、ジェニーがわたしを誘って、それで——」

「ああ、恋人ってこと？　そうよね、まだ若いものね」彼女はどことなく癒されるおだやかな表情でわたしを見た。彼女には、毛糸玉を取り出して編み物をはじめそうな、独特な平静さがあった。「ブラッドの死を目撃したそうね。お気の毒に」

「彼を知っていたんですか？」

「サンタクロースとしてね。彼の奥さんも知ってるわ。わたしとクレオは何年かまえ、コミュニティシアターのチケットを買ったの。彼女はあのときブラッドと出会ったんだと思うわ」

「そうですか」

「気の毒なクレオ。彼女はブラッドに首ったけだったわ。彼がすべての女性に及ぼす影響ね。それでも、彼はクレオを選んだ。彼女はシカゴの有力な一族出身だと聞いてるわ」

さっきピアノを弾いていた赤毛の男性が近づいてきた。「ハンナ、このカードにもう署名した？　エマに封をしてもらってもいいかな？」

「もうしたわ、ありがとう、ピーター。ひとつお願いしていい？　ライラとわたしにエッグノッグを持ってきて」

彼はうなずき、封筒を持って消えた。二分後に小さなカップをふたつ持って戻ってきた。

「みんなわたしを酔わせようとするのね」わたしはふざけて言った。

「まあ、その満面の笑みを見れば、もう一息ってところね」ハンナは言った。

ピーターはわたしたちといっしょに窓際の席に腰をおろした。「これでそろったぞ」彼は言った。「見ざる《シー・ノー・イーヴル》、言わざる《スピーク・ノー・イーヴル》、聞かざる《ヒア・ノー・イーヴル》が」

わたしは彼を見た。頭が重く感じられる。「あなたはどれ？」

「そうだなあ。きみは不幸《イーヴル》を目にしたんだから、〈見ざる〉以外ってことになるね。ぼくはろくでもないこと《イーヴル》ばかり言ってるから、〈言わざる〉ではないな」

「ピーターはゴシップ好きだってことが言いたいのよ」ハンナはやさしく言った。「でも、楽しませてくれるわ」

「実際に見たわけじゃないんです。音を聞いただけで」わたしはふたりに言った。

「なるほど。それじゃ、ライラは〈言わざる〉、ぼくは〈聞かざる〉、ハンナは〈見ざる〉だ」

「暇つぶしができたわ」ハンナが冗談を言った。

「あなたの言うろくでもないことってどんな話ですか？」わたしはピーターにきいた。

彼は話をしようとわたしに身を寄せた。情報を得る手段として、パーカーは音楽教師のピーターのような人が大好きなはずだ。「聞いてくれよ、ブラッドのことはあまりよく知らないけど、クレオのことはちょっと知ってるんだ。彼女はいい人だ。そしてぼくは、ブラッドが彼女を裏切っていたのをたまたま知ってる」

「でも、最近夫婦仲はよくなっていたそうです」わたしは言った。「彼は改心したんです。そのことを話していましたよ、亡くなった日に。自分は哲学サンタだとか、禅サンタだとか言って――」

ピーターは口を固く閉じた。「それはうそだと思うけど、ここでは話題にしないでおこう。あっ、クレオが来たぞ。彼女とまだひと言も話してないんだ」と言うと、勢いよく席から立ちあがり、同情するような表情を浮かべてドアに向かった。

たしかにクレオ・ホワイトフィールドが来ていた。青ざめて疲れた様子で、左隣に黒っぽい髪の背の高い男性がいるせいで小さく見えた。

「彼女のお兄さんよ」ハンナが言った。「彼にいっしょにいてもらっているのね、よかったわ」

クレオはエマとデイヴにお礼を言っていた。「お気遣いいただいて、ほんとに――みなさんに――心から感謝します。でも長居はできないの。これからエドと出かけて静かに食事をしたら、休ませてもらうつもり。こんなにたくさんの人たちに心配していただいて幸せだわ」部屋を見まわしていた目がハンナとわたしに留まって輝いた。わたしたちだとわかって明るく手を振る。ハンナとわたしは手を振り返した。クレオは兄に何か言うと、コートを着たままこちらに近づいてきた。「こんばんは、ハンナ、だったわね？　久しぶりね」

「ええ」とハンナは言い、首を振った。「このたびはご愁傷さまでした」

「あなたとはまえにも会ったわね——なんという偶然かしら！　リリー、だったかしら？」

「ライラです。ええ、奇遇ですね。三年生を教えているジェニーがわたしの友だちなので、連れてきてもらったんです。彼女は今、ヤドリギの下に行こうとしてます。わたしの見たところ、デイヴ・ブレントは脅迫に使う写真を撮ろうとしているようですね」お酒のせいで口が軽くなっているのに気づいたが遅すぎた。夫の死を悲しんでいるクレオは、恋する若いカップルを見たくないかもしれないのに。

クレオは振り向いてジェニー——奔放にロスとキスしながらも、部屋の隅の暗がりに移動するだけのたしなみはあったようだ——をちらりと見た。そして向き直った。そばかすの散った顔は悲しげだった。「クリスマスはああいうことをしてすごす予定だったの。ハワイの島でキスしたりして」みんな気まずくなり、ブレント夫妻がｉＰｏｄから流す音楽を聴きながら黙って座っていた。今はレオン・レッドボーンが〈クリスマス・アイランド〉を歌っていた。クレオはレッドボーンの歌う歌詞にぎこちなく微笑み、歌がそこから流れてきているかのように天井を向いた。そして肩をすくめた。「とにかく、また会えてよかったわ。ふたりとも、クリスマスは何をするの？」

ハンナはエッグノッグをすすった。「いつものように家族の接待よ。娘三人、義理の息子ふたり、孫四人のね」

「にぎやかそうね」クレオは言った。そしてわたしを見た。

「家族といっしょにすごします。特別なことは何もありません」わたしは言った。

彼女はうなずき、部屋に目を走らせていたと思うと、凍りついた。「エマの書斎にいるあの背の高い男性、知ってるわ。刑事さんよね。ブラッドが——あんなことになったあと、その夜にわたしの話を聞いた人よ。いくつか質問されたわ。ここで何をしているのかしら？」

わたしはハンナの手に触れて言った。「あの、彼は刑事としてここに来てるわけじゃないですよ。恋人がここにいるんじゃないかしら。心配いりませんよ——尋問されることはありませんから」わたしが冗談めかして言うと、クレオはほっとしたようだった。

「でも、なんだか変だと思わない？　同じ人たちに会ってばかりいるなんて。あなたでしょ」彼女は不意に気づいたようにわたしの目をのぞきこみながら言った。「そして今度は彼。人生は偶然だらけみたい」

「そうですね。とくにみんながパーティーに行くことが多いクリスマスの時期は」

彼女はまた疲れた様子でうなずいた。そこに彼女の兄がやってきた。「帰る準備はいいかい、クリー？」

「ええ」クレオは兄の袖に触れて言った。「こちらエド。すべてにおいてわたしのよりどころなの」彼女はエドの腕をたたき、別れのしるしに片手を上げた。「楽しいクリスマスを」

「あなたも」

彼女の兄の顔に、クレオのような親しげな笑みは浮かばなかった。それでも、クレオを守っているようだ。彼女の肩に腕をまわし、ふたりで歩き去った。ドアのところでクレオはデイヴとエマをハグし、エマはクレオの耳もとで何かささやいた。デイヴはクレオの兄に封筒を差し出し、ふたりは握手した。そして兄妹は冷たい空気のなかに出ていった。

「興味深かったわ」ハンナが言った。

「何がですか？」

「あなたのボーイフレンドは警察官で、しかもあなたは彼があなたのボーイフレンドだとクレオに知られたくないようね」

わたしは彼女の親切で好奇心旺盛な目を見つめた。「あなたが〈言わざる〉に徹してくださるとありがたいんですが。このパーティーでもうゴシップはたくさんですから」

ハンナはうなずいた。「いいですとも」

頰を紅潮させ、目をきらきらさせて、ジェニーがわたしたちのまえに現れた。「ライラ、バスルームにつきあってくれる？」

とまどいながらハンナのほうを見ると、くすくす笑っていたので、心地よい窓際の座席から立ちあがった。「いいわよ、ジェニー。あなたの大嵐のような恋愛について聞きたいし」

ジェニーはわたしを二階までずっと引きずっていった。二階は妙に静かで、廊下は青いカーペットが敷かれているせいで、足音さえ響かなかった。気づけばエレガントな寝室をのぞきこんでおり、そのままなかにはいった。ここも肌触りのいいフラシ天のカーペットが敷かれ、ふわふわとした足取りで窓まで行くと、凍ってきらめく長いドライブウェイが見えた。クレオとその兄が黒い車に乗りこむところだった。すべらないように慎重に足を踏み出しながら。「こんな短期間に二回もクレオに会うなんて妙だわ」わたしは言った。

「だれですって？」あとから部屋にはいってきたジェニーがきく。

「クレオよ。ところで、クリスマスのピエロはどこ？　彼女と話したいんだけど」

「デラウェアのお孫さんのところに行ってるみたいよ」

「あんまり邪悪な感じはしないわね」

「はあ？」

「なんでもない。わたしをこのパーティーに誘ったのは、男性といちゃいちゃするのを見せつけるため？」

ジェニーは両手をわたしの肩に置いて引き寄せ、耳もとで「いーーーだ」と聞こえる声を発した。そしてわたしを解放した。「あなたをここに誘ったのは、彼がわたしを好きかどうか、あなたに判断してもらうためよ。でも、彼に抱き寄せられてキスしたら、ふたりともやめられなくなっちゃって、ずーっとキスしてた！」

「あらあら。寒いなかわざわざ出てくることもなかったわ。言ったでしょ。マカロニチーズを届けたときに、彼があなたを好きなのはわかってたって。ステーキを見つめるロットワイラーみたいにあなたを見てたもの」

「酔ってるの、ライラ?」ジェニーがくすくす笑いながらきいた。

「いいえ。あなたこそ酔ってるんじゃない? 大勢の人たちのまえでいちゃついてたのはだれだったかしら? わたしは豪邸の窓際の席で、落ち着いておしゃべりしていただけよ」

ジェニーは肩をすくめた。「そんなの気にしないわ。すっごく幸せなんだもん」

「じゃあ、なぜ彼といっしょにいないの?」

「パーティー客のあいだをまわって、自分たちがこの先二年は校内ゴシップのタネになることに気づいてないふりをしたほうがいいかもって、彼が言うから」

「彼も幸せそうだった?」

「うん」得意げな顔。

「それなら、階下《した》に行って、あなたの新しいボーイフレンドをつかまえて帰りなさい。そうすれば心ゆくまで楽しめるわよ」

ジェニーはやわらかなカーペットの上で小躍りした。「ライラ、あなたがいっしょに来てくれてほんとによかった。ずっとちゃんと話せてないけど」

「そうね。なんだか変な夜だけど、わたしはケータリングのお客を開拓するつもりよ」

ジェニーはわたしにキスした。「がんばって──わたし、ほんとにバスルームを使わなきゃ」そう言って主寝室のバスルームに走りこみ、わたしは大きなベッドのスプリングを試した。

数分後、ジェニーが出てきた。「ライラ、そこで寝ちゃだめよ! さあ、階下に行きましょう」

彼女はうつ伏せに寝ていたわたしを引っ張って起こし、腕をからめた。「あなたはキュートな恋人とちっともいっしょにすごしてないじゃないの」

「うん――お互い避けちゃうの。だから魅力が色褪せないのよ。ひと晩以上いっしょにすごしたら、彼のこと心底嫌いになると思う」

階段にたどり着いておりはじめた。ジェニーはわたしの腕をぎゅっとにぎった。「あなたは最高の友だちよ」彼女は言った。

「わかったから、ロミオを探しにいきなさい」

遠くまで探しにいく必要はなかった。ロスは切なそうな顔つきで歩きまわっていた。ジェニーはその腕のなかにまさに飛びこんだ。わたしは首を振って軽く赤面した。

パーカーが目のまえに現れた。「ちょっと情報交換したいんだけどいいかな？」

「はい、ボス」

彼はさっきジェニーがしてくれたようにわたしの手を取り、今度は一階の長い廊下を歩いた。

「この部分にははいってもいいのかしら？　それにしても、いったいどれだけ広い家なの？」

「パーティーを開くなら、客が歩きまわることは想定しているだろう」彼は言った。「ああ、ここにしよう。ここはなんて呼べばいいんだ？　靴脱ぎ室《マッドルーム》？　書斎？　図書室？」

「ハムレットが、祈るクローディアスを見つけた礼拝堂」

「はあ？」

「知らないわ。この家には部屋がたくさんあるんだもの」

「酔ってるのか、ライラ？」

「いいえ。あなたこそ酔ってるんじゃない？」

パーカーは小さいが心地よい部屋にあるレザーのソファに座った。レンガの暖炉には火がはいっており、オークのコーヒーテーブルにはキャンディを入れた皿がいくつか置かれている――やはりエマはお客がここまで来ることを想定していたのだ。「酔っていない。アルコール度数八十度のエッグノッグを試そうという過ちは犯さなかったからね」

「うわ。わたしは刑事見習い失格ってことね」

「それはどうかな。きみほどかわいい刑事見習いと仕事をしたことはなかったよ」パーカーはわたしににこっと笑いかけて、青い目でウィンクした。

「わたしの報告が聞きたいんでしょ？」わたしは両手を腰に当てて彼と向き合った。

「ああ。ここに座って」彼はわたしを引き寄せてソファの隣に座らせた。レザーは階上のベッドよりもさらに心地よかった。パーカーに寄りかかっていびきをかきはじめないように、必死で耐えた。

「話したのはだれだ？」

「わたしがだれと話をしたのかってことね」

「そうだ」

手を出し、指を折りながら名前をあげた。「タラ、アンドレア、ハンナ、ピーター——あっ、あとクレオとそのお兄さん。それからジェニー。ごめんなさい、それほど話せなかったわ。でも仮説が見つかったの」

パーカーの目はまだきらきらしている。「ぜひうかがいたいね」

わたしは最高に気持ちのいいソファに背中を預けた。「落ちついて、パーカー。ちょっと時間がかかるから」

12

パーカーはわたしの肩を抱いて言った。「拝聴しよう」

「オーケー。まず、音楽教師のピーターは何か知ってるけど、話の途中でクレオにじゃまされた。彼はブラッドが浮気をしてたと確信してて、証拠もあるみたいな口振りだった。彼ともう一度話す必要があるわ」

「わかった」

「まだあるの。クレオとブラッドはクリスマスをハワイ諸島ですごすことになってたの。おそらく夫婦関係修復のためでしょうね、でなければもともと絆が固いのか。でも変なのは――キスをするのはやめてくれない、パーカー？」

「してないよ」と彼は言ったが、唇はわたしの頬を移動していた。

「ここには――捜査のために来てるのよ。どうしていつもわたしを混乱させるの？」

彼は体を離し、わたしと目を合わせた。「ぼくらはお互い正直になるべきかもしれない」

「わかったわ。何が知りたいの？」

「まだアンジェロ・カルデリーニに気があるのか？」

「なんですって？　まさか！　わたしを傷つけた人よ。彼のことはもう二度と信じられないし、魅力を感じることもないわ。今はたまたまあなたに夢中だけど、あなたにも傷つけられた」

「ほう。あのエッグノッグは自白剤みたいだな」

「今度はあなたが正直になってよ」

「オーケー」

「ここにいる人たちのまえではわたしのことをすばらしいと言うのに、どうしてわたしには一度も言ってくれないの？　あと、テレビに出たとき、フィーナとキャムはすごいねと言ってくれたのに、どうして何も言わずに部屋を出たの？　何を考えてるのか全然わからない」

パーカーはソファにもたれて両手を見おろした。「たしかにそうだ。理由を話すよ、ライラ。嫉妬していたからだ」

「わたしに？」

「いや。きみのお兄さんやその奥さん、きみにすごいねと言える——言う権利がある人全員にだ。ぼくはきみにつらく当たった男で……今はきみを傷つけてもいる。そんな人間の意見なんか、たとえあったとしても、だれも聞きたくないだろう」

「わたしは聞きたいわ」

「わかった。あのテレビ番組のきみはすてきだと思ったよ。驚くほどにね。テレビ映りがよくて、カリスマ性があって、おもしろくて、かわいかった。カルデリーニが色目を使うのは気に入らなかったけど、きみはすばらしかった。ほんとうだよ、ライラ――ぼくはきみをすばらしいと思っている。大きなことを成し遂げる人だと思うし、やろうと決めたことならなんでもできる人だと思っている。そしてぼくは――キスをするのはやめてくれないか、ライラ？」

「してないわ」というのはうそだった――かすかにひげのある頬に唇をこすりつけ、アフターシェーブローションの香りを吸いこんでいた。

「してるよ。でも前言撤回だ。やめないでくれ」

彼に両腕をまわすと、背中をつかまれて胸に引き寄せられ、わたしたちは何カ月かぶりでちゃんとキスをした――温かく、激しく、魅惑的で熱っぽいキスを。「パーカー」ようやくわたしは彼の耳に口を移動させて言った。

「ん？」

「わたし、ちょっと酔ってるかも」

「あのエッグノッグを何杯飲んだ？」

「三杯」

「おやおや」

「お酒は強くないのよ」

「そのようだね」彼は笑っていたが、やがてまじめな顔になった。「このことは忘れないよね？」

「ええ」わたしは彼を抱きしめた。「楽しい映画みたいに頭のなかで再生するわ。でも待って——あなたに腹を立ててたことがあったはずなんだけど。なんだったのか思い出せない」

「思い出さなくていいよ」

「うーん、やっぱり思い出せない。あなたがハンサムすぎて集中できないんだもの。それにあなたの青い目。その香り……」彼の襟のあたりにへばりついて、すてきな香りのもとはなんなのか探ろうとした。

「ライラ、だめだよ。いや、ほんとはやめてほしくないけど、ここではだめだ。首をなめてるのか？」

「味もいいわ」

「送っていったほうがよさそうだね」

「うーん。でも待って、まだ仮説を披露し終えてないわ」

「オーケー」パーカーは驚きつつも愉快そうな顔つきをした。サルが遊ぶのを見ている人のように。

「ええと、どこまで話したかしら？　ああ、そうそう、島ね。あのね——ブラッド・ホワイトフィールドは殺された日に、島のことを話してたの。逃避するための小さな島を見つけたとかなんとか。そして、夢を追いかけなさいとわたしに助言したのよ」

「わかった。つまり、休暇のことを話してたんだね？」

「それが、よくわからないの。『テンペスト』は高校のときに読んで、大学時代にも読んだけど。英文学専攻だったのよ。知ってた？」

「さっき『ハムレット』を引用したからそうじゃないかと思ってたよ」

「あのお話は全編島が舞台でしょ。主人公のプロスペローはそこに十二年間留め置かれるの」

「なるほど」

「つまり、ブラッドは休暇の話をしていたのかもしれないけど、そうじゃなかったのかもしれない。哲学的な気分だったのかもしれない。哲学にくわしそうだったし、シェイクスピアを引用していたわ。そして、メタファーとして島と言ったのだとしたら、新しいものに逃避するということはありえない――旧知のものに逃避するはずでしょ？　たとえば、価値を知っていて、あらたに追求しようと決めたものに。メインランドはもうおしまいにすると彼は言ったの――でもそれもメタファーだった可能性がある。プロスペローは彼の島で立派な魔術師になった。イタリアでは大公だったにもかかわらず、これまで知らなかった力を得た。それでも最後はすべてを残して去っていくの。疑問なのは、ブラッドはその島にとどまるのか、それとも別の島に移るのか？　島というのは彼の才能か？　それとも人生か？」

「そんなにエッグノッグを飲んだ人にしては、かなり深い疑問だね」

「書き留めてね、パーカー。音楽教師のことと、彼が知っていること。そして、島についてのさまざまな解釈。ホワイトフィールドは何を言いたかったのか、それは重要なことだったのか？　エンリコ・ドナートの息子は、ホワイトフィールドには特別な才能があったと言い、ドナート家は芸術家を後援している。才能あるブラッドを支援したいと思い、偉大な俳優にのし上がる手助けをしたいと思っていた。でも、コインの裏側を見ると、ドナート・ジュニアは妻を束縛していて、ブラッドが女性にもてることを知っている。自分とホワイトフィールドはいちばん仲のいい友だちだと涙ながらに訴えていたけど、彼についても調べるべきだと思う」

「知らせてくれてよかった」パーカーはポケットから小さな手帳を取り出して、書き留めていた。

「それに、指輪のこともあるわ」

「なんだって？」

「ブラッド・ホワイトフィールドは小さな赤鉄鉱の指輪を小指にはめていた。目立つタイプのやつよ。ウェンディとわたしが『テンペスト』に出ている役者たちとランチをとったとき、イザベルも指輪をしているのを見たの。同じ指輪、同じ指だった。この偶然は重要なことのような気がする」

「なるほど」

「妙なつながりのこともあるわ」

「どういうこと？」

「わたしたちが会った人たちは全員、ブラッドかクレオかその両方を知っていた。それって変じゃない？」

「そうかな。つながりのある人たちを探し出しただけだろう」

「ふん。それと、タビサがいるわ」

「彼女がどうかした？」

「役者のだれかに恋してるの。ブラッドなのか、ディランなのか、それとも女優なのか、それはわからない。彼女の性的指向を知らないし。でも、彼女が最高にうっとりした顔をしている写真を見たの。その視線の先にいたのは四人の役者よ。それに、タビサはブラッドとはただの友だちだと言ったのに、みんなが集まったとき、テーブルにいただれに対しても強い感情を持っているようには見えなかった。つまりタビサは何か隠しているのよ。わたしにうそもついたわ。ブラッドが『テンペスト』に出てる〝らしい〟と言いながら、自分もその舞台のスタッフとして仕事をしていた。携帯電話はある？」

パーカーにわたされた携帯電話をインターネットにつなぎ、ブラッドのフェイスブックのページを呼び出した。「ここにキャストがいる」わたしは言った。「この女性を見て——写真を拡大して顔を見てほしいの」

パーカーは舞台袖に立っているヘッドセットをしたタビサをじっと見た。「気になるね」彼は言った。

「でしょ？　それと、ディラン・マーシュはプロスペロー役のオーディションを受けたけど、ブラッドに役を取られたって知ってた？　そして今、マーシュがその役を手に入れることになった。これって注目すべきことよね、お芝居ではアントーニオがプロスペローの地位を得るために彼を殺そうとするんだもの。芸術は人生を反映するっていう事件なの？　それともその逆？」

パーカーは頬をふくらませながら考えていたが、やがて空気を吐き出した。

「今夜デイヴとかなり長いこと話した。彼は教師兼管理職で、ホワイトフィールドを雇ったのは彼だった。友人の勧めでそうしたらしい。その友人についてはまだこれから調べる必要があるけどね。ホワイトフィールドの親友のひとりだが、俳優ではないらしい。名前はマークだかマイクだか、そんなような名前だ。きみのほうの会話にそんな名前は出てきたかい？」

「いいえ――でもどこかで聞いた名前だわ。今は思い出せないけど。わたしもメモを取ればよかった」

「ライラ、きみの働きには感心してるよ」

「感心してもらえることはほかにもいろいろあるわよ」わたしは彼にもたれかかり、誘惑するふりをしたかったが、そうはせずに目を閉じた。

「それは楽しみだな。でも今は帰ったほうがいいようだ。エッグノッグの飲みすぎには睡眠がよく効くからね」

「ふーん」

「ライラ？」

「あい」

「きみはほんとにすごいよ」

目を開けると彼の美しい青い目が見えた。「あなたもすごいわよ。働き者だし、賢いし」

彼は微笑んだ。「それならクリスマスまでにこの事件を解決できるはずだと思わないか？　あと三日あるんだから」

13

火曜日の朝、目覚めると、雪がベッドルームの窓に白いレース模様を作っていた。ミックにつまずくだろうと思いながらベッドから出たが、彼はいなかった。驚いて階下に向かい、キッチンにはいると、わたしの忠義な犬は、コーヒーを飲みながら新聞を読んでいるウェンディの足もとに座っていた。「まだ新聞を取っているなんてすてきですね」彼女は言った。「いつもはネットで読んでるんですけど、これも楽しいです。昔に戻ったみたいで」

「それはどうも。コーヒーまだある？」

「ありますよ。犬はもう外に出してやりました。雪のなかで少し遊んで、シマリスを追いかけたんですよ」

「スクラウンジャー（たかり屋の意）だわ。一年以上まえからの知り合いよ。彼とミックは友だち同士らしいけど、からかい合うのが好きなの」

「かわいい。お宅の裏庭はディズニー映画みたいですね、陽気な小動物がたくさんいて。小鳥たちもえさ箱のまわりをぴょんぴょん跳んでましたよ。パーティーはいかがでした？」

「楽しかった。友だちは最終的に部屋の隅で高校生みたいにいちゃつくことになったけど、パーカーとわたしは役に立ちそうな情報をゲットしたわ」

「ほんとに？　パーカーが何か教えてくれたんですか？」彼女の顔は目のまえの紙面に向けられていたが、かすかににやついていた。

「昨日の彼は驚くほど人間的だったの。わたしたち――円満だったわ」

「なるほど。いい情報の話に戻りましょう。犯人逮捕に近づきましたか？」

わたしは肩をすくめた。「それが、何もかもがひどく入り組んでるの。登場人物が多すぎるし、話も複雑すぎる。あなたたち警察官がどうやって情報を整理してるのかわからないわ」

「まあ、この種のことに対処する必要があるのは、パーカーのような警察官だけですけど、やるべきことははっきりしてます。普通でないことに気づくまで何度も調べるんです」

「やっぱり。パーカーにも言ったけど、メモを取るべきだったわ。今日はそうするつもり」

ウェンディは伸びをして、大きなあくびをした。「いい考えです。わたしに手伝えることがあれば言ってください」

またあらたな着心地のよさそうなニットスーツを着て、コンフォートシューズを履いている彼女をじっと見た。おしゃれではないが似合っていた。「あなたをクリスマスの準備から引き離しちゃって、心苦しいわ」

「あなたからとってもすてきなクリスマス手当をいただいてますから。それにライラ、この仕事はこれまで割り当てられたなかで最高の任務です。お気づきかどうかわかりませんけど、警察官は普通あまり人間の心の美しさを実感することがないんですよ」

「でしょうね」

「その上食事を出してもらえるし、あなたの犬と家が好きになってしまいました。いつかベッツにも見せてあげたいです」

「いいわよ。あなたたちが悪者をつかまえたらすぐにね」

「了解です」彼女は立ちあがって伸びをした。「見まわりをしてきます」

わたしはコーヒーをごくごく飲み、ミックの大きな温かい頭をかいてやってから、階上に戻ってシャワーを浴びた。清潔になり、いいにおいをさせて出てくると、ジーンズと分厚いソックス、茶色のタートルネックセーターに身を包み、階下におりてノートパソコンを見つけた。そして自分なりの覚書を作成しはじめた。最初のページはタイトルだ。

ブラッド・ホワイトフィールド殺害事件

つぎに、リストを作った。

1 亡くなる日のブラッド・ホワイトフィールドは動揺していた。だれかがメールでなんらかの要求をしてきたからだ。彼は「急ぎの用事」をすませなければならないと言っていたが、目のまえに車が停まり、驚いて言った。「こっちから行こうと思ってたんだ」

疑問：犯人はメールでホワイトフィールドを校舎の外におびき出し、彼を撃ったのか？　もしそうなら、近くで待ち伏せしていたのか？　その場合、まずまちがいなくわたしを見たことにならないか？　だから犯人はホワイトフィールドから携帯電話を奪ったのか？　彼または彼女の正体が警察にばれるのを防ぐために？

2 うそをついた人びと

タビサ——ブラッドは舞台に出ているらしいと言ったが、事実としてそれを知っていたし、自分もその舞台の仕事をしていた。

ドナートの息子——ホワイトフィールドは親友で、ポーカーの借金があるが、自分はよろこんでそれに目をつぶると言った。だが、妻の話になると怒りをあらわにした。嫉妬の度合いについては明らかにうそをついている。ブラッドとミセス・ドナートが浮気をしていた可能性あり？

三人の役者たち——彼らは役者だ。三人のなかのだれかがブラッドの死を悲しむ芝居をしていた可能性はあるし、三人とも自己陶酔的であると同時に、妙に疑心暗鬼になっていた。ディランにはいちばん動機があるが、女優たちのどちらにもホワイトフィールドとつきあっていたか、つきあっていた人物に嫉妬していたか、ホワイトフィールドにこっぴどく振られた可能性はある。振られた女の恨みは怖い、と言うし。

エンリコ・ドナート――ホワイトフィールドの殺害にも、スタジオでの発砲にも、セラフィーナ襲撃にも関与していないと言ったがうそかもしれない。護衛のためとしてフランクを遣わしたのも、犯行を隠すための目くらましかも。

3 疑わしい行動

エンリコ・ドナート――ホワイトフィールドが殺されたと知って、苦悩しているようだった。実際は殺害のことを知っているからそう演じていた／うそをついていたか、犯人に心当たりがあって、その人物――自分の息子かもしれない――を心配していたかのどちらかだと思われる。

タビサ、ディラン、イザベル、クローディア――全員あやしい。全員芝居がかったタイプだ。いっしょにいて落ちつかない気がしたし、彼らの言ったことも信じられなかった。もう一度彼らに会うべき？

クレオ――パーティでパーカーを見て不安そうだった。尋問されるのに疲れたというだけ?

音楽教師のピーター――ブラッド・ホワイトフィールドにひどく腹を立てているらしく、浮気をしていたと確信している。パーカーはこの線を追っているだろうか?

マーク、またはマイク――JFK小学校のデイヴ・ブレントにブラッドを推薦した人物。だれなのか?

作成したばかりのメモを見つめていると、頭のなかで何かがのろのろと動きはじめた。二日酔いではなかったが、かなり疲れを感じた。マークかマイク。そういう名前の人についてだれかから何か聞いたような――「エスターだわ!」わたしは叫んだ。
「どうしました?」ウェンディがすばやく部屋にはいってきた。
「ああ――ちがうの。空白を埋めてくれるかもしれない、ちょっとしたことを思い出したのよ。電話しなくちゃ」
「それはよかった」彼女はまた出ていき、ミックもついていった。ウェンディが行くところでは何かが起こると思っているらしい。

〈ヘヴン〉に電話をかけると、ふたつ目のコールでジムが出た。「〈ヘヴン・オブ・パインヘヴン〉、ジムです」

「ジム。ライラです」

「やあ、ライラ。どんな具合だい？」

いつもの気安いおじのような言い方だったので、一瞬心のなかの恐怖や願望を思い切りぶつけたくなった。そこで咳払いをした。「わたしは大丈夫よ。クリスマスの仕事は順調？」

「今朝のブランチの仕事が終われば、一週間ほど休める。順調にやってるよ」

「それならよかった。エスターは近くにいる？」

「すぐ横にいるよ」

「彼女、少し時間あるかしら」

「きみのためならいつだって時間はあるよ」

「やさしいのね」わたしは言った。電話の向こうで、ジムが流しているクリスマスの音楽が聞こえた。ハンマーダルシマー（台形の共鳴箱に張られた弦を木製のスティックで打って演奏する打弦楽器）が奏でる〈御使《みつか》いうたいて〉だ。

ジムに電話をわたされたエスターは、部屋を横切ってきたかのように、息を切らしながら話しかけてきた。「どうしたの？　大丈夫なの？」

「はいはい。大丈夫よ、ありがとう。今はボディガードがいるの。彼女がいれば安心よ」

「ほんとに？　それはよかった」

「ええ。実は、ききたいことがあって電話したの。パーカー刑事といっしょに仕事場に行った日、ブラッド・ホワイトフィールドはマークの知り合いかもしれないと言ってたわよね。知り合いだったかどうか、わかった？」

「ああ、そうなのよ――まだ話してなかったわね。あのブラッドって人は、マークがはいってたグループのメンバーだったの――ゲーマーのグループよ。マークがバーチャルなんとかに入れこんでるのは知ってるわよね？　なんて呼ぶのか知らないけど。あの子は笑って、だれもあれを〝ゲーム〟とは呼ばないって言うけど、大勢の人がそう呼ぶのを聞いたことがあるわ。まあそれはいいんだけど、かいつまんで言うと、あの子たちは友だち同士だった。マークはすごく動揺してるわ」

「マークと話をする必要があるの。近々来る予定はある？」

「今日の午後来るわよ。クリスマスまで滞在したあと、ダウンタウンのねぐらに帰るわ。ルークのほうは今夜来ることになっているけど、インディアナから車を運転してくるから、遅くなると思う」

「そちらにおじゃましてもいい――三時ごろに？　ディナーだろうとなんだろうと台無しにしたりはしないから」

「あなたならいつでも歓迎よ。マークがあなたを口説くのが好きなのは知ってるでしょ。今は恋人がいるみたいだけど」

　わたしは笑った。「大丈夫よ。わたしにも恋人がいるみたいだから」

「確信はないの？」

「ほぼいるとみていいかな。でも――まだちょっと問題があって」

「三時に全部話してね。でもまずはマークと話しなさい。軽食を用意しておくわね」

「いいの――のんびりクリスマス休暇を楽しんで。今日の午後からはじまるんでしょ」

「そうなの！　楽しみだわ」

「じゃあ、あとでね」わたしは言った。

キッチンテーブルについて、舞い落ちる繊細な雪を見ながら、ブラッド・ホワイトフィールドの謎について考えた。おもな疑問は以下のとおり。彼は小学校でサンタクロースを演じるような副業を持ちながら、どうやってプロの俳優として働く時間を見つけたのか？　ゴシップによれば、浮気もおさかんだったようだが、その時間は？　旅行を計画する時間は？　それが何を意味するのであれ、バーチャル〝ゲーマー〟としての時間は？　大勢の仲間と定期的にパブに行く時間は？　ギャンブル依存症だと人から言われるほど頻繁にポーカーをする時間は？　彼の一日は何時間あったのだろう？　ブラッド・ホワイトフィールドはいくつもの人生を生きていたの？

ホワイトフィールドがこっけいな赤いスーツ姿で目のまえに立ち、シェイクスピアを引用して「はかない一生の仕上げをするのは眠りなのだ」と言っていたのを突然思い出した。短い人生だった。それはたしかだ。ブラッドはシェイクスピアが数々の戯曲のなかで話題にした眠りにはいってしまった。わたしがブラッドに会ったのはほんの短い時間だったが、彼に有利に解釈することにして、そうではないとだれかが証明するまでは、いい人だったと信じることにした。

「ウェンディ？」彼女がキッチンに戻ってくるのを待った。

「どうしました？」

「わたしの知り合いがホワイトフィールドの友だちでもあったことがわかったわ。どうやらほかのことに加えて、ブラッドはある種のオンラインゲームもやってたみたい――ほら、対戦式のやつ？」

「へえ」

「マークと話をしたいの――彼がその友だちなのよ。〈ヘヴン〉のボスの息子なの。今日の午後、出かけてもいい？」

「わかりました。パーカーに確認してみます。このあいだのランチは問題ありませんでしたし」

ウェンディは携帯電話を出して番号を押しながらも、わたしの背後の窓にきびしく目を走らせていた。部屋を出ると、わたしの電話が鳴っているのが聞こえた。リビングルームのテーブルから電話を取りあげて出た。「もしもし？」

「ライラ、ミア！　きみはすてきだったよ」低くてセクシーでやっかいなアンジェロの声だった。あまりにも常軌を逸したことばかり起こったので、もう少しで忘れるところだった。彼の番組も、戯れも、駐車場での発砲も……。

「あ——ありがとう、アンジェロ。あのね、今ちょっと手が離せなくて……」

「きみにそう伝えてほしいと、プロデューサーからも言われたんだ。きみにまたテレビに出てもらいたいらしい」

一瞬黙りこみ、家の外の長いドライブウェイを覆う雪を見つめた。「なんですって?」

「手はじめにもう一、二回番組に出てもらうことを考えてるけど、いずれはきみを金曜日の呼び物にしたいらしいんだ」

「えっ? 毎週金曜日ってこと?」

アンジェロはくすっと笑った。以前はそんな笑い方をされると、背中に震えが走ったものだ。今わたしが震えているのは別の理由からだった。わくわくして、ぞくぞくして、すばらしくて、恐ろしい。アンジェロがまた悩殺声でしゃべっている。「数字がよかったらしいんだ。みんながきみのことやおれのことをきいてくる。グーグルできみのことを調べている」

「グーグルで? それって褒めことばよね?」

「怖がらなくていいんだよ、ライラ。初出演のときのきみはとてもよかった。これからますますよくなるよ」

「考えてみないと」

「もちろんさ。でも新年までには知らせてほしい」

「わかった。また連絡するわ、アンジェロ。それと——ありがとう。わたしに機会を与えてくれて」

「ライラ」彼はため息をついた。アンジェロはため息の名手で、その息はさまざまな感情を伝えることができるのだ。このため息には後悔が感じられた。「おれがきみを気にかけていることは知ってるだろう。これからもずっと気にかけるよ。なんらかの方法できみの力になれるなら、そうするよ」

「ありがとう。じゃあまた近いうちに」

非現実的な気分で、さよならを言って電話を切った。ウェンディがキッチンから現れて、正面の窓から外を入念にチェックした。「〈ヘヴン〉に行く件、パーカーからオーケーが出ました。わたしの指示に従うなら」

「従うに決まってるでしょ。この件に関してわたしたちの意見は同じだってこと、パーカーは気づいてないみたいね。わたしだって撃たれたいわけじゃないわ」

ウェンディはソファの縁に腰かけた。「そのことについてはもっと気楽に考えたほうがいいと思います」

「はあ？　なんで？」まだ電話をつかんだまま、彼女の向かいに座った。アンジェロからのニュースを聞いたせいで、まだぞくぞくしていた。

「考えていたんです。あなたとお兄さんへの発砲は無差別攻撃のようでした。もちろん、あなたが目撃した事件とつながりがあるとわれわれは考えた。でも、あれ以来何も起こっていません――あなたへのさらなる攻撃も、電話による警告も、このあたりを訪れた者もいない。いいえ、心配しないでください――警戒はつづけます。それがわたしの仕事ですから。あなたは安全だと思う、ということを言いたいんです。狙撃者は恐ろしいですが、無差別攻撃なら、あなたもほっとするんじゃないですか」

「あるいは、ほんとうにあの事件に関係してるのかもしれないけど、わたしは何も見ていないといろんな人たちに話すようにしたから、手を引いてもいいかなと思ったのかも。だって、わたしは犯人の顔をまともに見ていたかもしれないのよ、そうでしょ？　あの車を運転していた人物の顔を。それなのに、会ってもぴんとこない様子なのを見れば、わたしが脅威ではないとわかるでしょう」

「オーケー――つまり、あなたの気分が少しましになる仮説はふたつあるってことですね」

「運転手と狙撃者をつかまえてくれたら、最高の気分になれるわ。パーカーはクリスマスまでにそうすると約束してくれたし」

ウェンディはふんと言った。「ずいぶんと信用してるんですね」

「希望的観測かもしれないけど」わたしは振り返って窓の外を見た。「いい感じに固まった雪ね。裏庭で雪だるまを作るのは、どれくらい危険かしら？」

ウェンディは肩をすくめた。「外界からは隔離されていますから、かなり安全でしょう」

「ブラウン牧師に似せた雪だるまよ。彼は言う、結婚してますか、ぼくらは言う、いいえ」

わたしは〈ウィンター・ワンダーランド〉の歌詞を歌った。

ウェンディは乗ってくれた――歌詞のつづきを歌ってくれたのだ。そして言った。「いいですよ。ウォータープルーフの手袋を取ってきます」

厚着をして裏庭に出ると、雪はまだ神秘的に降り積もっており、ミックが跳ねまわって雪片にかみついた。ブラッド・ホワイトフィールドに会って以来、わたしは初めて声をあげて笑った。

〈ヘヴン〉はシルバーと青のライトで飾られ、正面入口のドアはシルバーのリボン飾りがついた大きな緑色のリースに占領されていた。二メートルを超える雪だるまをせっせと作ったせいで少し疲れていたウェンディとわたしは（ウェンディは巨大な頭をのせるのにはしごを使った）、〈ヘヴン〉のかぐわしいロビーと磨きあげられたカウンターを見てほっとした。エスターに店の奥の住居スペース――今はマツの木とエスターのオーブン料理の香りがするかわいらしい家――に招き入れられると、さらに満ち足りた気分になった。

「座って、座って」エスターは言った。「何か食べるものを持ってくるわね」

「そんなのいいってば。マークと話すために来ただけなんだから、あなたはエッグノッグでもワッセイル（香料入り温ワイン）でも、何かクリスマスっぽいものを飲んでリラックスして」

「そうするわよ――あなたといっしょにね！　マークとの話が終わったら知らせて。あとでおしゃべりしましょう」エスターがキッチンに消え、マークがのっそりとはいってきた。ジムに似て背が高くやせているが、頭はジムとちがって栗色の髪がふさふさしている。細長い顔は、知的な感じのハンサムだ。

「こんにちは、マーク」

「やあ、ライラ」彼の目がウェンディに興味を示す。わたしが紹介すると、マークは彼女と握手をした。「つまり——ボディガードみたいなもの？」

「そのとおりです」ウェンディは言った。「これまでのところ、今までいちばん楽な仕事ですね」

「すごいな」マークはそう言って、わたしたちの向かいの椅子に座った。「おふくろから聞いたよ。ブラッドのことでぼくと話がしたいそうだね」

エスターが金色のトレーを持ってすべるように戻ってきた。トレーにはおつまみスペシャルのひとつ、カラメリゼしてゴートチーズとブルーチーズをのせたオニオンスクエアと、スウェーデン風ミートボールでいっぱいの保温皿がのっている。「何も言わないで、ライラ——これは昨日のイベントのために多めに作っておいて、使わなかったものなの。マーク、お嬢さんがたが食べるまえに手を出すんじゃないわよ」彼女はトレーとおそろいの取り皿を並べた。

「ずるいよ、母さん。ぼくはレールみたいにやせてるから、食べ物が必要なのがわからないの？」

「一日じゅう食べてるくせに。いいわ、わたしはここにいなかったことにする」彼女はそそくさと出ていき、ウェンディとわたしは食べ物に目をみはった。

「たまらなくいいにおいですね」ウェンディが言った。

「お先にどうぞ」

彼女は小さな四角いピザのようなオニオンスクエアを何枚かと、ミートボールを五個取った。

最後に食べたのがいつだったか急に思い出せなくなって、わたしも同じようにたっぷりよそった。マークは言われたとおり待った。「なあ、ライラ――おふくろが言ってたけど、きみは現場にいたそうだね――ブラッドが撃たれたとき」

「ええ」

マークの顔は暗かった。「気の毒に。ちょっと知りたかったんだけど――彼は苦しんだのかな？」

「苦しまなかったと思う。すぐに意識を失ったから。何が起こったか知らずに亡くなったんじゃないかしら。何かを――ある人物に――奪われたことで頭がいっぱいだったみたい。怖がっているような口ぶりじゃなかったわ」

「ふむ」彼は椅子に寄りかかって、ミートボールを爪楊枝で刺した。

「親しい友だちだったの？」

彼はうなずいた。「妙なんだ、ぼくは俳優とつるむようなタイプじゃなかったから。高校時代とかはね。役者ってなんだか変わってると思ってたし、ぼくはコンピューターおたくたちとつるんでたし。でも、ブラッドとはコミックのコンベンションで偶然一度会っただけで――五年くらいまえだったかな――意気投合したんだ。そして、共通する好きな番組や好きなゲームがたくさんあることがわかった。ぼくは〈キングダム〉と呼ばれるゲームを発見して——」

「〈キングダム〉！」わたしは言った。「わたしが会った日、彼は携帯電話で何かやっていて、〝キングダム〟という文字が見えたの。きっとそれだったのね。きれいな画像だったわ」

「そう、そうなんだよ！　それで、ぼくはブラッドを自分の王国に招待し、いっしょにすごすようになった」

ウェンディとわたしは顔を見合わせた。「どういう意味——自分の王国に招待するって？」

マークの顔に活気が生まれた。「〈キングダム〉は複数のプレーヤーでおこなうゲームなんだ——仮想コミュニティだね。そのなかでは自分の王国を作ることができる——名前もつけられるんだ。時代は中世っぽい感じで、だからこそ現代とはちがった体験ができる。権力と人間関係がものを言うんだ」

「なるほど」わたしは言った。

「ブラッドはこのゲームにはまった。スタートはぼくの王国への訪問だったけど、もちろんゴールは自分の王国を作って、ほかの王国と同盟を結ぶことだ。王国を建設するだけじゃなくて、キャラクターを作りあげることにかけても、ブラッドは天才だった」

「キャラクターは現実の人たちなのかと思った」

「多くはそうだよ、でも自分の王国に住む架空のキャラクターを生みだすこともできるんだ。そうするとすごく複雑になる。対話の相手が実際の人物なのか架空の人物なのか、ときどきわからなくなるから」

ウェンディはぽかんとしていた。「どうしてそんなことがしたいんですか？」

マークは身を乗り出した。「究極の挑戦だからだよ。創造する能力が試されるだけでなく、戦略、交渉、和解の技術も必要になる。重要なのは、キャラクター同士の関係がリアルだということだ――日々の人との交流と同じくらいリアルなんだ。だからゲームに没頭することができる」

わたしは首を振った。「ブラッドはどうやって時間を見つけてたの？　彼はシェイクスピアの芝居に出てたのよ。妻もいた。ほかにも仕事があった」

マークはにやりとした。「ブラッドは睡眠をあまり必要としない連中のひとりだったんだ。ぼくらが王国を建設するのはたいてい午前二時とか三時だった。ひと晩じゅうやるときもあった」

「あなたはいつ寝るの？」

「ぼくの職場は勤務時間が不規則なんだ。三時から十一時のシフトで働くことが多いから、真夜中に家に帰ってリラックスするんだよ」

「それはたしかに不規則ね」わたしは言った。「じゃあ、あなたは基本的にみんなが眠っているときに〝王国の建設〟をしてるのね」

「ああ。コンピューターで時間を無駄にするおたくだと思われてるんだろうけど、〈キングダム〉を理解すればわかるよ。ブラッドのように、このゲームがうまい人たちはアーティストだ。彼らは世界を形作り、その世界の詳細は驚くべきものなんだ」

ウェンディがまたミートボールに爪楊枝を刺した。「その王国に名前はつけるんですか?」

「ああ。ぼくのはフリズスキャールヴだ。北欧神話から拝借した、オーディンの高座を意味することばで、そこからは領土をすべて見わたすことができる。〈キングダム〉にぴったりだと思ってね」

マークの想像力に感心したので、わたしはそう言った。彼は首を振った。「ぼくもそれなりのプレーヤーではあるけど、ブラッドがプレーしなくなってから、なんだかあんまり楽しくなくて。彼は最高だった。待ってて——彼の作品を見せるから」

彼は跳ねるように立ちあがって部屋を出ると、一分後にノートパソコンを持って戻ってきた。「ゲーム画面にはいってみるよ。ほら——これが〈キングダム〉のメイン画面だ」

「わあ」美しかった——〝キングダム〟ということばが、ひどく複雑なタペストリーに織りこまれているように見え、タペストリーは騎士や戦闘風景や、流れるような長い髪をした美しい女性や、ユニコーンに、トラ、海に浮かぶ船、走っている馬、お城、輝く剣、謎めいたローブ姿の人影……でいっぱいで、すべてが豊かな色彩で細かく描かれていた。

「で、これはただの導入画面で」彼は何度かクリックしたあと、画面をこちらに向けた。

「これがぼくの王国——フリズスキャールヴだ」

目にしたのは、青を基調とした魅力的な画像だった。雲の上高くお城がそびえ立ち、その周囲はアズールブルーの空で、セルリアンブルーの波が立っている。見ていると、ひとりの男性がお城から出てきた。風変わりなローブ姿だが、よろいもつけている。「あれはゴダール、ぼくのアバターで、フリズスキャールヴの王なんだ」
「つまり、このゲームをやっている人たちは、みんなこの王国に来て、あなたと対話することができるの？」

「そうだよ」

「ゴダールがあなただと知っているプレーヤーは何人いるの、マーク？」

彼は肩をすくめた。「ほんのひとにぎりだね。あとはゴダールとしてしか知らない」

「ブラッドの名前はなんだったの？」

「スリヴェンだ。彼の王国はグランドアイルと呼ばれていた」

「ふうん」

「ブラッドの王国のすばらしさはぼくのページを見ればわかるよ。ちょっと待ってて——彼の創造物にはいつも感心させられてたから、そのいくつかのスクリーンショットを撮ってあるんだ。でもまず彼のホーム画面を見せるね」

「わあ、すごい」ウェンディが言った。たしかに息をのむ光景だ——ブラッドの想像するグランドアイルは色彩豊かで、美しく、とてもリアルで、天国の一場面のようだった。彼のお城は島の上にあり、緑の木々と背の高い草に囲まれていた。その向こうには未知なる海の青がちらっと見える。お城自体は何階もの高さがあり、小塔やバルコニーもついていて、さらに細かな部分——胸壁にいる騎士から窓辺の花、手すりの上を歩く小さな猫まで——も表現されていた。見ていると、いちばん大きなバルコニーにひとりの男性が現れて、自分の王国を見わたした。

「これがスリヴェンだ」マークが言った。

「どうして動きまわってるの？　だってブラッドはもう……」

「スリヴェンのアバターはいつも歩きまわってるんだ」

「でも、ブラッドがこのゲームをしていたときは――ここに来れば彼と話したり、交流できたわけでしょ？」

「そうだよ。それがこのゲームの真髄なんだ」

ウェンディが指摘した。「戦闘ゲームなのに、どうして彼は自身を島に置いたんでしょうね？　ねらわれやすいのに」

マークは首を振った。「交流と言っても、実際の戦闘はそれほどおこなわれない。〈キングダム〉では対話が多いんでね」

わたしは別のことに気づいていた――隣のバルコニーからひとりの女性が出てきて、男性を見つめている。「あれはだれ？」

マークは微笑んだ。「アモーラ。スリヴェンの愛人だよ」

「王妃じゃないの？」

「うん――王妃はこっち」彼は離れた場所にあるバルコニーを示した。そこにはひとりの女性が海のほうを向いて立っていた。ウェンディとわたしは不服そうな顔をしていたらしく、マークが言った。「ほんとに浮気してたわけじゃないよ。〈キングダム〉では同盟を結ぶことがよしとされる。性的関係があろうとなかろうと関係ない。同盟はつねに勝利のチャンスなんだ。とにかく、彼の最高傑作を撮ったスクリーンショットを見せるよ」

マークはひとしきりマウスを操作したあと、画面をこちらに向けた。スリヴェンの城の内部が大写しになった。毛皮と油絵が飾られた贅沢《ぜいたく》な部屋で、彫刻が施された木の家具がいくつも置かれている。絵画の一枚はシェイクスピアの肖像画にまちがいない。もう一枚は小川で水を飲む雄ジカの絵だった。西の壁から窓のステンドグラスを通して日光が射しこんでいた。「すごい」ウェンディとわたしは同時に言った。

「もうひとつあるんだ。これは禁じられた逢いびきをするスリヴェンとアモーラ」

これも大写しの画像で、高貴でハンサムなスリヴェンの容貌と、アモーラの白い肌と流れるような長い髪を見ることができた。ふたりは手を取り合い、見つめ合っていた。その向こうに黒い服に赤い絹の首飾りをつけた別の人物がいて、羨望の顔つきでふたりを見ている。

「うそでしょ」わたしは言った。

「どうしたの?」マークが画面から目を離してわたしを見た。

「アモーラは実在の人物なのね? 架空の人物じゃなくて」

「うん、実在するよ。ぼくも彼女と交流してる。実は、彼女とぼくで、ゆうべスリヴェンのお葬式をしたところなんだ。海を見おろす崖の上で、彼のために葬儀をした」マークは首を振った。心から悲しんでいるのがわかった。

「それなのに、彼のアバターはまだ残っているんですか?」ウェンディがきいた。「それはちょっとおかしいですね。ゲーム会社は彼のページを閉鎖するべきなのに」

マークは肩をすくめた。「ぼくらは見ていたいけどね。彼に永遠の命が与えられるんだから」

わたしはアモーラを示した。「じゃあ、彼女は戻ってきたの？　まだ〈キングダム〉をプレーしてるの？」

「ああ。アモーラはとても才能があるよ。ほかのみんなと同じように、のめりこんでる」

そこにエスターがエッグノッグを運んできた。「よけいなものははいってないわよね？」

わたしはふざけて言った。

「ええ、はいってないわ。ただのエッグノッグよ。どう、話は弾んでる？」

「マークから〈キングダム〉のことを教えてもらってるの。すごく魅惑的なバーチャル体験だったわ。ほんと、これって新しい芸術の形ね。あなたの息子さんはとても才能があるわ」

「いつだってそうよ」エスターは息子の椅子の肘掛けに座り、髪をくしゃくしゃにしながら、愛情をこめて言った。

親子はマークが子供のころの思い出話をはじめ、わたしはウェンディに向かってつぶやいた。「パーカーに電話しなきゃ。わたし、アモーラがだれだか知ってるの。彼女は実生活でもブラッドの恋人だった」

「どうしてわかるんです？」

「わかるものはわかるのよ」

アモーラがイザベル・ボーシャンによく似ているのはもしかしたら偶然かもしれないが、スリヴェンとアモーラが右手の小指に赤鉄鉱の指輪をしていたのは、偶然とは言えないだろう。

14

三十分ほどエスターやマークとおしゃべりしてから、もう行かなくては、とわたしは言った。「でもマーク、ブラッドのことを話してくれて、彼の才能を見せてくれてありがとう。ほんとにたいした人だったのね」

「うん。いい友だちだった」

「でも、わからないことがあるの。JFK小学校のサンタクロース役にブラッドを雇うよう、デイヴ・ブレントに推薦したのはどうして？　どうしてデイヴ・ブレントを知ってるの？」

「おふくろを通してさ」マークは言った。

エスターを見ると、わたしに微笑みかけている。「デイヴとはいっしょに学校に通った仲なの」彼女は言った。「それにライラ、ここはパインヘヴンよ。みんながだれかとつながっている――知ってるでしょ？」

そうだった。「とにかく、ありがとう」と言って、ウェンディがコートラックから取ってきてくれたコートをつかんだ。「ねえ、マーク。あのスクリーンショットのスリヴェンとアモーラの向こうに、別の騎士だか王だかがいたわよね。あれはだれなの？　どうしてブラッドは彼をあの場面に入れたの？」

「フューリー伯爵だよ。ブラッドは彼をあそこに入れたわけじゃない。あれは進行中のゲームの一場面を切り取ったものだからね。フューリー伯爵はアモーラとスリヴェンの密会にいつも侵入してくるんだ」

「でも、あなたもそうでしょう。あの場面を見て、スクリーンショットを撮れたわけだから」

「それはスリヴェンに招待されたからだよ。ほかにも何人か招待されていたな。彼とアモーラはあることを発表しようとしていたんだ。でもその直後、フューリーと対決することになって、個人的に会談した。どんな話し合いだったのかは知らない。個人会談は別画面でおこなわれるからね」

「フューリーがだれだか知ってる？」

「いいや。彼はそれほど頻繁にプレーしない――人気キャラクターというわけじゃないし、同盟もあんまり結ばないんだ」

「それで、結局ふたりは発表したの？」

「ああ。スリヴェン王が王妃と離縁してアモーラと結婚すると発表するのかと思ったら、そうじゃなかった。ふたりでグランドアイルの近くの島に旅に出るという発表だったんだ。イディリアという島に」

ウェンディとわたしは眉間にしわを寄せて顔を見合わせた。「グランドアイルの王妃は実在する人？　彼女がクレオ・ホワイトフィールドを表しているのだとしたら、クレオはこのゲームをしたことがあるの？」

「王妃は架空のキャラクターだよ。あのバルコニーから離れたことはない。彼女は王が結んだ主要な同盟のしるしなんだ。ゲームのなかで彼が王妃と結婚したのは、ターリス王国と重要な貿易協定を結ぶためだ」

「マーク、警察はこのゲームのことを知りたがると思う。エスター――パーカーにここに来てもらってもかまわない？」

エスターは目をきらきらさせてわたしを見た。「もちろん。また彼に会えるなんてうれしわ」

わたしはコートをウェンディの手に戻した。「あなたが彼に電話する、それともわたし？」

「あなたがしてください。わたしは今日、すでに一度電話してますから」

わたしは携帯電話を出してゆっくりと廊下に移動すると、クリスマスツリーの香りがする薄暗い隅っこでパーカーの番号にかけた。

「パーカー」

「ジェイ」

「やあ、パートナー」彼の声は温かくてやさしく、胃が妙な動きをはじめるほどだった。

「今日は何かいい情報でも？」

一瞬、皮肉たっぷりのコメントをしたくなったが、それにふさわしいときと場所ではないだろう。「ええ――ブラッド・ホワイトフィールドとイザベル・ボーシャンは不倫関係にあった。彼とハワイに行く予定だったのは、奥さんではなくて彼女だったの」

間があってから、パーカーは言った。「なるほど――どうしてわかった？」

「信じて――あなたもこれから自分の目で見ることになるわ」


パーカーはいつものように時間も速度制限も無視したらしい。彼は五時ごろ到着し、まっすぐマークとコンピューターのところに連れていかれた。マークは長口上を繰り返し、〈キングダム〉について説明した。パーカーが話を聞いているあいだ、エスターは食べ物のトレーを彼のまえで捧げ持ち、パーカーは画面に見入りながら、ごちそうをつぎつぎに口に入れた。

しばらくすると、彼はマークに質問を浴びせはじめ、そのうちのいくつかはわたしがしたのと同じ質問だったので、それに気づいたわたしは誇らしくなった。ウェンディもそれに気づき、親指を上げて見せた。ウェンディ、大好き。

ようやくパーカーは椅子に背中を預けて伸びをすると、わたしを見た。「きみはさえてるな」彼は言った。

「えっ？」

「きみはずっとまえに指輪に気づいていた。きみが現実の彼らの指でそれを見ていなかったら、ぼくらは今も気づいていなかっただろう。とても重要なことだよ、ライラ」

ウェンディがまたこっそり親指を上げて見せた。

パーカーはまじめだった。「だが、これだけ証拠があっても、何も証明はできない」

「ほかにもあるの」わたしは思い出してそう言うと、ウェンディを見た。「パブでのランチのとき、ブラッドとハワイに行く予定だったとクレオが言ったのを覚えてる？　するとイザベルが水をこぼしたから、みんなそっちに気がいって、その話題は二度と出なかった」

「たしかに」ウェンディは言った。「みんなの気をそらすために、イザベルがわざとそうしたと思っているんですね？」

「それか、自分の休暇のことをほかの女性が話すのを聞くのが耐えられなかったとか」

「驚いたな」マークが言った。「ぼくはそんなこと全然知らなかったよ。世界でいちばん鈍いやつだな」

わたしは急いで彼に向き直った。「ブラッドが不倫してたのを知らなかったって言うの？」

マークは肩をすくめた。「うん――知らなかった。クレオも友人だし、ブラッドは彼女をとても愛していた。ときどき三人でピザを食べにいったよ。彼女はブラッドの死の知らせを聞いて、ぼくに電話してきたんだ。落ちつかせるのに一時間もかかった」

「そう。じゃあアモーラのことは？」わたしはきいた。

彼は首を振った。「きみはゲームを理解していない。ゲームのなかの恋人たちは、かならずしも恋人じゃなくてもいいんだよ。同盟でつながっているから。まああたしかに、同盟関係にある相手と恋に落ちることはある。Ｅメールでしかつながっていない相手と恋に落ちるみたいにね。ぼくはアモーラが現実の恋人だと思ったことはなかった。どうにかしてゲームのなかにはいりたがっている、ブラッドの友だちだと思ってたんだ。ブラッドは友だちがとても多かった。冗談じゃなく、何百人もいた。すごくカリスマ性があったんだ」

マークはまじめな顔でわたしたち三人と向き合った。そして、けげんそうに見られていることに気づいて頭《こうべ》をたれた。「ああ、ぼくは本物の人間とすごす時間がもっと必要だ」

「ガールフレンドがいると思ったけど」わたしは言った。

「いるよ。でも、彼女とは〈キングダム〉で出会ったんだ。そしてぼくらは――そこで長時間交流してる」彼は言った。

「彼女とは……現実世界でも会ってるのよね？」わたしはきいた。

マークとエスターは笑った。「ああ。おふくろも会ってるよ」

「レベッカといってね。かわいい人よ」エスターが言った。

パーカーはいらいらしているようだった。彼の得意技だ。「実は今日、イザベル・ボーシャンと話した。彼女は同じ芝居に出ていたことをのぞいて、ブラッド・ホワイトフィールドとのいかなる関係も否定した」

「うそをついてるのよ」わたしは言った。

「そのようだね」パーカーは部屋にいる全員に向かって言った。それからわたしを見た。「このことを見つけ出したのはきみだ。これからもう一度彼女に質問しに行くけど、きみもその場にいたいかい？　このことについてのきみの知識が必要になるかもしれないし」

新しい展開だ。パーカーが警察の仕事にわたしを引き入れている？　びっくりすると同時にうれしかった。「ええ、いたいわ」

だが、マークにききたいことがもうひとつあった。「待って――クレオと話したとき、イザベルのことは知ってる様子だった？」

「えっ？　いや――ぼくはイザベルのことなんて知りもしなかったんだよ。アモーラとして知ってただけで」

「じゃあ、クレオはブラッドが不倫していたことを知らなかったと思う？」

「うん。でも、ほかの人たちは知っていたかもね。きみだって見つけ出したんだから」

それを聞いてパーカーは考えこむような表情になったが、エスターのオードブルをもうひとつ取って口に入れると、満足そうに食べた。

「ありがたいですよ。今日は食べる時間があまり取れなかったので」かわいそうなパーカー。事件の捜査をしているあいだは、ろくにものを食べないらしい。

エスターとマイクにいとまごいをして（不思議なことにジムの姿はまだ見えなかった。おそらくクリスマスの買い物に出かけているのだろう）、玄関に向かった。

ドライブウェイで、パーカーはウェンディを見た。

「きみは警察の仕事もよくやっているし、ライラの警護にあたってもいい仕事をしている。取り調べに同席するなら心から歓迎するが、自宅ですごしてもかまわないぞ」

ウェンディの顔つきからは何も読み取れなかったが、わたしのために何かたくらんでいるのはわかった。

「実はわたし、家ですごすのが大好きなんです。だからぜひそうしたいと思います。ライラのもとに戻ってもらいたかったら電話してください。そのあいだ、家族とディナーが食べられます」

「いいとも」パーカーは言った。「ライラ？　仕事に出かけるぞ」

15

イザベルはパインヘヴンでもっとも高層な建物のひとつ、トレントン・タワーに住んでいた。テナントはほぼ個人向けのコンドミニアムだが、一、二階には商業施設もはいっている。パーカーとわたしはクリスマス音楽が流れる（このときは〈パット・ア・パン〉のインストゥルメンタル・バージョン）豪華なロビーを突っ切った。エレベーターの近くのとあるアルコーブには、やたらと醜いサンタクロースの小立像が置かれていて、パーカーがにやにやしたので笑ってしまった。

「こんなものを置くやつは逮捕するべきだな」彼は言った。

うしろを歩きながら、彼がわたしのためにおどけて見せていることが無性にうれしかった。

エレベーターに乗りこんだ。携帯電話で覚書か何かを見ていたパーカーは、電話をポケットにしまって、わたしに微笑みかけながら髪に触れた。「ねえ」彼は言った。

応えるまえに扉が開いて、気を取り直してきびきびとしたパーカーのあとから青いカーペット敷きの廊下を歩き、金色の612という数字を掲げたドアに着いた。彼がノックした。

「どなた？」すぐにイザベルの声がした。

「パインヘヴン警察のパーカー刑事です」

さっと開いたドアの向こうに、小柄な体を赤いセーターと黒いベルベットのパンツに包んだ、愛らしいイザベルが立っていた。髪を盛っているせいでかえって顔が小さく見える。

「刑事さん、あなたにはさっきお会いしたばかりだと思うけど」顔の表情が非常に豊かだ。今は憤りと困惑を表している。

「そしてあなたはうそをつきましたね」パーカーはそっけなく言った。「はいってもいいですか？　それとも、署でうかがうほうがいいですか？」

彼女の目がわたしに向けられた。なぜわたしがここにいるのかわからない様子だ。

「彼女はここで何をしているの？」

「ライラはいくつか情報を寄せてくれたので、照合のために同席してもらう必要があるんです」

パーカーが話しているあいだ、イザベルの視線はあちこちにさまよっていた。今はまた表情を変え、不真面目で軽薄な態度を装っているようだった。

「そう、それならはいって」彼女は脇に寄り、わたしたちは高そうな家具でいっぱいのエレガントなメインルームにはいった。彼女が得ているのはどういうお金なのだろう。〝人の金の出どころはいつだって謎だ〟とパーカーが言っていたのを思い出した。

「座ってちょうだい」と彼女は言ったが、その口調は〝帰ってちょうだい〟と同じだった。

パーカーとわたしは同じソファに座り、イザベルはその向かいにある青いフラシ天の肘掛け椅子に座った。

「ミス・ボーシャン、ブラッド・ホワイトフィールドとの関係について、先ほどの話を変更したいんじゃないですか」

「なんの話だかわからないわ」小さな顔のなかで目ばかりが大きい。

「あなたとブラッド・ホワイトフィールドが小指にはめていた指輪について説明してください。あなたが今もはめている指輪です」

イザベルは目をまるくして、自分の指輪を見おろし、またパーカーを見た。急に困惑した表情になった。「これは個人的に価値のあるものよ。人に話すようなものじゃないわ」

パーカーは彼女を見おろしたが、やさしさは失っていなかった。「その指輪が、あなたとブラッド・ホワイトフィールドとの関係を意味するなら、もう秘密ではありませんからこれ以上隠しても無駄ですよ。わたしは殺人事件を捜査しているんです、ミス・ボーシャン。男女の関係から動機が生まれることは多い」

今や彼女の顔は目ばかりになっていた。スカイブルーで、きらきら輝き、吸いこまれそうな目だ。

「不倫じゃないわ。わたしたちにはもっと深いものがあった。セックスなんて関係ない。ソウルメイトだったのよ」

「彼と寝ましたか？」

彼女は肩をすくめた。「いいえ。キスはしたわ、何度も、現実世界で。でも――」

「でもグランドアイルではもっとしていた」パーカーが言った。思わず口が開いてしまい、イザベルは口を閉じて首を振った。「〈キングダム〉のことを知ってるのね。なかなかやるじゃない」

パーカーはちらりとわたしを見て、仕事ぶりを認めてくれた。そして、イザベルを見た。「ミセス・ホワイトフィールドは不倫のことを知っていましたか？」

彼女は首を振った。「言ったでしょ――不倫じゃなかったって。ブラッドは奥さんを愛してた。彼女といっしょにいたがった。でもわたしも必要だった。わたしとはもっと高尚な会話ができたから」

わたしは眉をひそめた。奥さんに隠れてだれかと会うには、ずいぶん薄弱な言い訳だ。パーカーの顔にも同じ疑いが浮かんでいた。

イザベルはため息をついた。「わかってちょうだい。ブラッドはクレオと結婚したとき、彼女がとても好きだった。でも愛してはいなかった。結婚するようにと彼女の家族に説得されたのよ。この――同盟はブラッドの利益になるからって」

わたしは背筋を伸ばした。「〈キングダム〉と同じだわ――スリヴェンは彼女の王国と貿易協定を結ぶために王妃と結婚した。クレオと結婚することで、ブラッドにどんな得があるの？」

「それほど悪い話ではなかった。彼はクレオと人生を歩んでいけると思っていた。彼にはある〝弱点〟があって、彼女の家族は力になると言ってくれたのよ。ファミリーの一員になれば」

「ギャンブルね」わたしは言った。

「ええ。クレオと裕福なその家族は、ブラッドの依存症のことを知っていた。彼女は彼を愛していた。女ならみんな彼を愛すると思う。女たちはブラッドに安心感を与えたし、彼にとってそれはとても大切なことだったのよ。といっても、クレオとはろくに話ができないと気づいていた。ブラッドはとても知性的な人で、哲学者だった。学士号より上の学位もふたつ持っていた。クレオは高卒よ。演技のこととか、シェイクスピアのこととか、生と死のさまざまな原理について話したいと思っても、彼女には会話のパートナーが務まらなかった。だからブラッドとわたしは恋人というだけでなく、話し相手でもあったの。ふたりで話すのが大好きだった。何時間でも話していられたわ、わたしたちが出ている芝居のこと以外でもね。どんなことについてでも話ができた。なんの苦労もなく。ブラッドが〈キングダム〉のことを教えてくれたのは、彼の妻に嫉妬されたり疑われたりすることなく、もっと話す機会が持てるからよ。わたしたちはお互いを必要としていた」彼女が指を立てると、赤鉄鉱の指輪が天井の明かりにきらめいた。「これはスリヴェンとアモーラの絆の象徴だとブラッドは言ったわ。でも、本当の意味は、わたしたちが生涯結ばれているということだった」

「ハワイ旅行はあなたと行くはずだったんですか？」パーカーがきいた。

イザベルは頭をたれた。「ええ。お互いの人生について話し合うことになっていた――このままでいるべきか、ブラッドが離婚するべきか、あるいは、ふたりの希望を満たす何かほかの方法があるのか」

「どうしてクレオは自分が行くものだと思ったんでしょう？」

「家で航空券を見つけたのよ。ブラッドの不注意でね。だから自分と彼女の航空券だと言うしかなかった。彼はまだ決めていなかったのよ――クレオを取るか、わたしと旅に出て、あとでクレオに説明するか。後者になる可能性は低かった。彼はクレオの家族を怖がっていたし、必要以上に彼女を傷つけたくないと思っていたから」

わたしは人差し指を立てた。「でも、彼は逃げると言ってたわ。逃避するための、自分の小さな島を見つけたと」

イザベルはうなずいた。「それならきっと、ひとりで行くつもりだったんでしょう。ブラッドはいくつかのことを片づけようとしていた。わたしのことだけじゃなくて、人生について。彼にとってプロスペローは人生を変えるほどの役だったのね。より高いものについて考えるようになったのよ。それで、自分の人生について考察した。でも、ますます感じるようになった――強制されていると。囚《とら》われていると。女たちに、という意味じゃないわよ。彼は女たちを愛していた。おそらく自分の欠点や制約のせいでよけいに」

信じがたい話だった。「話を聞いた人たちはみんな、ブラッドは特別だったと言ってたわ――才能があって、創造的で。ほかの人たちよりずっと才能があるように見えたって」

「そうよ」イザベルは悲しそうに言った。「でも、ブラッドのような人たちは、自分に自信がなくて、高いところには行けないと思っているの。もっと上にいきたいと望んでいるだけで」彼女は立ちあがって、窓のまえに置いてある小さなクリスマスツリーに歩み寄った。高さは一メートルほどしかなかったが、繊細で美しいオーナメントが飾られ、そのうちのいくつかは輸入品のようだった。わたしがツリーを見ているのに気づくと、彼女はオーナメントのひとつをはずした。それは小さな妖精で、金色のドレスを着て長いブロンドの髪をした、八センチほどの人形だった。ドレスには〝繊細なエアリエル〟と書かれていた。

「ブラッドが買ってくれたの。そしてことばを書きこんでくれた。彼はわたしたちが毎晩舞台でやりとりできることを愛していた。この役のときはとくにね。プロスペローとエアリエルは恋人同士じゃない――プロスペローは人間だけど、エアリエルは四元素のひとつ、空気の妖精よ。でも心は結ばれてるの。ブラッドとわたしのように」

パーカーとわたしは顔を見合わせた。イザベルは自信たっぷりのようだが、話は現実とは思えない。たいていの人はセックスを求めて不倫するんじゃないの？　でなければ、もしかしたら、それ以上のものを求めるんじゃないの？

「では、もしブラッドがひとりでハワイに行っていたら――彼の妻とその家族は落胆したと？」

イザベルは肩をすくめた。「それはないでしょう。彼は以前にもそうしたいとクレオに告げたことがあった。ときどきひとりになるために逃げたくなるのよ――ほんとうに孤独な人だった。プレイボーイという評判は的外れだったと思う。かたっぱしから女に手を出してると言われてたけど、二股をかけるような人じゃなかった。わたしといるときでもね。少なくとも、本来の意味では」

パーカーが言った。「ブラッドがあなたの恋人でなかったなら、あなたには恋人がいるんですか？」

彼女は赤くなった。「ええ、つきあっている人はいるわ」

「彼はあなたとブラッドの関係に嫉妬していましたか？」

「理解してくれていたと思う。ちゃんと説明したから。気に入らない様子のときもあったけど、今はもう気に入る必要もないんだし」彼女がとても悲しそうな目をしたので、わたしはうっかりもらい泣きしそうになった。

パーカーはメモ帳を取り出した。「恋人の名前を教えてください、イザベル」

彼女は肩をすくめた。

「ディラン・マーシュよ」

わたしは息をのみ、パーカーは書き留めた。「ディランはブラッドの役を手に入れて、恋人を取り戻した」

「ディランは事件とは関係ないわ」イザベルがうんざりしたように言った。「ほんとうよ。彼はブラッドを愛していた、友だちとして」

不意にあることがひらめいた。「ディランがフューリー伯爵なの？」

彼女は神秘的な青い目でわたしを見た。「なんですって？　まさか。ちがうと思う。フューリー伯爵がだれだか、わたしたち実は知らないのよ」

「彼はいつもスリヴェンと何を話したがっていたんですか？」

「知らない。ブラッドはそのことを話したがらなかった。ブラッドについて知っておいたほうがいいことがあるわ。秘密を守る人だったの。みんな彼をあれこれ中傷したり、ギャンブラーとか詐欺師とか呼んでるみたいね。でも彼はいい人だった」

パーカーはペンでメモ帳をたたきながら考えていた。イザベルはわたしたちを部屋に入れたときよりさらに弱々しく見えた。

「イザベル？」わたしは言った。「これはだれにも言われなかったと思うけど、心からあなたにお悔やみを言うわ」

彼女は背筋を伸ばし、これ以上無理というほど目を見開くと、わっと泣きだした。わたしが肘掛け椅子に移動しておずおずと腕をまわすと、彼女はわたしの腕のなかに飛びこみ、胸にすがって泣きじゃくった。パーカーは驚いたらしく、気まずそうにしながら、イザベルが落ちつくまでしきりに何かメモ帳に書きこんでいた。

ようやくイザベルが涙をぬぐって、許してほしいと言った。そして、感謝のまなざしでわたしを見た。「お悔やみを言ってくれて、うれしかった。あなたが思っている以上に……」

パーカーが立ちあがった。「情報に感謝します。ぼくらのほうでその機会を持つまでは、ミスター・マーシュと話をしないでください。それからもうひとつ――クレオの旧姓を教えてください。全員の話をききたいので」

イザベルは心ここにあらずという様子で、髪をもとどおりにしようとしていた。「ああ、大きなファミリーよ。街じゅうにいるわ。彼女の旧姓はドナート。クレオ・ドナート」

一瞬ときが止まり、わたしたちは彼女を見つめて立ち尽くした。やがてパーカーは小声で悪態をつきはじめ、ドアが閉まるまえにはもう電話で話していた。

16

パーカーは車のなかで電話の相手にどなり、ドナート家全員を署に連れてきて尋問しろと要求していた。「全員連れてこい」彼はどなった。「エンリコ、その息子のトニー、そのほかの子供。それと、エンリコの弟の名前はなんだ？　ヴィンセントか？　それがクレオの父親らしい。全員だぞ、どこからともなく見つかったドナートもふくめて」そして電話を切り、しばらくぷりぷりしていた。「一度でも、たった一度でも、クレオは姪だとあの老いぼれが言ったことがあったか」パーカーは言った。

「彼の息子はたしかに言ってたわ。ブラッドはファミリーの一員だったって。でも、文字通りの意味だとは思わなかったのよ」

「不覚だったな」パーカーは低い声で言った。「もっとはっきり言ってくれればよかったのに。でも、これでもうひとり加わったぞ。クレオの父親のヴィンスだ」

彼はエンジンをかけて、路肩から車を出した。あごに力を入れ、目をすがめている。いらいらさせられるのが好きではないのだ。「家まで送るよ、ライラ。もうウェンディに電話して、きみの家に行くようにたのんである」

「パーカー?」

「なんだい」

「イザベルを尋問するあなたを見ていて感心したわ。仕事ができる人なのね」

心はどこか別の場所にあったものの、彼は「ありがとう」と言って一瞬微笑んだ。

「セクシーよ、パーカー。集中してるときのあなたって」

今度は気を惹くことができた。彼はすばやくわたしを見た。「そう?」

「ええ」

「背筋に棒がはいってると言われた気がするけど」

「たしかに、そういうときもあるけど、だいたいはすごく魅力的よ。刑事っぽくて」

今や彼はにやにや笑っていた。「それはうれしいな。将来思い出して楽しめるようにしまっておこう」

「そのまえに、あなたがドナート家全員におとなしくするようきびしく言ってくれると、すごくうれしいんだけど。わたしはあの人たちのこと、信じてないから」

「きみがやつらと関わることはもうないよ。電話でも面と向かっても。きみが相談もなしにそんなことをすれば、ぼくはがっかりするだろうけどね、ライラ。棒がもとの場所に戻ってしまうよ」

「わかった」わたしの住む通りが近づいてきた。「わたしを同行させてくれてありがとう、パーカー。少しのあいだ本物の刑事みたいな気分になれたわ」

「言ったと思うけど、きみはなんでもできるんだよ」

彼に身を寄せて頰にキスした。彼は何か言おうとしたが、ドライブウェイにはいると、ウェンディが走り寄ってきて、ドアをたたいた。ディナーを食べに帰宅しなかったらしい。

「トラブル発生です」彼女は言った。

ウェンディのあとからドライブウェイを進むと、わたしの家のポーチにつづく歩道に、家主のテリーとブリットが暗い顔つきで立っていた。ミックはふたりの足もとに座っていたが、わたしを見ると走ってきて出迎えた。「なかにいるとすごく動揺するから外に出したんだ」テリーが言った。

パーカーは電話中だったが、通話を中断して言った。「何があったんですか？」

テリーはくしゃくしゃのブロンドの頭をかいた。そんな状況下でさえ、なんだかリラックスして無頓着に見えた。マリブの海岸からイリノイに念力移動したハンサムなサーファーのように。「たまたまさっきライラが出かけるのを見ていたんだ。そうしたら彼女の家の前庭に男が現れたんで、だれなのか見極めようとした。するとその男が銃を抜いて――」

「男に見覚えは？」パーカーがきいた。

「いや、まったくない。背が高くて色黒で――それぐらいしかわからなかった。髪も黒っぽかった」

「つづけてください」

「ブリットにタックルされて、ぼくは家から出られなかった。そいつと対決したかったのに」ブリットが彼の背後で、まだ怒っているように鼻を鳴らした。しなやかでエレガントな黒っぽいボブヘアがまえに揺れて、一瞬その顔から恐怖と怒りを隠した。

「その男は何をしたんですか？」

テリーは美しい見晴らし窓を指さした。今は割れたガラスの残骸になっている。「窓を撃って穴を空け、銃を落として逃げた」

「ミックがけがをしていたかもしれない！」わたしは叫んだ。ミックは自分の名前を聞いてよろこび、わたしに寄り添った。大きな頭をかいてやった。

パーカーは地面を調べながら質問をつづけた。「通報したのはあなたですか？」

「ああ。そのあとそいつを追いかけようとした。でも、ブリットが外に出してくれたころには、すでに裏庭に消えていた。追いかけたが、ライラの家の裏門から小路に出てしまっていた。小路に男の姿はなかった」

「きっと、だれかが待っていたのよ」ブリットが言った。

「銃はどこですか？」パーカーがきいた。

「やつが落としたところにそのまま置いてある。犯罪現場を汚すようなことはしたくなかったのでね」

パーカーはうなずいた。「ここにいてください」と言って、恐る恐るあたりを歩きまわり、まるで汚い物のようにまだ雪の上にある武器の上にかがみこんだ。

ブリットがわたしのそばに来て肩を抱いた。「テリーの知り合いの業者に電話したわ。警察の検証がすみしだい、彼がガラスを入れ替えてくれる。でも今夜はうちに泊まって。あなたのうちにいたら凍えちゃうわ」

わたしはため息をついた。いつになったらまた自分の家に住めるのだろう？　この二カ月というもの、両親の家、兄のアパートとわたり歩き、今度はテリーとブリットの家に泊めてもらうことになろうとは。友だちと家族がいるのはいいことだが、自分の家だって必要だ。

「ありがとう」わたしは言った。「でも、わたしたちは三人なのよ。ミックとわたしとボディガードのウェンディで」

「ボディガード？」

「長い話だから、今夜あなたとテリーに話すわ」

「すてきなディナーになりそう」ブリットはいくぶん不安そうに割れた窓を見た。「だれかがあなたを殺そうとしているの、ライラ？」

そのとき、前庭で雪のなかに静かに立ちながらひらめいた。「いいえ、そうじゃないと思う。ちょっと待ってて」

わたしはパーカーのところに推理を話しにいった。

その晩わたしは、テリーとブリットの家に泊まるという驚くべき経験へとウェンディを誘《いざな》った。テリーはIT起業家で、公式には金持ちが金を使う手伝いをする〝ブローカー〟と自称していた。子供がなく、使えるお金がたんまりあるので、彼の家はセンスのいいお金持ちが買いそうな風変わりな物でいっぱいだ。

わたしたちはテリーの自慢の種であるダイニングルームのテーブルで、ぜいたくなごちそう（パインヘヴンの少し郊外にあるすばらしいレストラン〈エルダーベリー〉から出前を取った）を食べた。ウォルナットのテーブルはアメリカ製のアンティークで、柱脚は枝分かれしているスプリット・ペデスタル、脚には美しい円形模様が浮き彫りになっている。テリーはこれを盗みで手に入れたと言っているが、おそらくテリーにとっては破格の安値である数千ドルで買ったという意味だろう。このテーブルにつくと、いつもお城で食事をしているような気分になる。

「それで、パーカーは発砲事件についてのきみの仮説に同意してくれそうなのか？」ローストビーフでいっぱいの皿をウェンディにわたしながら、テリーがきいた。ウェンディはわたしににやりと笑いかけた。つねにみんなから食べ物を提供されるので、彼女はわたしのボディガードになってから五キロ太ったと冗談を言った。ミックもテリーの寛大さの恩恵を受けた。テリーがどこかから取り出した巨大な骨をもらって、部屋の隅に座っている。お客をもてなすことが仕事だとしたら、テリーは大金を稼いでいただろう。

わたしはかわいらしい新ジャガにフォークを刺した。「ええ、今度の発砲についてはね。あなたが説明してくれたとおり、男はすべてわざと人目につくようにやっていた。家の正面から銃を撃ち、隠れることもなかった。家は無人だったから、だれかを撃つつもりもなかった。わざと武器を置いて逃げた。銃を見つけてほしかったのよ。パーカーもそう思ってる。問題はその理由よ」

「当然、その男がだれかということもでしょ？」ブリットが腹を立てながら言った。肩の上で髪を揺らしながらわたしを見る。「でも、銃を使った人はこれで三人目ね。かわいそうなサンタクロースを撃った人物、あなたとキャムに発砲した人物、そして今度の人物」

「全部同じ銃かもしれない。そうじゃないかもしれない。だれにわかる？　この事件は時間がたつにつれ、ますます混乱してくるわ」わたしは新ジャガを口に入れて言った。「うーん」

ウェンディは最後のひと口を食べ終えて、にこやかに皿を見おろした。やがて眉間にしわを寄せた。「それでええと……その黒っぽい髪の男というのはだれなんでしょう？　若い男でしたか、テリー？」

「ああ、どちらかと言えばね。顔はちゃんと見なかった。でも年配ということはないよ。ほっそりしてたし、動きも速かった」

ウェンディは片手を上げ、指を折って数えた。「では、黒っぽい髪の人というと？　まず、エンリコの息子のトニー・ドナート。ディラン・マーシュの髪は茶色ですけど、黒っぽいと言えないこともないし、ほかにもいろいろと疑わしい点があります。あなたの友人のマークもですよ、ライラ。ホワイトフィールドの友だちでしたから。それからパーティー会ったもうひとりの若い男性――学校関係の人です。名前はリースでしたっけ？」

「ロスよ」わたしは言った。「でも、彼には何も疑わしい点はなかった――つまり、ホワイトフィールドのことは知ってたみたいだけど、この件とは無関係よ。わたしの友だちの友だちってだけで」そうは言っても、ロスが無関係だとは言いきれないと気づいた。ブラッドを知っていたか、彼に恨みを持っていた人ならだれであってもおかしくない――ブラッドには大勢友だちがいたとマークが言っていたではないか。そのうちのひとりが敵になったとしたら？　でも、校舎の正面から出て車で裏にまわることがロスにできただろうか？　それは無理だろう。

ウェンディはリストアップをつづけた。「それから、クレオ・ドナートといっしょにいた男性。彼女の兄弟ということでしたよね？」

「そうよ。もうひとりのドナート。名前はなんだったかしら？」わたしはきいた。「彼女、言ってた？」

ウェンディは目を閉じた。「たしか、エドと。エドじゃありませんでした？」

「そう、エドよ！　あんまりイタリア人ぽくないわね」

「たぶんエデュアルドよ」ブリットが言った。

わたしはため息をついた。「そうなの？　黒っぽい髪の人はこれで全部？」

「フランクを忘れてますよ」ウェンディが言い、わたしたちは眉をひそめ合った。エンリコ・ドナートがなんと言おうと、フランクは依然として未知の要素だった。

わたしの顔を見て何か思うところがあったらしく、テリーは判事が木槌《きづち》でたたくように手でテーブルをたたいた。「オーケー、もうこの件について悩むのはやめよう。これはきみの刑事の友だちの仕事だ」

「そうね。ところで、パーカーとはどうなってるの？」ブリットがしなやかなダークヘアを左耳のうしろに払ってきいた。「彼、ハロウィンのときもここに来たし、さっきはふたりで車に乗ってきたわね！」目が輝いている。「彼はあなたのボーイフレンドなの、ライラ？」

三人の期待に満ちた視線を受けて、わたしは肩をすくめた。「それに近づいてはいる。今はリンボ（地獄と天国の中間）の段階ね」

テリーはうなずいた。「なるようになるさ、いつもぼくが言ってるようにね――ところで、きみのお気に入りの場所をウェンディに見せたらどうだい、ライラ？　あそこにはびっくりするものがあるだろう」

彼が言っているのは広い玄関ホールのことで、そこには壮観な古いワーリッツァー社製のジュークボックスがあるのだ。テリーとブリットが所有する驚くべき物すべてのなかで、わたしがいちばんうらやましいと思っているのがこれだった。親切な家主を訪れては、ジュークボックスですばらしい音楽を楽しむひとときを何度もすごしていた。

わたしはウェンディを従えてダイニングルームから玄関に向かった。途中、お城――あるいはマークの〈キングダム〉のゲーム――を思わせる広いメインホールと、壮麗でかぐわしいクリスマスツリーがあるリビングルームを通ることになった。やがて、玄関ホールに着くと、ウェンディは飛びつくようにジュークボックスに向かった。「わあ、すごい！　なんかもう荘厳ですね。動くんですか？」

すぐうしろにテリーがいて、誇らしげに微笑んでいた。「動くだけじゃないよ。知り合いに特別なセレクションを入れてもらったところなんだ」

「また知り合い？　知り合いだらけね」わたしは言った。テリーの驚くべき顔の広さに半ば嫉妬しながら。

「ああ。まあいいじゃないか。いちばん好きなクリスマスソングは？」

ウェンディはうっとりしていた。「ああ、それならすぐ出てきます。〈ホワイト・クリスマス〉です」

テリーはうなずいた。「いい選択だ。さあ、座って」ジュークボックスの向かいにある二脚の肘掛け椅子を指した。ジュークボックスの光る原色のライトはわたしをほっとさせると同時に、お祭り気分にしてくれる。「このバージョンを聴いたことがあったら教えてくれ」

彼がいくつかボタンを押すと、曲がはじまり、〈ホワイト・クリスマス〉のイントロを歌う女性の声が聞こえてきた。ビング・クロスビー・バージョンにはない部分だ。大きくて、聞き覚えのある、美しい声だった。「これって――リンダ・ロンシュタット？」わたしはきいた。

「そうだよ。でも待っててごらん――デュエットなんだ」さらに聴いていると、別の声がソロを取った。

「この声、知ってます」ウェンディが言った。「ローズマリー・クルーニーですね！」

「正解！」テリーが叫んだ。「ごきげんなバージョンだよ。楽しんでくれ――わたしはホットチョコレートを淹れてくる」

ウェンディはわたしを見た。誓ってもいいが、その目には涙が浮かんでいた。「あなたの友人たちはいつもわたしたちに食べさせようとするんですね。甘やかされすぎて、もう家には帰れないかも」

わたしは笑った。「気の毒なベッツィー。それで思い出したわ――明日、母とクリスマスクッキーを作ることになってるの。たぶんあなたも同行しなくちゃならないのよね？　それまでにパーカーが奇跡を起こしてくれなかった場合は。それならベッツィーにも来てもらったらどうかしら？」

ウェンディは悲しげとも見える顔をした。「また食べ物ですか」彼女は言った。

「ええ――それも太るやつ」

彼女はすぐに明るい顔になった。「ベッツの好みです。メールしてみますね」携帯電話を取り出して、メールを打ちはじめる。わたしは玄関ホールの窓の外を見た。雪かきずみのテリーの家のドライブウェイが見え、ドライブウェイの突き当たりにぽつんと建っている、正面の窓を板でふさがれたわたしの小さな家もわずかに見えた。クリスマスまでに業者が来て直してくれるといいけど。いくらテリーとブリットのことが好きといっても、これから魅惑的な二階を見せてもらえることにわくわくしていても、クリスマスには自宅にいて、自分のオーブンで料理をし、暖炉のそばのバスケットでミックが眠るのを見ていたかった。

その思いを感じ取ったかのように、テリーにもらった大きな骨を見せようと、ミックがとことことやってきた。一瞬骨を置いたので、わたしは「よかったわね」と言ってやった。すると彼は骨をくわえて、これ以上ないほど満足げにかじりはじめた。

曲が終わり、ウェンディがメールを送信すると、テリーがジュークボックスのところに戻ってきた。「今度はこれだ。ほかの名曲のめずらしいカバーもたくさん見つけたんだ。聴いてくれ」

今度はジュディ・ガーランドが歌う〈ハヴ・ユアセルフ・ア・メリー・リトル・クリスマス〉をかけてくれた。この曲をジュディのように――甘く、哀しく――歌った人はなく、テリーが音楽を止め、ブリットに案内されて壮大な階段をのぼり、カーペット敷きの廊下を進んで、今夜わたしとウェンディが使わせてもらう隣り合った部屋に案内されてからも、もの悲しさはわたしのなかにずっと残った。二階はまさにお城のようだった――とある片隅には実物大の甲冑《かっちゅう》まであるのだ。

わたしの部屋は、太い金の房飾りつきの巨大な栗色のラグが敷かれた硬木の床、かなりスペースをとっている大きなベッド、その向かいに石の暖炉があった。暖炉のなかに炎はなく、マツの枝のかごが置かれていた。現代的で機能的なヒーターのおかげで、室内はトーストのようにほかほかだ。「何か必要なものがあれば知らせてね。テリーとわたしは廊下の突き当たりの部屋にいるから」ブリットはわたしの髪をなでて言った。

羽毛のベッドに引きあげて、やわらかいシーツのあいだにもぐりこんでからも、まだ耳の奥でジュディが歌っているのが聞こえた。新年になれば何もかもよくなるだろうから、今はなんとか切り抜けなければならないと。あと十日たらずで新年だ、とわたしは気づいた。気の毒なブラッド・ホワイトフィールドは、新年を迎えることができなかったが。

ささやかなクリスマスライトで飾られたベッドルームの窓を見ると、ほのかな雪が冬の風のなかで渦を巻いていた。何日つづけて降っているのだろう？　雪は美しいけれど情け容赦がない。ジュディ・ガーランドと、ブラッド・ホワイトフィールドと、名前のわからない銃撃者が、頭のなかで無力な雪片のように渦を巻いた。にもかかわらず、わたしはすぐに眠りについた。

17

翌朝、ウェンディとわたしがテリーの家の外で、まだ大げさにお礼を言っているころ、窓はもう直っていた。これでまたテリーと彼の寛大さに借りを作ってしまったのはたしかだ。すばやく作業を終えてもらうために、ひそかにお金を積んで、精力的に超過勤務をこなしてもらったにちがいない。ウェンディとわたしで新しい窓を調べたところ、以前のものと同じくらいきれいだったが、厚さが増しているようだった。

「おそらく防弾ガラスにしてもらったんでしょう」ウェンディは冗談で言った。彼女にリードを持たれているミックは、掃除したばかりの場所のにおいを興味深げにかいでいた。顔を上げたミックの鼻には雪がついていた。「ウケる」ウェンディはにやにやしながら言った。そして、わたしにリードを預け、わたしの鍵でドアを開けた。ミックとわたしは暖かい玄関ホールにはいったが、ウェンディはまず家のなかを調べると言い張った。五分後に戻ってきて、「異常なしです」と言った。

ほっとしてキッチンに向かうと、電話の留守番ボタンが点滅していた。母はまだ固定電話にかけてくる数少ないひとりだ。「母に電話しなくちゃならないみたい。今日はクッキーを焼く日だから」

ウェンディがうめいた。「また食べ物ですか」

「ベッツィーにはもう話したの？　楽しいわよ――女子会。母もクリスマスディナーのまえにあなたたちと知り合えるし」

母に折り返しの電話をした。「今日は来られるのよね？」母がほがらかにきいてきた。

「ええ、そのつもり。わたしにボディガードがついてることは知ってるわよね？　ウェンディっていうの。すっごくいい人よ。彼女とそのルームメイトのベッツも連れていっていい？」

「もちろんよ！　多いほうが楽しいわ」母は楽しそうに言った。人を招くのが大好きだし、両親は最近キッチンをリフォームしたので、人に見せたくてしかたがないのだ。「正午までに来てね。材料は全部そろってるから」

そうすると約束して電話を切った。とたんにまた電話が鳴った。パーカーからだった。

「どうしてる？」ときいてくる。やさしい声だが、ぼんやりしていた。デスクでメモを整理している彼を思い浮かべた。

「元気よ。テリーはわたしたちを王族みたいに扱ってくれたし、窓ガラスも入れ替えてくれた」

「よかった。今日は何をするつもり？」

「母とクッキーを焼くわ」

「それはいい」

「何かあったの？」

間があった。「どうかな。こんなことを言うのは愚かなことかもしれないが、ずっと気になっていることがあるんだ」

「何？」

「クリスマスパーティーのとき、きみは言ったよね、ぼくのことを怒ってるけど、理由は思い出せないって。パンドラの箱を開けることになるのはわかってるけど……それがなんなのか知りたいんだ。だって——あの夜のぼくたちはすごくうまくいっていたから。覚えてるかな？」

小さくため息をついて、裏口に向かい、白い裏庭を眺めた。「覚えてるわ」

「そうか」

「実は——あの日、あなたのお母さんから電話があって、がんかもしれないと恐れていたことを知らされたの。余計な心配をさせたくなくて、わたしには話さなかったそうよ」

「知ってる」パーカーは言った。

「でも、キャムとフィーナの家にいたとき、エリーはあなたに電話してきて、不安だと話したのよね。電話はお母さんからだったのとわたしが尋ねると、あなたはちがうと言った」

「きみには知らせないでくれと言われたんだ」

「そうよ、パーカー。わたしの作ったチリコンカンに毒を入れられたとき、ペット・グランディがあなたには知らせないでくれとわたしにたのんだようにね。彼女は秘密を知られたくなかった。だからわたしは彼女の意思を尊重しようとしたの」

「それとこれとは話がちがう」彼はむきになって言った。

「どうして？」

「きみは警察にうそをついたんだぞ、ライラ！　違法なことだ。ぼくは法を尊重する」

パーカーのこういうところは理解している。理想主義者の彼は自分の仕事を愛し、法と正義を信じている。たとえそれがまちがっているかもしれないとしても。

「ええ、そうよ。でもそれは自分の無実を知ってたからだし、料理を作ったのがわたしか否かは事件とは関係なかった」

またもや間があった。パーカーは思案顔をしていることだろう――あちこちに飛ぶ考え同様、目をきょろきょろさせながら。「きみの言っていることはわかる。でもやはりそのふたつのあいだにはちがいがある」

「それがわたしのジレンマなのよ、ジェイ。あなたはわたしを自分の人生から切り離し、二カ月ものあいだ口をきかなかった。料理を作った人に関してわたしが真実を言わずにいたせいでね。すると今度は、あなたがわたしの目を見て、たまたまわたしの友人でもあるお母さんのことで真実を隠した。でもわかってる。エリーが言わないでくれとあなたにたのんだことはね。似たような行為に対して、あなたからあんなひどい扱いをされていなかったら、こんなことは話題にもしなかったわ」

「ライラ、きみがなんと言ってほしいのか、ぼくにはわからない」彼はみじめそうに言った。

「わたしだってわからないわよ。でもだんだんわかってきたの。こういう大切なことでふたりの意見が合わないのなら――」

パーカーのほうで何か動きがあり、彼に話しかける声がした。「ライラ、事件が起きた。すまない――この会話をここで終わらせたくはないんだが――」

「わかった。悪い人をつかまえに行って。話はあとでしましょう」

「ありがとう」彼は電話を切った。

背後にウェンディがやってきた。「すべて問題なしですか?」

「えっ? ああ、よくわからないの、実を言うと。でも、船一杯のクッキーで解決できないことはないわ」

「そうですよ。ベッツィーはよろこんでごいっしょすると言ってます」

両親の家に到着すると、わたしが車から降りるまえに、ウェンディがすばやくあたりをチェックした。ドライブウェイの雪かきをしていた父が興味津々で見ていた。父にウェンディを紹介し、わたしたちのうしろに車を停めていたベッツィーも紹介した。彼女は眼鏡をかけた小柄な女性で、髪はブラウン。錆《さび》色のスキージャケットと高級そうなジーンズにブーツという服装だ。

「みなさんにお会いできてすごくうれしいです」彼女は甘い声としか呼べないような声で言った。ベッツィーにぴったりの声だった。キッチンにはいり、母がみんなのコートを受け取って急いで部屋から出ていくと、ベッツィーが着ている赤いセーターに、クリスマスらしい楽しげな文字で〝ジングル、ジングル、ジングル〟と刺繍されているのがわかった。しかも文字にはそれぞれ小さなベルがついていた。

　戻ってきた母は、ベッツィーのセーターをひと目見て拍手をした。「クリスマスのセーターって大好き！」それは見ればわかった。彼女自身のクリスマスの服装は、黒のレギンスに長め丈の赤いクリスマスセーターで、〝動いている生き物は一匹たりともおらず（『サンタクロースがきた』という詩の一節）〟という文章と、クリスマスツリーの下で眠るかわいらしい動物たちの姿が描かれていた。

　母とベッツィーが互いのセーターを褒め合い、楽しそうに会話をしているあいだ、ウェンディとわたしは立ったまま漂うにおいをかいだ。すでに何かがオーブンで焼かれているようだ。「つぎは何を作るの、ママ？」

　ｉＰｏｄのところに行って、楽しい料理用音楽（そんなものがあればだが）を選ぶようベッツィーに指示すると、母はこちらに向き直った。「さてと。そこにみんなの好きなレシピのカードを並べておいたわ」カウンターのひとつを示す。「そしてここにはボウルが四つ。材料はすべてその横よ。大きいブルーの容器は小麦粉と砂糖、卵も数カートンある。そしてこれは食用色素といろんなタイプのスプリンクル。自由に選んで楽しんで！」

　あることを思い出した。「セラフィーナも来ることになってなかった？」

　母はうなずいた。「そうなんだけど、彼女とキャムはローマ旅行のまえに、すまさなきゃならないことがいろいろあるんですって。明日は会えると思うわ」

母の目はきらきらしていた。クリスマスが大好きなのだ。とくに、家が人でいっぱいになることが。わたしは衝動的に母をぎゅっと抱きしめた。そして、母に言われたとおり、みんなで楽しんだ。二十分後には小麦粉まみれになりながら、ディーン・マーティン版の〈イッツ・ビギニング・トゥー・ルック・ア・ロット・ライク・クリスマス〉に合わせて歌っていた。

母のロシアンティーケーキ（粉砂糖をまぶしたボール形のクルミ入りクッキー。ロシアンクッキー、スノーボールクッキーとも呼ばれる）がすでにラックで冷ましてあり、みんなふたつ以上味見をした。バターの風味が絶妙で、緑と赤の砂糖がまぶされていた。もうひとつ取ろうかと悩んでいると、わたしの携帯電話が鳴った。両手をエプロンで拭き、音楽から離れた廊下に出てから通話ボタンを押した。

タビサからだった。「こんにちは、ライラ。芝居が今日から再開することを知らせたくて電話したの。もし行きたければ無料招待のチケットがあるわよ。クリスマスの贈り物とでも思って。何か予定があるのかもしれないけど――」

「ちょっと待ってて。ほかにも行きたい人がいるかきいてみる」キッチンにいる女性たち――浮かれ騒ぎ、女性同士の絆が生まれる段階にあった――にきいてみたところ、全員が遠征して芝居の招待を受けることに賛成した。雪と寒さで顔を赤くしながら家に戻ってきた父は、〝いや、けっこうだ〟と言ったが、ベッツィーが手に押しつけてきたホットチョコレートはありがたく受け取った。クッキー職人たちが父のためにわざわざ作ったもので、飲み物の上でホイップクリームとチョコレートソースが芸術的に渦を巻いていた。彼はわたしに短いキスをすると、甘い飲み物を持ってオフィスにはいり、ドアを閉めた。請求書の支払いのときのような、ひどくまじめな顔つきをしていた。

わたしは電話を耳に当てた。「タビサ、待たせてごめんなさいね。チケットは四枚いただくわ。多すぎなければ」

「大丈夫よ。あなたの名前でチケット売り場に預けておくわね」

「どうもありがとう。芝居のあとで会いましょうね！」

劇場がクリスマスまえに芝居の再開を決めるのは妙な気がしたが、やはり大金を失いたくないのだろう。クリスマスシーズンはチケットがよく売れる時期だろうから。

バニラの香りがするキッチンに戻ると、みんなオーブンの熱のせいで赤い顔をして、作業に打ちこんでいた。ベッツィーはリースの形のスプリッツクッキーを、クッキープレスで天板の上に絞り出している。ウェンディは小さな赤いシナモン味のキャンディのボタンを、ジンジャーブレッドマンのお腹に押しつけている。母は窓の下で冷ましているシュガークッキー用に、緑色のフロスティングを作っていた。BGMはジョン・デンバーの歌う〈アスペングロー〉で、音楽のせいで魔法にかけられたような、なんともありがたい気分がただよい、ときおりそれにベッツィーのセーターのベルが鳴る音が加わった。

暖かい部屋に仲間入りして、セラフィーナのために（そして大好きだったイタリア語の先生、アバンドナート先生のために）作るつもりのイタリアン・ウォルナット・クッキーに塗る、薄いグレーズを作りはじめた。

「こういうの、すごくいいわね」母が言った。「ライラが女の子の友だちをうちに連れてくるなんて、しばらくぶりだもの。大学時代以来じゃないかしら」

「そんなことといつしたっけ？」グレーズに追加の粉砂糖を振り入れながら、わたしはきいた。

「ハロウィンに寮の半分の人たちを連れてきたじゃないの。覚えてないの？」

「ああ、あれね。楽しかったわ」

「ほんとにすてきなおうちですね」ベッツィーが言った。「それにこのキッチン！　オーブンのうしろの防水タイル壁がいいですね。全体がすごく楽しくて温かい感じで。レモン色の壁もすてきです」

母はうれしそうな顔になった。「リフォームしたばかりなのよ。ダンもわたしも不動産業者だから、お客さんを案内しながら家を見ていると、いいアイディアがいろいろ浮かぶの。このキッチンについてはお互い意見が一致してね。防水タイルはオーストリアから取り寄せたのよ」

ベッツィーが壁に近寄り、改良についてくわしく語るために、母もそこに行った。ウェンディは驚いて眉を上げた。「だれかさんは新しいキッチンをほしがりそう」

「持ち家なの？」

「賃貸です。いつか買いたくなったら買うこともできます。ベッツはすてきな装飾のアイディアをたくさん持ってるんですよ。まるで百科事典です」

「そういう人がそばにいるなんてすばらしいことね。考えたんだけど、ホワイトフィールドの事件について検討しようとしているすべてのこと——容疑者たちについてとか……」わたしは窓の外を、きれいに雪かきされたドライブウェイを見た。やがて、あることに気づきはじめ、口を開けたまま動きを止めた。

「どうしました？」ウェンディが身をこわばらせてきいた。

わたしは彼女を見た。「フランクはどこにいたの？」

「はい？」

わたしは窓を示した。「そして今はどこにいるの？　ホワイトフィールド殺しの犯人がつかまるまで、フランクにわたしたちの護衛をさせるって、ミスター・ドナートは言ってなかった？」

ウェンディはうなずいた。

「彼を最後に見たのはいつ？」

彼女は肩をすくめた。「覚えてません」

「昨日家に発砲されたとき、彼はどこにいたの？　パーカーといるときフランクはわたしを護衛していなかった。ということは、うちの近くで待っていたはずよね？　もしそうなら、窓を撃った男を見てるんじゃない？」

ウェンディのジンジャーブレッドマンが完成した。考えこむような表情で天板をオーブンに入れる。

「待って——わたしのを取り出さなきゃ。それからあなたのを入れて」オーブンミットをはめて、クルミとアーモンドペーストが香るイタリアンクッキーの天板を取り出し、母を脇にどかせてカウンターに置いた。彼女はまだベッツィーに新しいタイルとトリムを見せながら、自分たちが見つけた業者を褒め称えていた。

わたしはクッキーを冷ますためにラックに移したあと、窓際に移動した。ウェンディもやってきた。「フランクをリストに入れたとき言いましたけど、彼も黒っぽい髪をしています」ウェンディが言った。「彼が容疑者である可能性は増したと思いますか？」

「フランクの写真が必要だわ。テリーに送って、発砲した男かどうか見てもらえるように」

ウェンディはうなずいた。「パーカーのところにあるかどうか確認します」

彼女は習慣から、携帯電話を持って隣の部屋に行き、比較的静かななかで電話をした。そして、にんまりしながら戻ってきた。

「忘れてました。パーカーはデータベースを見る必要がありません。ドナートがフランクをあなたに差し向けた初日に、彼の写真を撮っていたんです。写真を送ってもらいました」

「よかった。テリーの番号を教えるから、それを彼に送って」

ウェンディはすぐに写真を送り、わたしたちはテリーの返信を待った。

「フランクが作戦行動中行方不明《MIA》だってこと、パーカーに話した？」

「ええ。彼は昨日そのことに気づいたそうです。ドナートに電話しようとしたけど、あの男も急に消えてしまったか、少なくともが外部との接触を断っているようですね。サロンでもこの二日だれも彼を見ていないそうです」

「なんだか不吉な気がするのはなぜかしら？」

「気にすることないですよ。クリスマスに街を離れる人はたくさんいます。クリスマスまであと二日ですから」

「そうね」

わたしの電話が鳴った。テリーはメールが好きではないのだ。電話をかけてつねに明るい声で元気に伝えるほうがいいらしい。「もしもし？」

「ライラ！　ウェンディが送ってくれた写真を見たけど、これはあの男じゃないよ」

「そもそも男を見たの？　うちやおたくのあたりに潜んでたのを？」

「ちゃんとは見てない。でも、髪がとても特徴的だった」

「オーケー。もし彼を見かけたら教えて、いい？　それか、あやしい人を見かけても」

「わかった。気をつけるんだぞ」

彼にお礼を言って、電話を切った。ウェンディが問いかけるような視線を向けてきたので、わたしは首を振った。

母とベッツィーはキッチンのアイランドテーブルに戻っていた。

「大きな容器が四つあるから、みんなで作った全部のクッキーのサンプルを持ってかえってね。そうすればクリスマスの準備は完了よ」母が言った。

「クッキーパーティーは初めて参加しました」ベッツィーが言った。「すごく楽しかった！」

母はとてもうれしそうだった。まるでこのまえの晩わたしが飲んだエッグノッグにどっぷり浸っているように。「さあ、みんなで街に繰り出しましょう！」

シカゴ地区の劇場の多くは、通りに面した古い建物の奥まった場所か、それらしくない建物のなかに隠れていたが、『テンペスト』はウォレス・ハイツのシアター・ダウンタウンで上演されていた。ここは以前に一度、大学の英語学のクラスでイプセンの『ヘッダ・ガーブレル』を観にきたことがあった。

ロビーはもうすぐクリスマスという気分で活気づいていた。明るい色のコートやストライプのマフラーを身につけた人びとがひしめき合い、クリスマスまえの活動を楽しんでいる。わたしは少しのあいだぼうっとしながら、それぞれの顔を見ては、どんな生活をしている人なのだろうと思いを馳せた。頭のなかでは〝にぎやかな歩道〟が出てくる〈シルバーベルズ〉の美しい一節が流れていた。母が隣に現れてわたしをハグした。

「行きましょう、ぼんやりさん」

チケットを受け取ると、タビサは二列目の席を用意してくれていたことがわかった。

「すばらしいわ」カーペット敷きの通路を進みながら母が言った。「生のお芝居なんて何年ぶりかしら！」

父は劇場が苦手で、いつもそれが両親の口論の種になっていた。母がトニー賞受賞作を観たがったときはとくに。

「ベッツとわたしはグッドマン・シアターのシーズンチケットを持ってるんですよ」ウェンディが言った。

母はうらやましそうに彼女を見た。席のある列に着くと、付近の人びとはすでに着席していた。「座ってる人たちを乗り越えていかなきゃならないみたいね」ベッツィーがつぶやいた。

ひとりの顔がこちらを向いた。クレオだ。手を振っている。「こんにちは！」彼女は言った。彼女の兄もいっしょだ。パーカーは彼を尋問しなかったのだろうか？　クレオはわたしたちに会えてうれしそうだったが、長身で寡黙なエドは興味がないらしく、怖い顔をしていた。わたしは初めてクレオが美しいことに気づいた。おそらくこれがふだんの彼女なのだろう。赤毛にウェーブを施し、メイクにも手間をかけている。彼女を見ていると、なぜバートが〝すごくいかす女の人〟と言っていたかわかった。いや、〝セクシーな〟だっただろうか？　それとももっと別の言い方？　高校一年生のあいだではどんなことばが人気なのか知らないが、バートがクレオの魅力について口にしたことは覚えていた。あのときは彼の意見にうなずけなかったが、今はちがう。クレオはきれいだった。その髪は劇場のライトを受けてつやつやしていた。

わたしたちはクレオとその兄のまえを通って席に座った。クレオが身を寄せてきて言った。

「タビサが招待してくれたの」

「ブラッドがいないのに、この芝居を観るのはつらくないですか？」

クレオは目をうるませてうなずいた。「つらいわ。でも、ディランは友だちだし、彼があの役をどんなふうに解釈したか興味があるの」

わたしは携帯電話を取り出してカメラモードにし、上に掲げた。「写真を撮ってもいいのかしら？　やだ、撮っちゃった」わたしは誤作動のふりをして電話を見つめた。

クレオは首を振った。「禁止だと思うわ。フラッシュでの撮影はね。たぶんフラッシュをたかなければ大丈夫じゃないかしら」

「わかったわ。ありがとう」こんな暗いところでフラッシュなしでは、ほとんど何も写らないだろう。だが、劇場の写真を撮ることに興味があるわけではなかった。

クレオとわたしのあいだにいる母を、クレオとその兄に紹介した。当然ながら、母はまず彼女にお悔やみを言うと、ドナート兄弟が興味を持ちそうなことを話題にして、明るくおしゃべりをはじめた。

クレオの意識がそれたところで、テリーにメールして、寡黙な兄エド（もしかしたらエデュアルド）・ドナートの写真を送った。〝ドライブウェイにいたのはこの人？〟とメッセージを添えて。

つぎにパーカーにメールした。〝クレオのお兄さんのエド・ドナートとは話した？〟

スピーカーから、携帯電話の電源を切るようにとの声が流れた。だれかがメールを返信してきたときのために、バイブレーション・モードにしたまま、携帯電話をポケットにしまった。

明かりが消えて幕が開き、観客たちは、嵐の海で心臓が張り裂けるかのように「もうおしまいだ！」と叫ぶ水夫たちの演技に引きこまれた。

それから三時間、わたしも引きこまれた。シェイクスピアという魔法に。ほとんどストーリーから目が離せず、例外は、きらきら光る肌色のボディスーツを着たイザベル・ボーシャンが、いかに美しいかに気づいたときだけだった。その衣装は場面にとけこむエアリエルの能力を表現したもので、エアリエルの魔法の力を表すパンコールがついていた。髪を背中にたらして、舞台上をあちこち走りまわっては、彼女が（エアリエルなので本来は〝彼〟だが）水夫たちに魔法をかけたいきさつをプロスペローに説明している。ミランダ役のクローディア・バーチは長身で高貴に見え、彼女と恋人のファーディナンドを演じる若者とのあいだには、はっきりとした化学反応が見てとれた。ディラン・マーシュのプロスペローは印象的だった。ハンサムで、賢くて、彼の解釈によればユーモラスな部分もあった。観客は彼が気に入ったようで、わたしはクレオがたびたび微笑んでいるのに気づいた。同じ役をブラッド・ホワイトフィールドが演じるのを観てみたかったと思った。マーシュは悪くなかったが、すごいとまではいかないし、ホワイトフィールドはこの神秘的な役ですばらしい演技をしたと評判だったからだ。

ブラッド・ホワイトフィールドの知り合いでもないのに、淋しさを感じた。彼を実際に知っていて、愛していた人たちの心には、どれだけ大きな隙間ができているることか。

そんなことを考えているうちに、最後のお辞儀をするために、ステージ上にキャストが並んだ。ディラン・マーシュは愛情のこもった視線をイザベルと交わし、彼女と手をつないでお辞儀をした。これで芝居は終わりとなり、拍手がわき起こった。初めてキャスト仲間でありソウルメイトでもあったブラッドに手を取られることなく、観客をまえにしたイザベルの目に、一瞬苦痛の色を見たような気がした。お辞儀をするマーシュの表情がいかにも勝ち誇って、満足げに見えるのは、わたしがふたりの秘密の関係を知っているからだろうか？　相変わらずハンサムでありながら邪悪さを兼ね備えた顔は、大胆にも観客を見わたし、わたしと目が合うと驚きを見せた。わたしが小さく手を振ると、彼は視線をはずした。

下手《しもて》に目をやると、普通なら袖にいるはずのタビサが、キャストに拍手を送るためにいくぶんステージのほうに移動していた。舞台スタッフの制服である黒服に、〝スタッフ〟と書かれたステージパスのはいった赤いランヤードを首にかけ、ヘッドセットをしている。その顔の表情はどこかで見たような……わたしは硬直してウェンディの腕をつかんだ。

「タビサと話をしなきゃ。あなたも来て」

ウェンディはうなずいた。母に言い訳をしてそっと席を立つ。席列から出てロビーに向かい、楽屋入口を探した。例の赤いランヤードとヘッドセットをつけた若者が立ちはだかった。

「そこにはいれるのはスタッフだけです」彼女は言った。

知り合ってから初めて、ウェンディがバッジを見せた。「警察です」彼女は言った。「タビサに話があります」

若者はあんぐりと口を開けて脇にどき、わたしたちは長く暗い廊下を歩いて、背景画や小道具がひしめく板敷きの舞台裏に出た。スタッフの何人かはそのあたりにいたが、ほとんどは舞台袖に立って、お辞儀をするキャストを見守っていた。

タビサを見つけて背後に近づいた。「タビサ」と声をかけて肩をたたく。

ウェンディは驚いて振り向き、すぐに微笑みかけてきた。「あら、あなたたち！　どうやってここにはいりこんだの？」

「どこか話ができる場所はある？」わたしはきいた。

「今は無理ね。キャストがステージから戻ってくるから、やることが――」

「あなたはフューリー伯爵よね」わたしは言った。「〈キングダム〉のこと、知ってるのよ」

「なんですって？」

タビサとウェンディが同時に言った。だが、恥ずかしさに赤くなったタビサの顔を見て、疑惑は正しかったのだとわかった。さっきステージ上にいた彼女は、スリヴェンの王国の片隅にいた伯爵そっくりに見えたのだ。黒い服を着て赤い首飾り（ランヤード）をつけ、つねに部外者であることに対する苦々しい落胆の表情を浮かべて、いつも外側から見守っている姿が。

タビサは唇をすぼめた。「わかった。でも今はだめ」と言って、まだお辞儀をしている役者たちを示した。

ウェンディとわたしは幕が下りるまでタビサのそばから離れなかった。彼女は大きなため息をついてようやく同意した。そして、カーテンを持ちあげてその向こうに誘った。

「奥に行きましょう」彼女はわたしたちを舞台裏に導き、役者たちのせまいメイクルームが連なる別の通路を進んだ。ディラン・マーシュが自分の部屋で鏡をのぞきこみながら、コットンでメイクを落としているのが垣間見えた。どうやら外に出てファンに会うつもりはないらしい。急いでいる様子で、その手は震えているように見えた。お酒でも飲んでいるのだろうか……。

だが、そう思っているうちに、彼の部屋を通りすぎてしまった。ドアのひとつにタビサの名前が書かれていた。ルーズリーフノートのページにペンで名前を書き、テープでドアに貼りつけてあるだけだが。いかにも市営劇場での公演らしいわ、とわたしは思った。テーブルと椅子がひとつずつあるだけの部屋は、書類や小道具で散らかっていた。

「そもそもどうして〈キングダム〉のことを知ったの？」タビサはきいた。

彼女の顔をじっと見た。恥じ入った顔つきをして、〝ばれたか〟というように心持ち肩を落としているが、すべては愉快な悪ふざけとでも思っているかのように、唇はにやにや笑いの形にカーブしていた。いやな感じがしたが、その理由ははっきりとはわからなかった。たしかに彼女はフューリー伯爵のことを口にしなかった。それを人に言う理由はなかっただろうが――警察には言うべきなのでは？　でもパーカーは知らなかった。それはたしかだ。

「フューリー伯爵と認めるのね？」

「ええ、そうよ。伯爵を創り出したのはわたし。ブラッドとイザベルがそのゲームのことをよく話してたから、わたしも参加することにしたの。変な話、仕事の現場よりそこで彼とすごす時間のほうが多くなった」彼女はセメント床のせまい部屋を見わたした。

「ふたりきりの時間をね」

「彼を愛していたんですね」ウェンディが言った。

「当然でしょ。愛さない人がいる？」タビサは肩をすくめて言った。「だからって罪にはならないわ。彼のあとをつけたとか、そういうことじゃないんだから」

だがタビサは彼の人生にはいりこもうとした。何度も繰り返し。ブラッド・ホワイトフィールドの出る芝居で仕事をするためには、いろいろと手を回す必要があったのだろうか？　ふたりが友だちだったことはあるのだろうか、それともただのストーカーだったの？　彼らの親密さ、良好な関係性、〈キングダム〉のなかでふたりきりの時間を楽しくすごしたこと、そのどれについてもタビサのことばしかないことに気づいて、不安が押し寄せた。もしそれが彼女の認識でしかないとしたら？

「でも、あなたはイザベルに腹を立てていたんじゃないの？　ブラッドが彼女といっしょにすごしたがったから」わたしは言った。

「そうよ！　妻とすごすべき時間なのに」タビサの顔がぼんやりした表情になった。

ウェンディとわたしは視線を交わした。「あなたががっかりしたのは奥さんのためじゃないでしょう？」わたしはきいた。

彼女は椅子に座りこみ、しかめ面でわたしたちを見あげた。

「クレオは友だちよ。たしかにわたしは彼女の夫を愛していたけど、不倫をしていたわけじゃないわ。電話して航空券のことを話したのはわたしだもの！」

　ウェンディが彼女に近づいて立ちはだかった。

「航空券というのは？　ハワイ行きの航空券のことですか？　それについて何を知っていたんですか？」

　ウェンディに見つめられて、タビサは小さくなったように見えた。

「旅行会社にそれを取りにいってほしいとブラッドにたのまれたのよ。わたしが取りにいくと、その旅行会社の人は、ブラッドをサンタクロースとして知っている人だった。学校の先生もしてる赤毛の男よ」

「クリスマスパーティーで会ったピーターよ」わたしは小声でウェンディに言った。

「とにかく、その人から、ブラッドがある女性と旅行するために航空券を買ったこと、その女性は妻ではないことを聞いた」

「それであなたはみずから伝えることにした――だれに？」

「ふたりによ。エドとクレオ。電話をしたとき、出たのがエドだったの」

　あらためて考えてみた。クレオが行くところにはほぼどこにでも兄がついてきた。結束の固い家族だからだろうか？　それともお目付役？　エドはクレオに何かを話させまいとしていたのだろうか？　パブでの彼女はどこか不安そうだったが、あのときはエドを伴っていなかった……。

「エドはそれを聞いてなんと答えたんですか？」ウェンディがきいた。

ポケットのなかで携帯電話が振動した。取り出してテリーからのメールを読んだ。〝この男だ！〟そのときタビサが言った。

「当然、動揺してたわ。ていうか、激怒してた」

18

長くて暗い通路を走って戻りながら、ウェンディは電話で応援を呼んだ。わたしは何度も振り返って、だれも追いかけてきていないことを確認した。

客席のフロアに出ると、エド・ドナートが両手でしっかりとクレオの腕をつかんで、席列から出ようとしているところだった。わたしは彼女の赤毛を見つけて指さした。

「あそこよ、ウェンディ！」

中央通路は人で渋滞しているので避け、脇の通路を走って客席後部に向かい、出入口のそばで近づいてくるエドとクレオを待ち受けた。到着すると、エド・ドナートはわたしたちを見てから腕時計を見た。「あら、また会ったわね」クレオが少し驚いて言った。

「急いでいくつかおききしたいことがあるのですが、ミスター・ドナート」ウェンディが身分証を見せて言った。母とベッツィーもやってきたが、お役所仕事が進行中らしいと気づいてうしろにさがった。

クレオは目をまるくして兄を見あげた。エドの顔はむっつりしたままだった。おじのエンリコやいとこのトニーのような魅力は皆無だ。

「帰らなければならないので」彼は言った。クレオは彼の手を振りほどこうと軽くもがいた。

「どういうこと？」彼女は言った。

「ミスター・ドナート、ここで話せないなら、警察署までご同行願います」ウェンディが言った。身分証をしまって、右手を腰に当てている。銃の近くに。

エドはその手を見た。すると突然、にこやかな笑みをひねり出し、エンリコ・ドナートのような目つきでわたしたちを見た。「何を知りたいんですか、おまわりさん？」

「なぜ昨日、ディケンズ・ストリートのミス・ドレイク宅の窓に発砲したのかを」

「なんですって？」クレオが笑いだしそうな様子できいた。「それは人ちがいよ。エドは銃だって持っていないもの」

エドは笑みを浮かべつづけている。「なんのことだかわかりかねます。でも、その告発に抗議するつもりもありません。わたしに質問したいなら、弁護士の同席を要求します」

ウェンディはうなずいた。「あなたにはその権利があります。ですが、それには署に行く必要があります。弁護士には道々電話なさってください」

彼は鼻を鳴らした。「あなたとはどこにも行きません」

鉄の意志で彼の視線を受け止めるウェンディへの賞賛で、わたしの胸はいっぱいになった。

「どっちにしろ同行していただくことになるんですよ、ミスター・ドナート」

ぞっとしながらも目が離せない瞬間だった。わたしたちはまだ劇場に残っていた人びとの注意を引いており、彼らは近くにぐずぐずと残って聞き耳を立てていた。母とベッツィーもそのなかにいて、信じられないというように目をまるくしていた。ウェンディからエド・ドナートに視線を移したわたしは、長身の男の目の威圧するような輝きにもかかわらず、ウェンディに賭けることに決めた。

制服警官二名が出入口からこちらにやってきたときも、ウェンディはまだ手を腰に当てていた。「応援が来たわ」わたしはつぶやいた。

「ミスター・ドナート？　このふたりがよろこんであなたを署にお送りします」ウェンディは言った。

エドの笑みが消えた。一瞬わたしたちをにらんでから言った。

「わかりました。行くぞ、クレオ」

「あなただけです。妹さんはこの聴取に必要ありません」

彼は妹を手放すのにためらいを見せ、わたしはうつむくまえのクレオの顔に恐怖が走るのを見た。「行って、エド。ドン・ジョヴァヌスにはわたしが電話して、警察署に行くように言っておくわ」

エド・ドナートはとりわけ邪悪な視線をわたしに向けたあと、鼻を鳴らして警官たちのほうに向かった。ウェンディは「すぐに戻ります」と言うと、同僚と低い声で話しながら出入口までついていった。

わたしはまだ驚いた顔をしているクレオを見た。「大丈夫？」

「ええ、たぶん。ていうか、これはいったいどういうことなの？」

「だれかが昨日うちの窓を撃ち抜いたの。警察はあなたのお兄さんだと思ってる」

「でもどうして？　エドはあなたを知りもしないのに」

「そうね」わたしはしばし考えた。「理由はわからない。あなたのほうがわかるんじゃないの――あなたのお兄さんなんだから。でも、発砲現場の目撃者が彼だと証言したの」

「そんなことありえないわ！　どうしてうちのファミリーにばかりこんなことが起こるの？クリスマスだっていうのに！　一年でいちばん好きな季節なのに」クレオは首を振り、あごを上げて奥の出入口に目をやった。「あらやだ――エドが車のキーを持っていってしまったわ。まだ追いつけると思う？」

わたしはそちらを見た。ロビーはまだ人でごった返していたが、そのなかにもう警官の制服は見えなかった。「もう行ってしまったみたいね」

ウェンディがロビーから現れ、通路を走って戻ってきた。「お待たせしました」彼女は言った。

クレオはとげとげしい目つきで彼女を見た。「あんなふうに兄を連れていくことはなかったのに」

「同意しかねます」ウェンディは肩をすくめた。「彼は住宅街のまんなかで発砲したんですから。この件は、あなたのご主人の死と関係しているかもしれないと信じる理由があるんですよ、ミセス・ホワイトフィールド。急いで対処する必要があります」

「どうしてそれがブラッドとつながるの？」クレオがきいた。そしてわたしを見た。「そしてそれがどうしてあなたに関係してくるの？」

わたしはウェンディに倣って肩をすくめた。「わからないわ」

クレオは急に小さくなり、気が抜けたように見えた。「ああもう」彼女は言った。

「家まで送りましょうか？」わたしはきいた。「それぐらいならできるわよ、車内はちょっときつくなるけど」

「ええ、お願いするわ。エドはキーを持っていたのに、わたしに預けることも思いつかなかったのね。でなければ預けたくなかったんだわ。あの人、あのキャデラックのこととなると普通じゃないから」

「お住まいはどこですか？」ウェンディがきいた。

「パインヘヴンの郊外、クランダル・ロードの先よ。ここ数日はエドが泊まってくれていたの、わたしをひとりにしたくないからって」

「いいところですね」ウェンディは言った。わたしたちは壮麗なシャンデリアのあるロビーを通って、おもての雪のなかに出た。母とベッツィーは小声で話をしながら、少し離れてついてきた。

おもては寒かったが、月曜日ほどひどくはなかった。駐車場の端のほうの雪は融けてきていた。ウェンディのフォードで来ていたので、全員が乗れるように彼女がロックを解除した。クレオはウェンディといっしょにまえに乗り、わたしは後部座席の母とベッツィーのあいだに乗りこんだ。

クレオは携帯電話ですばやくメールを送った。「エドはもう弁護士に連絡したみたい。警察署で落ち合うらしいわ」彼女はウェンディを見た。「いったいどういうことなのか、知らせておいてほしかったわね」

ウェンディは落ち着いた顔つきで駐車スペースから車を出した。

「それはお兄さんが明らかにしてくれるでしょう。おや、ライラ——あの人を見てください」

彼女の視線をたどると、フランクがくわえタバコで黒い車の運転席に乗りこもうとしていた。尾行する気まんまんのようだ。「彼の仕事をやりにくくしてやりましょう」ウェンディはそう言ってスピードを上げた。だが、すぐに「ああ、もう！」となった。出口レーンにはいると、前方に演劇ファンの車三十台が並んでいたからだ。

「しばらく出られそうにないわね」母が言った。「チョコレート、食べたい人いる？　今朝クリスマスストッキングをツリーに吊るして、中身を詰めたんだけど、あまったお菓子を少しバッグに入れてきたのよ」彼女はチョコレート——色鮮やかなラッピングの〈リンツ〉のボール形チョコ、リンドールと、ホイルにくるまれたサンタクロース——を勧め、みんないそいそと赤い手袋をした手からそれを取った。

女性たちは母にお礼を言い、わたしは包み紙のかさこそいう音を聞きながらもの思いにふけった。その大部分を占めていたのは、家族のストッキングを、今も吊るしつづけてくれているなんて、母はなんてやさしいのだろう、ということだった。二十年以上も使われてもうかなりくたびれたストッキングには、それぞれキャメロン、ライラ、ママ、パパと金の糸で刺繡がしてあった。不意にノスタルジアを感じ、クリスマスが、休暇が、日常が、恐怖のない状態が恋しくなった。

やがて、同情心にあふれた母は、助手席のクレオのほうに身を乗り出した。「あなた、クリスマスをいっしょにすごす人はいるの？」

車内が冷えるせいでフードをかぶっていたクレオがうなずくと、『スター・ウォーズ』シリーズの不気味な登場人物、パルパティーン皇帝のように見えた。「ええ、友だちや家族から数え切れないほど招待を受けてるわ。でも、どうするかはまだ決めてないの。まあ、ひとりということはないでしょう――お気遣いをどうも」

「そうでしょうね。わたしには想像もできないわ、あなたがこれから乗り越えなくちゃいけないことが」母はクレオの腕をそっとたたいて言った。「ダニエルがいなくなったらどうしていいかわからないもの」

「よし！」車がふたたび動きはじめると、ウェンディが言った。ようやく出口にたどり着き、左に折れてクランダル・ロードに向かった。クレオがうしろを向いたので、顔がよく見えるようになった。

「最悪なのは、彼の姿が目に浮かんでしかたがないことなの――サンタクロースの格好をして、雪のなかに倒れている姿が」彼女は目もとをぬぐった。

わたしもまえに身を乗り出した。「身元確認をさせられたの？」

「いいえ——でも、病院に向かうときに聞かされた。状況を説明されたの」

「そう」わたしはシートに背中を戻した。ブラッドが駐車場でメールしていた相手がクレオだったとしたら？　タビサはブラッドのハワイ行き航空券について、クレオとエドに真実を話したと言っていた。それで彼女は怒ったのでは？　でも、まえの座席に座る彼女は、蒼ざめてひとりさまよう、キーツの詩に出てくるレディのように——あれはなんという詩だったか？

「ライラ」母がわたしの腕をつついて言った。

「何？」

「今夜は自分の家に泊まるのかってウェンディがきいてるわよ」

「ああ——ええ。そうするわ」

クレオが振り向いた。「どうしてそんなことをきかれるの？」

わたしだって知りたいわよ。「ええと——長い話なの。ここ数日、ウェンディは実質わたしのボディガードなのよ」

クレオは驚いて眉を上げた。「聞き捨てならないわね。いったいどうしてボディガードが必要なの？」

「話すわけにはいかないんです」ウェンディが言った。「まだ捜査中なので」

クレオはにやにやした。「つまり、あなたもわたしもこのクリスマスは警察に監視されるってわけね」

「ええ、そうなるわね」

わたしは彼女に微笑みかけ、母のチョコレートをもうひとつ食べた。クレオは犯罪に手を染めるようには見えなかった。ブラッドが不倫していたことを知っていたとしても——クリスマスパーティーのときは知らないようだった——キャムとわたしに発砲した人物であるはずがない。わたしがスタジオにいることをどうして彼女が知りえたというのか？　そんなことはまずありえない。ほかの容疑者全員と同様に。時間がたってみると、すべては現実というより幻想のようだった。われわれ人間は夢と同じもので織りなされている。ブラッド・ホワイトフィールドがそう言うのをもう一度聞いているかのように、考えていたことが想像したものに変わってしまっている。ふと思い立って電話を取り出し、マークにある質問をメールで伝えた。

「この通りよ。そこを左」クレオが言った。

わたしは電話をポケットに入れ、車はメインランド通りにはいった。「きれいな通りね」窓から外を見ながらベッツが言った。「通りの向こうに森があるなんて、すごくすてきだわ。すばらしい眺めなんでしょうね！」

クレオの声は子供の声のように小さかった。「ときどきシカが見られるわ。早朝とかに」

「なんてすばらしいの」母が言った。「美しいものに囲まれているとほんとうに癒されるわ。母がいつもそう言っていた」

クレオは母に微笑みかけた。「みんなとてもやさしいのね！　すぐ励まされるわ」彼女は母とベッツィーを指して言った。「おふたりはクリスマスのセーターを着ているのね。そしてこちらは頭におリボンをつけてるし、兄を拘束した警官のあなたでさえ、いい人に見える」彼女はウェンディに向かって顔をしかめ、みんなが笑った。

母は母性本能をくすぐられたようだ。「電話一本ですぐに会えるわ、スウィーティ」と言って、クレオの腕を軽くたたいた。

「これがそうですか？」ウェンディがきいた。

「そう。この白い家よ」クレオは言った。

ウェンディは、緑と青の上品な屋外ライトに照らされた、人目をひく平屋建てのランチハウスのドライブウェイに車を入れた。クレオは座ったままだった。

「急に怖くなってきたわ。あなたたち、ちょっと寄っていかない？　わたしが全部の明かりをつけるまででいいから。紅茶でも一杯どう？」

「もちろん寄らせてもらうわ」と母が言って、車のドアを開けた。残りのみんなもあとにつづき、こわごわ車から降りると、凍ったドライブウェイにそっと足を踏み出した。わたしはわずかに足をすべらせて、車にしがみついた。編んだ髪が跳ねて肩に落ち、頭がうしろにのけぞったが、見えたのは車ではなく、クレオの家のある角に設置された〝メインランド〟の表示板を照らす街灯だった。

頭のなかでふたつのことが同時に起こった。ブラッド・ホワイトフィールドが〝メインランドはもうおしまいにする〟と言うのが聞こえた。メインランド。そしてクレオが〝こちらは頭におリボンをつけてるし〟と言うのが聞こえた。彼女はわたしを見てそう言ったのだが、わたしは頭におリボンなどつけていないし、つけるのが好きというわけでもない。だが、ホワイトフィールドが死んだ日にはつけていた――ジェニーが作ってくれたリボン形の髪飾りを。

ほかのみんなは車をあとにして歩いていた。わたしはウェンディと話したかった。何かがおかしい。だが空気は冷たく、氷のようで、女性たちは意を決して家に向かっていた。

最初に転んだのはクレオだった。すべる場所を踏んでしまい、尻餅をつくことになったのだ。彼女はその場に寝そべり、空を見あげた。

「いやだ、みっともない」と彼女は言い、全員が笑った。クレオのバッグがわたしのほうに飛んできたので、かがんで中身を拾ってあげた。

クレオは立ちあがって、わたしのほうに向かいながら言った。

「ガレージの外にスペアキーがあるから取ってくるわ。もうひとつはエドのあのむかつくキーチェーンについてるの」

中身を彼女のバッグに放りこんだが、そのうちのあるものを見てためらった。彼女はわたしと目を合わせようとし、わたしは急いですべてをしまって立ちあがった。

「はい、これ」とわたしは言った。「全部はいってると思う」

まえに進み出てバッグをわたしたあと、クレオが足をすべらせたのと同じ場所で転んだ。

クレオとその背後の家を見ていたと思ったら、つぎの瞬間には暗い空と、そこにちりばめられた冬の星を見あげていた。

起きあがって、肘をさすりながら見ると、クレオは相変わらず笑いながら、ガレージの脇のドアを開けて明かりをつけた。一瞬ガレージ全体が照らされ、なかにある青いメタリックの車に明るい光が当たった。口がからからになった。

「ウェンディ」わたしはかすれ声で言った。

彼女は隣でわたしを助け起こそうとしていた。「見ました」と小声で言った。

同じく小声でわたしも言った。「彼女のバッグのなかには携帯電話がふたつあった」

ウェンディにはその意味がわかった。彼女とわたしが決死のまなざしで見つめ合っているあいだ、ベッツィーと母は休暇の雰囲気に浸っているせいでくすくす笑いがやめられず、まだ互いに身を寄せ合っていた。

「わたしがひとりで行きます」ウェンディが言った。

彼女は予想外の事態を警戒しながら慎重に進み出て、残りのみんなはついていった。クレオはまだガレージから出てきていない。ウェンディは警戒態勢のまま、両手を腰に当てて進みつづけた。「クレオ?」と呼びかける。

ガレージのドアの向こうをのぞきこむと、「クレオ!」と叫んで、ウェンディもなかに消えた。

わたしはまた転びそうになりながら走ってガレージに向かい、ドアの向こうをのぞきこんだ。すると、ガレージの床に倒れているクレオ・ホワイトフィールドが見えた。その体は断続的にけいれんし、目は恐怖に見開かれていた。

19

ウェンディは苦しそうに呼吸するクレオのかたわらにひざまずいていた。二カ月まえの夜、目のまえで毒殺された女性を目撃したときのことを思い出した。クレオは毒を盛られたのだろうか？　彼女が食べたものといえば、母のチョコレートだけだ。わたしがおぼろげな記憶をたどっているあいだに、ウェンディはクレオのコートをゆるめようとし、母とベッツィーはその背後にやってきて、「何があったの？」「どうなってるの？」と言っていた。

ポケットで携帯電話が振動した。混乱しながら電話を取り出してマークの返信を見た。〝うん、きみが気にしてないといいんだけど。きみのテレビ出演のことと、母がどんなに興奮してるかをクレオに話した〟

わたしは顔を上げたが、クレオを見るのが一瞬遅すぎた。彼女はのたうちまわるのをやめ、ウェンディのホルスターから銃を抜いて、ウェンディに銃を向けると引き金を引いた。「やめなさい！」と叫んだあと、ウェンディは血痕を残しながら青い車のうしろに這っていった。

いまクレオは立っており、震えあがっている三人の女たちに銃を向けていた。

「携帯電話を見たんでしょ？　ドライブウェイにいたときにわかったのよね。でも、いつかは気づかれると思っていたわ。あの日わたしはあなたを見たの。その長いブロンドの三つ編みと細めた目を。疑われてるのはわかってた」

「あれは日光が目にはいっただけよ。でも、今はっきりとわかったわ、クレオ。あなたは警官を撃った。自分の夫を撃った。永遠に刑務所で暮らすことになるわよ」

「なんですって？」母が叫んだ。「自分の夫を殺したの？　ああ、クレオ」ショックというより明らかに落胆した口ぶりで、クレオはそれに気づいた。そして、意外なことに、自己弁護しようとした。母は人をそういう気持ちにさせるのだ。

「あの人は不倫をしてたのよ。イザベルと！　彼女はわたしにないものをすべて持ってる――賢くて、洗練されてて、才能があって、美しいわ。イザベルから彼を取り戻すことなんて不可能だったのよ」

「彼はイザベルと行くつもりじゃなかったわ」わたしは言った。その声はわたし自身から切り離されてしまったように弱々しかった。

「どうして知ってるの？」クレオはまた壊れそうな表情を見せたが、銃はこちらに向けたままだった。彼女は一発でブラッドを殺したのだ。それを思い出すと体が震えた。

「イザベルがそう言ったの。彼はひとりになりたかったそうよ。いくつか人生の決断をするために」

クレオの頬を涙がふた粒伝ったが、銃はかまえたままだった。

背後ではベッツィーと母の嘆く声がしており、ベッツィーは「ウェンディ？　ウェン？

大丈夫なの？」と叫んでいた。

ウェンディから返事はなかったが、クレオの背後で彼女の脚が動いて、ゆっくりと体勢を変えているのが見えた。ベッツィーにもそれが見えたらしく、彼女は叫ぶのをやめた。

わたしは自分のポケットを示した。「さっきわたしが携帯電話を手にしてたの、見た？　パインヘヴン警察のジェイ・パーカー刑事にメールしたわ。今こっちに向かってる」

「信じないわ」クレオが唇をゆがめて言った。「そんなたわごと。どうしてあなたの携帯に彼のアドレスが登録されてるのよ？」

「わたしのボーイフレンドだからよ」わたしは言った。

「まあ、ライラ！」母がなんだかうれしそうに言った。銃を向けられながらも、おそらくすでに頭のなかで結婚式の計画を立てているのだろう。

クレオはほんの少し不安そうな顔をした。「どっちでもいいわ。それがほんとうだとしても、そのころにはもうここにいないから。今すぐここを離れるわよ、あなたとわたしで」そして、母とベッツィーを指して言った。「あなたたちはあそこに行って、警官のところに」

彼女は銃を持っていないほうの手でガレージを示した。母とベッツィーはゆっくりと慎重に移動し、やがてベッツィーはウェンディのもとに飛んでいって、車の向こうでひざまずいたので、わたしからは見えなくなった。母もウェンディのそばに行ったが、立ったまま不満そうに唇を引き結んでいた。

「あなたがなにをしようとしているのかわからないわ」母はつらそうに言った。「警察に見つからずにどこに行けるっていうの？」

「わからない」クレオはいやな感じの笑みを浮かべて言った。この焦点の定まらない奇妙な目つきに、どうして今まで気づかなかったのだろう。

彼女はわたしを見た。「ドアの外に出て、友だちの車のところに行きなさい。キーは車のなかよ。見てたから知ってる。さあ、早く！」

わたしは向きを変え、ガレージの外に出た。銃を持った情緒不安定な女と言い争いをしたくはなかった。母が言った。

「心配いらないわ、ライラ。彼がもうすぐ来てくれるんだから」

わたしはため息をついた。ほんとうにパーカーにメールを送ってさえいれば。いま携帯電話をつかんで逃げられるとは思えなかった。でもウェンディなら、もし彼女にまだ意識があるなら、だれかに連絡しているのでは？　ドライブウェイに出たとき、ついさっきみんなでお腹が痛くなるほど笑い転げたときと同じ場所で、クレオがまたすべってくれないかと、わたしは淡い期待を持った。

だが、彼女はぱりぱりと音を立てて草地を歩き、わたしにも同じ場所を歩かせた。ふたりとも転ばずにウェンディの車に着き、クレオはわたしに運転席に乗るようにと命じた。

「運転して。あなたを撃つつもりはないの——人質にしたいから——でも死にたければご自由に」

わたしは死にたくなかった。運転席に乗りこんでエンジンをかけた。

「街に向かって」彼女は言った。

「レイクショア・ドライブの出口でおりて。おじがボートを持ってるから、それに乗って少し時間をつぶすわ。いとこのマルコがすべて手配してくれることになってるの」

ボート？　水面にボートは一艘もないはずだ。まったくもう、今は十二月なのよ。冬のあいだボートは保管庫のなかだ。だが、クレオが無知なのは、こちらにとって好都合だった。

「いいわね。クリスマスを船上ですごすなんてすてきだわ」わたしは寒さで歯の根が合わないままそう言うと、車を出して、メインランド通りを走りはじめた。道路の向こうの森は、今では美しいというより不吉に見えた。警察の赤と青のライトが見えないかとバックミラーを見たが、闇があるだけだった。今ごろウェンディは通報してるわよね？　そもそも無事だったのよね？

「スピードを上げて」クレオが言った。「それでいいわ。高速道路に出るまで道なりに行って」

「わかった」しばらく沈黙がおりた。リラックスすれば、彼女も銃をおろすだろう。そして、そのあとは？　車をぶつけるか、思い切りブレーキを踏んで、エアバッグを作動させる勇気がわたしにあるだろうか？　もしうまくいかなかったら？　そのときは、装弾ずみの銃を持った怒れる殺人者と車内ですごすことになってしまう。

車は寒い夜のなかを静かに進んだ。クレオは高速道路のランプを示し、車は高速に乗ってシカゴ市街に向かった。さまざまなイメージが頭のなかを跳ねまわり、恐怖のせいでごちゃ混ぜになった。パーカーの青い目。ストッキングを吊るす母。ガレージの床で血を流しているウェンディ。ベッツィーとチリンチリンと鳴るベル。セラフィーナと赤いバッグ。うなずいているミックの賢い頭。ホットチョコレートを飲む父。妻を愛する夫になりたての兄。兄弟。兄弟たち。

「ねえ。あなたのお兄さんはどうしてうちの窓を撃ったの?」わたしの声は少し震えていたが、心のなかでは〝彼女に話をつづけさせないと〟と思っていた。

クレオは鼻を鳴らした。「エドは銃を見つけた。それで何があったか察したんでしょうね。銃を使って、どこかに捨て、行きずりの犯行だという目撃証言が得られれば、だれもわたしを疑わないと思ったのよ。そんなのばかげてると兄には言ったけどね」

「どうしてわたしなの?」

「ブラッドが死んだとき、あなたがその場にいたと兄に話したの。わたしはあなたのことがわかったけど、昼食会のとき、あなたはわたしのことがわからないようだった。でも安心はできなかった——あなたはわたしのいるところならどこにでもいるんだもの。警察のスパイか何かみたいに。兄はあなたをおどして黙らせておくべきだと考えた」

わたしの電話が鳴った。ああもう。クレオは驚いて眉を上げ、わたしの上着のポケットに手を伸ばした。携帯電話を取って発信者を見る。

「うそをついていたわけじゃなかったのね。どこかの警官がほんとに電話してきたわ。ちくしょう」彼女は電話を顔に近づけてよく見た。「この写真、見覚えがあるわ。クリスマスパーティーにいた人ね。彼はあそこで何をしていたの？」

「わたしといっしょに行ったのよ。デートで」

「どうして？　あなた、ブラッドがサンタクロースをやってた学校の教師なの？」

「いいえ。友だちが教師なの」

クレオは電話に出た。「こちらはクレオ。わたしに近づくと、あなたのガールフレンドを危険な目にあわせることになるわよ」

怒ってがなりたてるパーカーの声が聞こえたが、何を言っているかはわからなかった。

クレオはくすくす笑った。いろいろあったにもかかわらず、彼女が普通ではないとはっきりわかったのは、このときが初めてだった。

「放っておいてくれさえすれば、すべてうまくいくわよ」彼女は通話を切ってわたしを見た。

「あなたのボーイフレンドにおどされたわ。わたしを撃つって」

「うそよ」

「ほんとよ。あんまりプロらしくなかったわね。感情的になってるみたい」彼女は窓を開けて高速道路に携帯電話を放った。「場所を探知されたら困るでしょ。わたしのは家に置いてきたの。これで警察にはわたしたちを見つける手段がなくなる」

ウェンディのナンバープレートをのぞけばね。だがその考えは言わずにおいた。

ドライブはさらにつづいた。今は七時ごろで、まだ交通量は多かったが、わたしの脇腹の危険なほど近くで銃をかまえているクレオに気づかれずに、だれかに合図する方法は思いつかなかった。

「おかしいのは」わたしは言った。「あなたがすごく悲しそうに見えたことね。ほんとうにだれかに夫を奪われたみたいだった。とても自分で彼を校舎の外に誘い出して撃ったようには見えなかった」

「悲しいわよ！　怒りのあまりやってしまったことだもの。でも、それですまされないことはわかってた。だからあなたを人質にして、国を離れる手配をしなくちゃならないのよ。でもいいの。シカゴの冬にはもううんざり。どこか暖かいところに行きたいわ」彼女はレイクショア・ドライブの標識を示し、わたしは出口レーンに車を進めた。

「国を離れる手配をしてくれている人っていうのはだれなの？」

「あなたには関係ないでしょ。いいから湖まで行って」彼女はバッグから何か取り出して、なんとかわたしから目をそらさずに、片手でメールを打った。

「携帯電話は置いてきたんだと思ったけど」わたしは言った。恐怖を感じながらも、口を閉じてはいられなかった。

「そうよ。これはｉＰｏｄ。これのことは警察も知らないでしょ？　知ってても、手遅れになるまで調べることは思いつかない」

「いとこも殺すつもりなの？　これから会うんでしょ？」

彼女は口をとがらせた。「いいえ、でもうるさく言うのをやめないと、あなたのことは殺すかもね。わたしは夫を愛していた。だから航空券が彼女のものだと知ったとき、すごく腹が立ったの。どうしてわたしがそんなめにあわなきゃいけないのよ？」攻撃的にあごを突き出し、銃を手に身を寄せてきた。わたしは車列から目をそらすまいとしながらも、彼女のほうをちらちらうかがって、危険レベルを見積もった。何もかもがばかげた状況だった――サンタクロースに出会い、その妻がたまたま殺人者だったという不運なめぐり合わせ、ボディガードとの非現実的な日々、そのボディガードはいま血を流して横たわり、自分は今も殺人者に強要されて、どことも知れない場所と、到着してもそこにはないかもしれないボートに向かって、闇のなか車を飛ばしている。

右手の闇のなかで、湖がかすかに光っていた。寝るのを忘れたカモメが一羽、束ねた木材の上に止まって、通りすぎるわたしを一瞬見つめた。彼もひとり蒼ざめ、さまよっている……。

「あっ！」わたしは言った。

「何よ？」

「なんでもない。さっきあなたを見て、ある詩を思い出しかけたんだけど、今それを思い出したの――〈ラ・ベル・ダーム・サン・メルシ〉。ジョン・キーツ。大学時代に読んだ詩よ」

「それで？」

「思い出すまえから、無意識のうちにあなたのことだとわかってた」

「どうして？　その題はどういう意味なの？」

「〈無慈悲な美女〉という意味よ」

クレオは妙にうれしそうな目でわたしを見つめた。「わたしを美女だと思ってるわけ？」

彼女の手のなかのｉＰｏｄが音を立て、わたしは答えずにすんだ。彼女はクリックして装置をのぞきこんだ。

クレオがメールを読み、片手で短い返信を打ちこむあいだ、沈黙が流れた。

「オーケー」クレオは言った。「あと少しよ」そして、小声でイタリア語を何やらつぶやいた。

フィーナに教えてもらったイタリア語の単語を、なんとか思い出そうとしてみたが、だめだった。クレオがなんと言ったのかはわからなかった。気の毒なフィーナとキャム。何が起こっているのか、ふたりはもう知っているだろうか？　わたしのことを心配しているだろうか？　母が心配しているのはわかっている。パーカーが白馬にまたがってわたしを助けにくると確信しているとしても。青い目のパーカーが馬にまたがる姿を思い浮かべた。ほんの少し癒された。

「ここよ」クレオが言った。「ベルモントでおりて」

わたしは言われたとおりにした。無感覚になっていた。寒さのせいではない。

「わたしがあなたを車からおろして、車で走り去ったらどうする？」わたしは言った。

「まだあなたが必要なのよ。わたしがボートに乗ってここから離れるまではね。つぎの目的地まで連れていくことになるかもしれない。人質がいればだれにも撃たれないでしょ？」

「クレオ。自首して、事故だったと言うべきよ。それ以上は望めないわ。あなたはもう殺人罪と誘拐罪に問われているんだから」

彼女は右折して森のなかの小さな駐車エリアに車を入れるよう指示した。わたしはそこに車を停めた。ほかに車は一台もなかった。クレオにせかされて車から降り、彼女とともにレイクフロント・トレイルとベルモント・ハーバーのほうに向かって歩きはじめた。真っ暗で、黒い水面に港のわずかな明かりがきらめいていた。左手にある街は、クリスマスの装飾とせわしげな人びとでにぎわっている。あの足早に歩く小さな姿を待っているかもしれないもの――温かな食事、微笑む家族、クリスマスツリー、ホットチョコレート――を思って、嫉妬を覚えた。目が熱くなるのを感じ、クレオに涙を見られまいとして目もとをぬぐった。弱虫と思われたくない。

わたしたちはまだ歩いていた。ここはふだんボートが停泊している場所だ。静かに揺れながら、船体をタープで覆われて。歩きながらも、地面を踏む足の感覚がなく、心が体から切り離されているような妙な感じを覚えた。ショック状態にあるのだろうか、それとも寒さに凍えているからだろうか、とぼんやり考えながら、ボートがないことにクレオが気づくのを、不安な思いで待った。

取り乱していたので、気づくにはしばらくかかったが、クレオはようやく足を止めて、黒い水面を黙って見つめた。

「いったいボートはどこ？　ここで会おうとマルコに言ったのに。暗いうちにボートを出せば、だれにも気づかれずにここを離れられるはずよ」

「ベルモント・ハーバーでウェンディの車が見つかったら、そうはいかないんじゃない？」

彼女は手を振ってその考えを却下した。「しばらくは見つからないわよ。どうして見つかるの？　警察はここを捜したりしないわ」

「冬はボートが保管庫に入れられてること、いとこは知らないの？」

「彼はふだんボートに乗らないのよ。さっき言ったように、おじのボートなの。おじはボートを操縦させるほどマルコを信用してないのよ」

おじというのはだれのことだろう？　彼女のおじのエンリコ？　それともパーカーも知らない、別のドナート兄弟？　たしかにドナート家は繁殖が得意なようだ。いずれにせよ、いとこのマルコはクレオと同程度の頭の作りらしい。おそらく郊外のどこかから車で来ることになっていて、街のボート事情には詳しくないのだろう。だが、もしそうなら、彼を信頼してボートの操縦をまかせられるのだろうか？　何ひとつまともではない。ここからいなくなりたかった。

「ここでさよならしてもいいかしら、クレオ？」

彼女は空いているほうの手で赤毛を肩から払い、腕時計を見た。「さっき言ったとおり、あなたはわたしと行くのよ」

「いとこを見つけてさっさと行ったほうがいいんじゃない。時間がなくなるわよ」遠くでパトカーのサイレンが鳴った。あれはわたしのためのサイレンだろうか。

クレオはわたしに焦点を定めた。「おどさないでよ！」

「おどしてるわけじゃないわ。あなたを助けようとしてるのよ」

「いいえ、うそよ。あなたのせいでこうなったんだから」彼女は言った。銃を掲げてわたしの胸に向ける。「全部あなたのせいなんですからね!」

自分の身を守るためにことばをさがそうとしたが、体は恐怖で凍りついていた。ほんとうにわたしは死ぬのだろうか、だれもいない暗いボートハーバーで、輝くクリスマスのライトに囲まれて? ブラッド・ホワイトフィールドは、自分がサンタクロースの扮装で死ぬと思っていただろうか?

「やめて、クレオ」やっとの思いで言った。

「どうして? もっともな理由をひとつ言ってみて」

恐怖で鈍った頭は、たったひとつの答えしか提供できなかった。「第二のチャンスは手にはいると、ブラッドが言ってくれたからよ」

彼女の目が巨大化した。「彼がそう言ったの? 駐車場にふたりでいたときに?」

「そうよ。ふたりで人生について話していたの。彼、すてきなことを言ってたわ」

彼女はわたしをにらみつけた。これは明らかに言うべきことではなかったようだ。わたしは死ぬことになるのだろう。

手のなかの銃は震えているようだった。やがて、クレオは目を見開き、体をこわばらせたかと思うと、地面にくずおれた。彼女の背後にひとりの男性が立っていた。手に何かの武器を持っている。

「こんばんは、ミス・ドレイク」彼は言った。

エンリコ・ドナートだった。暗闇のなかでさえ、彼がまだスリッパを履いているのがわかった。

20

口を開けて今にも叫ぼうとしながら、彼をまじまじと見た。

「彼女を殺したの？　姪御さんを殺したの？」

彼はため息をついて首を振った。

「以前請け合っただろう、ミス・ドレイク、わたしに人を殺す習慣はない。これはテーザー銃だ。これを使わなければならなかったのは残念だが、クレオパトラは情緒不安定になっていた。昔からむずかしい子だったよ」

「クレオパトラ？　まったく、なんてファミリーなの」わたしはセメント像のようなクレオを見おろした。

ふと疑惑を覚え、さっと顔を上げてエンリコ・ドナートを見ると、手袋をはめた手はテーザー銃を持ったままぴくりともしていなかった。

「わたしたちがここにいると、どうして知っていたの？　彼女から聞かないかぎり知ることはできなかったはずよ」

彼は首を振った。「あるいは、フランクから聞かないかぎりはね。話してくれたのは彼だ。

フランクはわたしに忠実だ。つまり、この数日はあなたに忠実だったということになる」

「それならなぜ、わたしの家への発砲を通報しなかったの？　彼は見ていたんでしょ？」

ドナートは肩をすくめた。

「フランクは現場でわたしの甥に気づいた。エデュアルドが何をしようとしていたのかはわからなかったが、ブラッド殺しが彼のしわざでないことはたしかだった。犯行時刻にはわたしたちはいっしょだったのだからな。もっとくわしく探るよう、わたしはフランクに命じた。それで、姪がファミリーの掟にそむいて、罪のない男を殺したとわかった」

彼は首を振って、テーザー銃をポケットに入れた。「あなたにお詫びしなければならない、ミス・ドレイク。ファミリーのだれひとりブラッド・ホワイトフィールドを傷つけていないとわたしは請け合った。だが、それは真実ではないとわかった。誓って言うが、あのときは知らなかったのだ――」

「わかっています」わたしは言った。ドナートの声からは純然たる悲しみが感じられ、恐怖、怒り、圧倒されるほどの安堵といったあらゆる感情にもかかわらず、彼のことが気の毒になった。「でも、警察に連絡するべきなのはおわかりですよね？」

「もう電話したよ。これはファミリーの名誉の問題で、われわれは正しいことをするつもりだ」

サイレンの音は大きくなっていた。やはりわたしのためのサイレンだったのだ。

わたしは両手をポケットに入れた。「あなたがここにいて、フランクもあなたと来たのだとすると、だれがボートを操縦することになっていたの？　ボートがあればの話だけど」からっぽのハーバーを示してわたしは尋ねた。

ドナートはまたため息をついた。「あまり頭のよくない甥のひとりだろう。クレオはかなりの額のブラッドの保険金をえさに、彼を誘いこんだのだ」彼は印象的なグレーの目でわたしの目を見た。「だが、殺人者が保険金を受け取れるとは思えん」

「ええ――わたしもそう思います」

わたしたちは寒さのなかに立っていた。警察車両がベルモントの出口でブレーキをかけ、小道に向かう音が聞こえた。「命を救ってくださってありがとうございます」わたしは言った。

彼はクレオを見おろした。「ふたりとも救ったのだ。クレオは愚かな決断をしてばかりいる。そしてわれわれは、いつもその尻ぬぐいをしてきた。今回でさえ、これの父親とわたしは、弁護士の一団を手配してやるだろう。それでもきびしい結果に直面することになる」

「ええ。すでに直面していることもあるわ。彼女はブラッドを失って淋しがっている」

「愛とは得体の知れないものだ」エンリコ・ドナートはわたしの背後を見て言った。振り向くと、冷たい風にコートをはためかせながら、ジェイ・パーカーが小道を走ってくるのが見えた。

「パーカー」わたしは彼を迎えにいった。するといきなり抱き寄せられた。ぎゅっと彼に抱きつくと、どんなに怖かったか、あらためて思い出された。ほかの警官たちはわたしたちを残して走っていったが、強い力でわたしをしっかりと受け止めてくれているパーカーを、行かせるわけにはいかなかった。

「ぼくは来るのがいつも遅すぎるみたいだ。きみがすでに危険を脱してから到着するんだからな。きみを守りたかったのに、救いたかったのに」彼は断続的にわたしを抱きしめながら言った。「電話でクレオと話したとき、どこかおかしいと感じたんだ。あんなに恐怖を感じたことはなかったよ、ライラ」

「わたしもよ」

彼はわたしを離して、みんなが硬直したクレオを介抱している、背後のデッキに目を向けた。「何があったんだ？」

「彼女のおじさんがテーザー銃で撃ったの」わたしは言った。そして、いきなり笑いだした。許されることでも適切なことでもなかったし、背後で作業をしているチームの何人かに何ごとかと視線を向けられたが、止められなかった。パーカーは心配そうだった。これを機に正気を失うのではないかと思ったのだろう。彼はまたわたしを抱き寄せた。

わたしはその胸のなかでくすくす笑い、パーカーの温かさと、おなじみの香りと、彼の腕のなかにいるという安心感を楽しんだ。ようやく笑いが治まると、何度か深く息を吸いこんだ。そして、体を離してもっとよく彼を見た。いつもは完璧な髪がすっかり乱れ、知り合ってから初めてひげを剃っていなかった。「たいへんだったみたいね」わたしは言った。

「さんざんな週だったよ。きみが無事だと確認してからはずっとましになった」

「怖かったわ、ジェイ。彼女は銃を持っていて、殺されるんじゃないかと思った。だって、ウェンディを撃ったのよ！」わたしが叫んだ。

彼はわたしの髪をなでた。「ウェンディは大丈夫だ。今夜には退院できるよ。腕を撃たれたんだが、幸いかすっただけだった」

「ああ、ほんとにもう」奇異なことばかりで、わたしは首を振るしかなかった。「エンリコ・ドナートに命を救われるなんて」

パーカーは、わたしの背後で警官たちに囲まれて静かな声で話しているドナートを見た。そして、またわたしを見た。「家まで送ろう」彼は言った。

21

クリスマスイブの両親の家は、本物のマツの花綵飾りが階段の手すりに巻きつき、子供のころから記憶にあるオーナメントを満載した魅惑的なツリーがある、まさにクリスマス・ファンタジーの世界だった。キャムとセラフィーナはぴったり寄り添ってソファに座り、兄嫁はうれしそうな両親に結婚指輪を見せていた。その向かいにいるのはウェンディとベッツィー、母（とわたし）の新しい親友たちだ。大変な思いをした人びとがみんなそうするように、わたしたちは進んで事件のことを話し、ほぼ全員が当事者であるにもかかわらず、互いに語り合った。悲惨な冒険を蒸し返して夜のほとんどをすごしながら、全員がときどき、一種の幸運のお守りとして、ウェンディの包帯が巻かれた腕に触れた。

ミックは本領を発揮していた。赤いクリスマス用のスカーフを巻いて、人から人へとわたり歩き、延々となでてもらっている。おそらく多すぎるほどのごちそうももらっているのだろう。

クレオに銃を向けられた前夜以来、ウェンディは落ちこんでいた。あんなふうに武器を奪われるなんてプロらしくなかったと思っているのだ。でも、ほかのみんなも騙されて、クレオが危険な状態だと思ってしまったのだから、とみんなで彼女をなぐさめた。パーカーはこの状況を理解してくれて、クレオからいくらか話をきいたあと、実際きみはライラの身を守ることに成功したのだ、とウェンディに言った。わたしが事件に関することを何か思い出すかもしれないと恐れていたにもかかわらず、わたしに近づけなかったのは、ウェンディがいたせいだとクレオは認めたのだ。

母手作りのファッジを山盛りにした、金色の皿のあたりをうろついて、例年どおりこれでもかというほど食べた。ときどき別の皿に手を伸ばして、わたしのいるテーブルの下に移動してきたミックのためにチーズを取ってやった。彼の赤いスカーフがそっとわたしの腕に触れた。

「ライラ、こっちに戻っていらっしゃい」母が言った。ずっとにこにこしっぱなしだ。ほとんどは安堵の笑みだが、アルコール入りのエッグノッグのせいもあった。その飲み物については身をもって学んでいたので、わたしは温かい紅茶しか飲まなかった。

「わたしはここよ。ファッジを食べてるの、クリスマス恒例の。ねえ、そろそろ話題を変えて、クリスマスらしいことを話しましょうよ。幼子イエスや、おもての雪や、煙突のそばに慎重に吊るされたストッキングのことを」

母は笑った。「これまでで最高のクリスマスだわ。あなたたちがみんな無事にここにいてくれて、ほんとうにうれしいの。子供たちみんながね。実の子も、義理の子も、養子同然の子も」

最後のはベッツとウェンディに向けて言ったことばで、ふたりは微笑んでグラスを掲げた。

玄関ベルが鳴って、みんなが一瞬固まった。父が部屋から出て玄関に向かい、やがてその声が、ジェイ・パーカーの声の親しみのこもった調子と混ざるのが聞こえた。ドア口に男性ふたりが現れた。パーカーはわたしと目を合わせようとしていたが、彼が何を言ったとしてもセラフィーナの叫びにかき消されていただろう。

「わたしのバッグ！　わたしのすてきなバッグ！」

彼女はソファから飛びあがって、パーカーに突進した。たしかに彼は、セラフィーナの美しいイタリア製ハンドバッグを手にしていた。

「どこで見つけたの？」彼女は叫んだ。

パーカーは肩をすくめた。「おたくのアパートの近くのダンプスターをいくつか捜しただけですよ」

わたしは口を開けたまま彼を見つめ、セラフィーナは立ちあがった夫に引き離されるまでパーカーに抱きついていた。わたしは言った。

「セラフィーナのバッグを見つけるために、クリスマスイブにダンプスター漁りをしたの？」

今やセラフィーナはソファに座って、バッグの中身をあらためていた。

「全部あるわ――何もかも――お金がなくなっているだけで。お金なんていちばんどうでもいいものよね？」そして、ハグとキスという形でキャムとよろこびを分かち合い、兄は得意そうな顔でそれを受けた。

ようやくキャムは言った。「ありがとう、ジェイ。まったく粋なことをしてくれるよ。おれもあそこを捜すべきだったな」

キャムに初めてファーストネームで呼ばれ、パーカーは驚いて顔をほころばせた。やがてわたしの家族に囲まれて、背中をたたかれ、質問をされ、(相手が母の場合は)しつこく食べ物を勧められた。わたしはキッチンに行って、ミックのリードとコートを取ってきた。パーカーはまだコートを着ていたが、もしここにとどまるつもりならいずれ脱ぐだろう。

わたしはリビングルームに戻り、手を振って彼に合図をした。「ミックの散歩に出かけるところなの。いっしょに行く?」

パーカーを囲んでいた六人は、突然理由を見つけて、互いに話をしながら彼から離れていった。「ああ、よろこんで」パーカーは言った。

わたしたちは夕方の寒さのなかに出た。雪は降っていなかったが、気まぐれな天気でときおり雪片がでたらめに顔に当たった。わたしはパーカーにリードをわたして、コートのジッパーを上げた。ミックを歩かせる彼の姿はとても自然に見えたので、リードはそのまま預けておいた。

「ライラ」パーカーが言った。

「昨日は電話であなたを尋問するつもりじゃなかったの」

「もう蒸し返すのはよそう。きみを失いたくないんだ。最初のときは過ちを犯したせいで、きみに会えなくなって淋しかった」

「わたしも淋しかったわ。話を蒸し返したいわけじゃないの。でも、意見の相違はとても大きな問題よ。わたしを不誠実だと思っている人とはいっしょにいられないわ」

「思ってないよ」

「でも、心の奥底では、そう思ってたら？　いずれまた、わたしを信じなければならないときが来て、どうしても信じられなかったら？」

ミックが立ち止まって道に積もった雪のにおいをかぎはじめ、パーカーはわたしを見た。

「ライラ、ぼくは自分がしてきたいろいろなことを後悔している。そして、母のことできみにうそをついてすまなかったと思っている。ぼくにできるのは、やり直すことだけだ」

わたしは手袋をはめた彼の手、リードを持っていないほうの手を取ってにぎった。

「ゆうべ、クレオはほんとにわたしを撃つ気なのかしらと思いながら、車でレイクショア・ドライブを走っていたとき、慰めになることを思い浮かべようとしたの――家族やミックのことを――でもほとんどはあなたのことだった。あなたと知り合ってからまだたったの二カ月だけど、あなたのことを考えるのがやめられないみたい」

パーカーの顔つきはまじめだった。「まえに進むために、今ここで協定を結んだらどうかな？　そして、もう二度とお互いにうそはつかないと約束するのは？」

夕闇のなかで、力強く彫りの深い彼の顔をじっと見た。

「つまり、第二のチャンスの話をするときが来たってわけね。この事件が起こったとき、わたしの家であなたが言ったように」

「ああ、そのときが来たんだ」

「あなたと第二のチャンスをつかみたいわ、ジェイ・パーカー。わたしは二度とあなたにうそをつかない」

「ぼくもうそはつかないよ、ライラ」

「オーケー。もうキスしていい？」

「もちろん」

わたしは背伸びをして彼の口に唇を押し当てた。パーカーが片腕をまわしてきた。ミックの鼻がパーカーの靴に近づいた。ようやくパーカーは唇を離して笑った。

「ぼくの足をなめてるぞ」

「愛情深いのよ、わたしと同じで」わたしは言った。「ねえ、なかに戻って、わたしたちとクリスマスを祝う時間はある？」

「一時間ぐらいはね。そのあとでぼくと母の家に行く時間は作れる？　ガールフレンドを連れて帰ったら、母は何よりもよろこんでくれるだろう」

「わたしはあなたのガールフレンドなの、パーカー？」

彼はミックのリードを離して、両手をわたしの背中にまわした。

「知ってる？　きみの名前が頭のなかで一日じゅう聞こえるんだ。初めて会ったときも、かわいらしい名前だと思ったけど、今はぼくにとって音楽のようなものだ。ライラ」彼はわたしにキスした。ミックはわたしたちの足の上に直接座っていた。注意を向けてもらえないのが、明らかに気に入らないらしい。「もちろんイエスだよ、きみはぼくのガールフレンドだ。あのイタリア人のシェフにもそう言ってくれ」

わたしは残念そうな顔で彼を見た。「アンジェロにレギュラー番組をやらないかって言われてるの。それって問題になる？」

彼の口はわたしの口のすぐそばにあり、肌のぬくもりが感じられた。

「きみのキャリアに彼が役立つのはわかっている。スタジオのなかだけのつきあいにするんだよ、いいね？　あの男と競い合わなきゃならないのは願いさげだ」

「それはないわ、ジェイ。彼には以前チャンスがあったけど、失ったんだもの」

「そしてぼくは勝ち取った」

「そうね。わたし、ブラッド・ホワイトフィールドが言ってた、島と逃避行のことをずっと考えているの。彼はひとりになりたかったのかもしれないけど、最終的にはイザベルといることを選んでいたんじゃないかと思う。彼女を愛していたのよ。わたしにはわかるの。彼のあの表情を見たから――あなたのことを思っているとき、鏡のなかのわたしも同じ表情をしてるから」


二時間後、わたしたちは車でエリーの家に向かった。やさしい友人であるエリーは、十月に息子とわたしのあいだを取り持とうとし、その試みは失敗した。今、パーカーとわたしは仲直りしたが、エリーはまだそれを知らない。

黒っぽいコートを着て謎めいた水夫のようなパーカーは、車をまわってきて、わたしが降りるのに手を貸した。「きれいだよ」彼は言った。

わたしは微笑み、ふたりでドライブウェイを歩いて、ほかの車を通りすぎた。パーカーの兄弟が家族連れで来ているらしい。

パーカーはこれから行くと母親にメールを送っており、エリーは玄関で出迎えてくれた。「いらっしゃい、スウィートハート。来てくれてほんとうにうれしいわ。まあ、ライラも?」

エリーはほとんど引きずるようにしてわたしに敷居を越えさせ、思いきりハグをした。「問題は解決したの?」と耳もとで言う。

「ええ」わたしはもごもごと言った。

彼女はジェイのほうを向いてハグし、メリークリスマスのあいさつをした。

「ほしかったプレゼントを持ってきてくれてありがとう」と息子に言った。

彼はにやりとした。「ぼくのほしかったプレゼントでもあるんだ」

わたしは何も言わなかったが、それは、あの運命の日にサンタの扮装のブラッド・ホワイトフィールドに会い、細かな雪のなかをふたりで歩きながら、彼に伝えた願いだと気づいた。二度目のチャンスがほしい、とわたしは言い、ブラッドはわたしに微笑みかけて、夢は追いかけるものだと言った。

ジェイ・パーカーとその母とわたしはメインルームに向かった。そこにはジェイのふたりの兄弟、その妻たち、そして三人の子供たちがツリーのまわりに座っていた。わたしたちに向けられた顔は、明るく期待に満ちていた。

パーカーはわたしの手を取ってまえに進み出ると、「みんな、こちらはライラだ」と言った。

セラフィーナのピッツェル
(イタリアン・クリスマス・ワッフル・クッキー)

このレシピにはピッツェルベイカー——クッキー1枚1枚に美しい花のようなデザインが刻印できるワッフルアイロンのようなもの——が必要。 生地は数分で作れるし、30分もかからずに熱々のクッキーを食べることができる。
義姉のセラフィーナ・ベリーニ・ドレイクは、バターの量さえまちがえずに愛をこめて作れば、クリスマスそのものの味がするクッキーになると保証している。

【材料】
小麦粉……1 1/2カップ
ベーキングソーダ(重曹) ……小さじ1
バター……1 1/2本(3/4カップ)
卵……大3個
砂糖……3/4カップ
バニラエクストラクト(お好みでアーモンドエクストラクトでも)
……小さじ2
仕上げ用の粉砂糖……適量

*米カップの1カップは約240cc

【作り方】

1 ピッツェルベイカーを温め、小麦粉とベーキングソーダを混ぜておく。
2 とかしたバターと残りの材料をなめらかになるまで混ぜ合わせる。
3 **1**の粉類を加えて、ねばりのある生地になるまで混ぜる。
4 ピッツェルベイカーが温まっていることをたしかめ、くっつき防止のため、ベーキングオイルを内側に軽くスプレーする。
5 ピッツェルベイカーの鋳型に小さじ1の生地をまるく広げる。
6 ふたをおろして30〜40秒固定する（タイミングはそれぞれ判断すること）。
7 ふたを上げ、フォークの先か薄いナイフでクッキーを鋳型からはがし、ワイヤーラックに置いて冷ます。
8 粉砂糖を振って、レースのように、クリスマスっぽく仕上げる。

甘くてあとを引く、薄くて繊細で、雪片のような形のクッキーの出来あがり。

ライラのフレンチトースト・キャセロール ジンジャーブレッド風味（クリスマス用）

友だちや家族とおいしいサプライズを！ トビーの5人の子供たちはこのキャセロールが大好物だけど、大人にも好評！

【材料】
やわらかいフランスパン……1本(またはやわらかいロールパン10個)
卵……大8個
ハーフアンドハーフ……2カップ
牛乳……1カップ
砂糖……大さじ2
バニラエクストラクト……大さじ1
シナモン……小さじ1/4
ナツメグ……小さじ1/4
塩……適量

【ジンジャーブレッド・シュトロイゼル・トッピングの材料】
これはあくまでも一例なので、トッピングはお好みでアレンジしてみて
バター……2本(1カップ)
モラセス……1/4カップ
ブラウンシュガー……1カップ
コーンシロップ……1カップ
刻んだピーカンナッツ(またはクルミ) ……1カップ
粉末のジンジャー……小さじ1/2
粉末のシナモン……小さじ1/2
粉末のナツメグ……小さじ1/2
粉末のクローブ……小さじ1/4

【作り方】

1 シュトロイゼルは、やわらかくしたバターに残りの材料を加え、全体がぽろぽろになるまで混ぜておく。

2 パンを20枚にスライスし（ロールパン10個は半分に割り）、バター（分量外）を塗った焼き皿に並べる。

3 残りのすべての材料を混ぜ合わせて、**2**の上から注ぎ、パンが完全に浸って底や隙間にも行きわたるようにする。

4 焼き型にアルミホイルをかぶせ、冷蔵庫にひと晩入れておく。

5 翌朝、卵液に浸して冷やしたパンの上に**1**のシュトロイゼルを振りかけ、175度のオーブンで40分焼く。

6 バターの小塊とメープルシロップを添えて出す（ジンジャーブレッドはホイップクリームを添えてもおいしい）。

ライラのヘンリーベア・チョコチップ・クッキー
(ウェストンのヘンリーのためだけに製作)

このレシピはあなたのまわりのクッキー好きの子供に受けることまちがいなし。子供はクッキーをつかむとなると、驚くほど手が大きくなるので、すぐなくならないよう倍量で作ることをお勧めする。

【材料】
グラニュー糖……3/4カップ
ライトブラウンシュガー……3/4カップ
バニラエクストラクト……小さじ1
シナモンシュガー……小さじ1/2
卵……2個
小麦粉……2 1/4カップ
ベーキングソーダ(重曹)……小さじ1
塩……小さじ1
ベーキングパウダー……小さじ1
セミスィート・チョコチップ……1袋
刻んだクルミ……適量(ナッツアレルギーの人はこの項目をはぶくか、チョコバーなどのお菓子で代用。その場合も、袋を見てナッツ不使用かどうかたしかめること)

【作り方】

1 オーブンを190度に温めておく。

2 グラニュー糖、バニラエクストラクト、卵を混ぜ合わせる（なめらかな生地にするためにブレンダーを使う）。

3 別のボウルに小麦粉、ベーキングソーダ、塩、ベーキングパウダーを入れて混ぜ合わせる。ここに**2**の卵液を少しずつ混ぜ入れる。

4 最後にチョコチップとナッツ（使う場合）を加えて混ぜる（小さい子供がそばにいるとこの段階で食べようとするので、小さな指に気をつけること）。

5 小さじ2本で生地をまるくすくい、油を塗った天板に置く（子供の好きなさまざまな形のクッキー型を買ってもよい。ヘンリーは騎士の型がお気に入り）。

6 190度のオーブンで12～15分、または好みの硬さになるまで焼く。家じゅうにチョコレートとケーキのような甘い香りが広がるので、アロマテラピーにもぴったり。

7 天板からはがして（余熱でさらに焼けてしまうので）ワイヤーラックの上で冷ます。冷めたら密閉容器に入れて保存する。生地の半分を冷凍しておいて、お客さんが来たときに焼けば、すぐに焼きたてを食べられる。

ヘンリーの評価：5バッドマン（最高得点）

訳者あとがき

秘密厳守でおいしい料理を提供する〈秘密のお料理代行〉シリーズ第二弾、『真冬のマカロニチーズは大問題！』をお届けします。恋と夢に一途な若き料理人ライラ・ドレイクのキュートな魅力は、一作目の『そのお鍋、押収します！』に引きつづき、本書でも遺憾なく発揮されています。クリスマスを目前にしたシカゴ郊外の町パインヘヴンで、サンタクロースやマフィア、ボディガード、舞台俳優が入り乱れる複雑な事件をどう料理するのか？　名シェフ・ライラのお手並み拝見といきましょう。

ライラは訳ありの顧客のために料理を代行するケータラー。料理が苦手だけど家族や友人にいいところを見せたい人たちの強い味方です。季節はもうすぐクリスマス。親友ジェニーが勤める小学校でクリスマスパーティーが開かれることになり、子供たちの大好きな特製マカロニチーズを届けにいったライラは、駐車場でサンタクロースの扮装をした男性と出会います。ちょっぴり哲学的な話をして別れたあと、サンタは何者かに銃殺され、ライラは第一発見者に。それだけでも充分ヘビーなのに、走り去る青い車を目撃したせいで、命をねらわれることになるとは。あーあ、せっかくのクリスマスなのに……。

前作で意気投合した町の人気ケータラー、エスターの店で働くことなり、そのうえこれまでどおり秘密のお料理代行の仕事もこなしているため、大忙しのライラ。クリスマス時期とあってただでさえ仕事の依頼が多いのに、なんと元彼のアンジェロにたのまれてテレビ出演もしちゃいます。仕事のほうはこのように順風満帆ですが、恋愛はというと……。前作で苦い別れをしたジェイ・パーカー警部補と再会してしまうのです。第二のチャンス、キター！と思いきや、相変わらず煮え切らない態度をとるパーカーにヤキモキ。潜入捜査のためにパーカーと行ったクリスマスパーティーで、酔って思わず本音をぶちまけてしまうライラがかわいすぎます。そんなふたりの恋の行方も読みどころのひとつです。

今回ぜひ注目していただきたいのは、新しく登場したキャラクター、ウェンディ・バンクス巡査。ライラのボディガードとしてつねに活動をともにすることを命じられるのですが、ライラの料理が食べられるという特典がお気に入りの様子で、嬉々として任務をこなしているのがなんだか微笑ましいのです。ライラもすぐに打ち解けて女友だちのように接しているし、推理を披露して助言をもらったり、パーカーよりも融通のきくパートナーみたい。いっしょにいると安心できて、いざというときはたよりになる、ウェンディみたいな女友だちがいたら最強かも。パーカーに変な嫉妬をされることもないですしね。

そのウェンディも参加する、ライラのママ主催のクリスマスクッキー作りがまた最高に楽しそうなんですよ。甘い香りのなかで、クリスマスソングが流れて……想像するだけで幸せな気分になれそうです（ちなみに今回登場する音楽は、全編を通じてクリスマスソング特集。定番からレアものまで、いろいろ紹介されています）。バラエティ豊かなクッキーがおいしそうなのはもちろんですが、クリスマス気分でみんながウキウキしていて、まさに女子会のノリ。クリスマスにはそれぞれが手作りクッキーを持ち寄るクッキー交換会なるものもアメリカではよくあるようですが、みんなで作るというのもいいですね。日本ではクリスマスにケーキを食べることが多いですが、アメリカではクッキーなのだそうです。たくさん焼いて、サンタさんや、訪れるお客さんのために準備しておくのがクリスマスのしきたりなんだとか。

そして、クリスマスの飲み物といえばエッグノッグ。卵、砂糖、牛乳に、シナモンやナツメグで風味付けをしたホットドリンクで、ウィスキーやブランデー、やラム酒などのアルコールを入れたものと、ノンアルコールのものがあります。ホイップクリームやアイスクリームを加えることもあるとか。これを三杯飲んじゃうライラはやっぱり甘党ですね。

今回の事件現場はライラの親友ジェニーが勤める小学校ということで、日本とはちょっとちがうアメリカの学校制度について簡単に説明しておきましょう。州や学区によってもちがいますが、義務教育は幼稚園から十二年生（アメリカでは小・中・高校あわせて学年を数える）、つまり六歳から十八歳までの十三年間としているところが多いようです。ＪＦＫ小学校は原文でもＧｒａｄｅ Ｓｃｈｏｏｌとなっているので「小学校」としましたが、実際には幼稚園生から小学校八年生まで九学年の生徒が通う学校です。十二年生までのうち、おそらく五年生ぐらいまでが低学年ということで、サンタさんからプレゼントをもらえるのでしょうね。高学年は日本の中学生にあたり、学校によってはミドルスクールやジュニア・ハイスクールという区分になります。

二〇一七年二月

コージーブックス

秘密《ひみつ》のお料理代行《りょうりだいこう》②
真冬《まふゆ》のマカロニチーズは大問題《だいもんだい》！

著者　ジュリア・バックレイ
訳者　上條《かみじょう》ひろみ

2017年　3月20日　初版第1刷発行

発行人　成瀬雅人
発行所　株式会社　原書房
〒160-0022 東京都新宿区新宿 1-25-13
電話・代表　03-3354-0685
振替・00150-6-151594
http://www.harashobo.co.jp
ブックデザイン　atmosphere ltd.
印刷所　中央精版印刷株式会社

落丁・乱丁本はお取り替えいたします。
定価は、カバーに表示してあります。
 ISBN978-4-562-06064-1 Printed in Japan